殺竜事件

a case of dragonslayer

上遠野浩平

講談社
タイガ

不死身をも殺す不条理が世に争乱を呼び
解けぬ謎が呪詛と化し偽りの仮面を砕く

終わりなき道だと知るも挑む旅路の果て
出逢う真実も無明にして混沌の顎門《あぎと》なり

イラスト　鈴木康士
デザイン　坂野公一（welle design）
図版製作　釜津典之

目次

第一章　洞の中……19
第二章　姫君と騎士……75
第三章　水面《みなも》のむこうがわ……137
第四章　海賊の都……169
第五章　生ける竜と、死せる竜と……215
第六章　暗殺者の森……257
第七章　〝犯人〟……297
第八章　旅の終わり……327

『闇の中で光を探すのは正しいこととは限らない。
ほとんどの場合、光は幻惑に過ぎず、闇それ自体が既に答えであるからだ』

――――〈霧の中のひとつの真実〉より

戦況は圧倒的に不利だった。

「だ、第三装甲騎兵隊も壊滅です！」

「西の方に展開していた小隊が氷結矢の斉射《せいしゃ》を受けて、兵の鎧《よろい》と武装のほとんどが破壊されて戦闘不能です！」

「東は駄目です！　呪殺《じゅさつ》地雷が設置されていて、完全に道が塞《ふさ》がれているそうです！」

指揮官のところには絶望的な報告しか入ってこなかった。

「先行した突撃部隊はこれで全滅か……」

彼は空を見上げた。

うっすらと紫色が混じった色に変わりつつある。敵の攻撃呪文がこちらの一帯を覆いつつあるのだ。

呪文が完成したら、ここは灼熱《しゃくねつ》地獄と化す。友軍部隊は皆焼き殺されてしまうだろう。

こちらでも魔導師部隊に対抗呪文を展開させてはいるのだが、向こうの方が力が強くほとんど効果が出ていない。

後方を切り立った断崖《だんがい》に阻《はば》まれてさえいなければ、今すぐにでも撤退するのだが――敵は最初からこちらを袋小路《ふくろこうじ》に追い込んで一気に殲滅《せんめつ》するつもりだったのだ。その作戦にまんまとはまってしまった。

再三、投降を意思表示したのだが聞き入れられない。どうやら敵軍はこの攻撃呪文を実戦で試《ため》すのが目的らしい。なんとか脱出口を拓《ひら》こうとした部隊も、皆容赦《ようしゃ》なく全滅させられてしまった。

「これはどういう呪文なんだ……？」

指揮官は魔導師の副官に訊《たず》ねた。

「おそらく、怨念《おんねん》系の呪殺呪文です。この地で死んだ生物たちの死霊を収束して、我々を呪わせているんです。彼らの途中で断ち切られた生命の力がまだ呪詛《じゅそ》として残っているんですよ」

「〝俺たちは死んだのに、なんでおまえ等《ら》は生きているんだ〟ということか？」

「少し違いますね……呪詛にとっては生命というものは過去の忌まわしい記憶のようなものなのです。意識としてははっきりあるわけではないでしょうが、我々が生きていることが呪詛には〝癇《かん》に障る〟のですよ。恨めしいのではない」

「なんとかそれを緩和《かんわ》できないのか？」

指揮官は、こちらは明らかに恨めしげな調子で訊《き》いた。

「努力はしています。敵の呪文の質は解析できているのですから、私としては絶望していません。呪詛を、他のことに気を取られる状態にできれば——」

魔導師はそう言ってはいるが、顔には脂汗《あぶらあせ》が浮かんでいる。

「どうやって気を逸《そ》らさせる?」

「他の場所で、なにか巨大なものが死んでくれれば——呪詛は今、我々を目標としていますが、それを別のものに向けさせることができれば——その誘導を、今やっているのです」

「敵軍だってそんな対抗策はとっくに考えているだろう。それでもできるのか?」

「しかし、それに賭《か》けるしかありません」

「——わかった。とにかく全軍をすぐに逃げ出せるようにはしておこう」

指揮官は横にいた士官たちに指示を飛ばした。

「…………」

魔導師は部下たちとともに精神を集中させて呪文の詠唱に戻る。

しかし……彼は焦《あせ》っていた。

指揮官にはああ言ったものの、そもそもその〝巨大なものが死ぬ〟ということが既にして計算できない。これだけの呪詛だ。それが気を取られるような〝死〟となると、これは人間であれば数千人規模のものということになる。魂はどんな生き物でもひとつだが、その魂に付随する魔力に呪詛は反応するからだ。昆虫程度の魔力だったら、それこそ何百億匹という〝死〟が必要だろう。

（そんなものすごい〝死〟が、今、そうそう都合よく起きてくれるものか……？）

どうしてもそう思わずにはいられない。

世界のどこかで今、いきなり大地震とか火山の大噴火でも起きて何千何万という生物が即死でもしてくれない限り、呪詛は目標である我々から目を逸らしたりはしないだろう。

そうこうしているうちにも、空はどんどん紫色が濃くなってきており——赤みを帯び始めた。

そして、もはやそれとわかるくらいに気温が上昇し始めた。

周囲では兵士たちの待機状態が続いている。

指揮官も、士官たちも魔導師たちの方をひたすらに注目している。

（うう……）

時間だけがむなしく過ぎていき、周囲では足元の草がぱりぱりと音を立てて乾燥し、野の花はみるみる茶色に変化して枯れていく。地ネズミが穴から飛び出してきて地面の上でのたうったかと思うと腹を見せて痙攣《けいれん》を始める。

兵士の中にも、暑さ——いや熱さに浮かされて目つきが虚《うつ》ろになってきた者が出始めた。

パニックにすらなりそうもなかった。熱で頭が皆ぼんやりしていてなんだか物事がうまく考えられないのだ。これが自分たちの最期《さいご》なのか、とか思わないようにしなくとも、すべてが陽炎《かげろう》の中でおぼろだった。

魔導師も、自分が考案した方法であるから必死で呪文の詠唱を続けてはいるが、それでもなんだか作業が自動的なものになってきていた。

なにをしているのかよくわからなくなっていく。

恐怖も、焦りも、使命感も、苦しさも怒りも憎しみもすべてが陽光下の氷の彫刻のように溶けていく。

(ああ……なんで俺たちはこんなところで、こんなことをしているんだ……?)

兵士たちが考えられるのは、だいたいそんなことがせいぜいだった。そしてそれは上の人間たちも同じようなものだった。

逃げようのない死に取り囲まれて、しかしそれに対しての感覚も希薄なままで、彼らは穏やかに、しかし確実に焼き殺されていこうとしていた。

変化に最初に気がついたのは、魔導師ではなくその部下だった。

「あれ……?」

彼は吸い込んだ一息が、なんだか妙な冷たさを持っているのに一瞬虚《きよ》を突かれ、それからはっと我に返る。

空を見上げる。

それはやはり、みるみるうちに赤みが失《う》せていくところである。

「お、おい!」

彼があわててあげた声に、皆も「あ……?」とか口を半開きにして周りを見回し、それからやっと自分たちを覆っていた熱がどんどん引いていくという事実に気がつく。

「……なんだと?」

作戦を考案し、実行していた当の本人である魔導師は、そのことに気がついて、なお茫《ぼう》然《ぜん》となる。

(本当に成功したのか……し、しかし、ということは——)

だが彼には考えている暇はなかった。すぐさま正気を取り戻した指揮官の声が上がり指揮棒が振られて、部隊は一斉《いっせい》に逃走にかかった。

敵は、完全に成功間違いなしであった作戦が突然に破られたことに戸惑っており、ひとかたまりに突っ込んできた部隊の勢いに十分可能であったはずの阻止ができず、正面をまっぷたつに割られて包囲を突破された。すぐさま追撃に入るが、だが一度逃してしまった流れはそう簡単に取り戻せない。じりじりと差は開いていき、逃げていく部隊のはるか後ろで発射された火炎呪文の火がむなしく途切れるのみだ。そして部隊は文字通り後ろも見ずに全力で逃げていく。

(し、しかし——いったい?)

魔導師は全速力で疾走する装甲馬の背にしがみつくようにしながら、やはり考えずにはいられなかった。

(いったい——どこで何が死んだと言うんだ?)

何千もの人間の死に匹敵するだけの生命の消失とはなんだろう？　そしてそれはどこで起こったのだろうか？

確かに自分たちは助かったが——果たしてこのことを素直に喜びとして受け入れてよいのだろうか？

ついさっきまでの、おぼろな感覚がまだ頭の隅に引っかかるようにして残っている。何も考えられないままで、そして死ぬはずだったあの運命の残滓《ざんし》が、まだ——はたして生き延びたこと、それは幸運だったのだろうか？　あるいはこれは、もっと大きな事態の始まりに過ぎないのではないか……ぼんやりとそんな予感が浮かんできてしょうがないのだった。


だが、この予想はあっけなく覆《くつがえ》された。自軍の陣地まで無事たどり着いた彼らを待っていたのは、戦争が終結に向かったという知らせだった。

「……どういうことです？」

「七海《しちかい》連合が調停に乗り出したらしい。どっちが勝ちでも負けでもないということで、終戦協定に入るそうだ」

知らせてくれた高級士官はそう言って首をすくめた。

「出てくるなら、もっと早く出てくればいいものを、な」

「し、しかし——！」

「とにかく、我々には現在の陣地を維持せよとの命令が本国から来ている。手出しはならんそうだ。だが向こうが奇襲してきたら迎撃してかまわんそうだ」

「しかしですね……！」

部隊長が抗議しているのを、後ろで魔導師はぼんやりとした顔で見つめていた。

「…………」

いったい何だったのだろう？

この戦争とは、そして自分の生命とは、そしてその自分たちの生命を救ったはずの、大きな大きな〝死〟とは――

「…………」

だが、それはもはや過去のことのようだ。こうやって世界は何事もなく動いていくのか、とか彼はそんな悟ったようなことを考えていた。

……こうして戦争が終わりに向かっていたそのとき、事件そのものはほとんど無関係としか思えないほど遠く離れた地で起こっていた。

巨大なるものと、その死と、そしてひどい徒労と長い旅路《たびじ》が全体を支配する、決して世に知られることのない、謎と虚偽に満ちたその不思議な事件が。

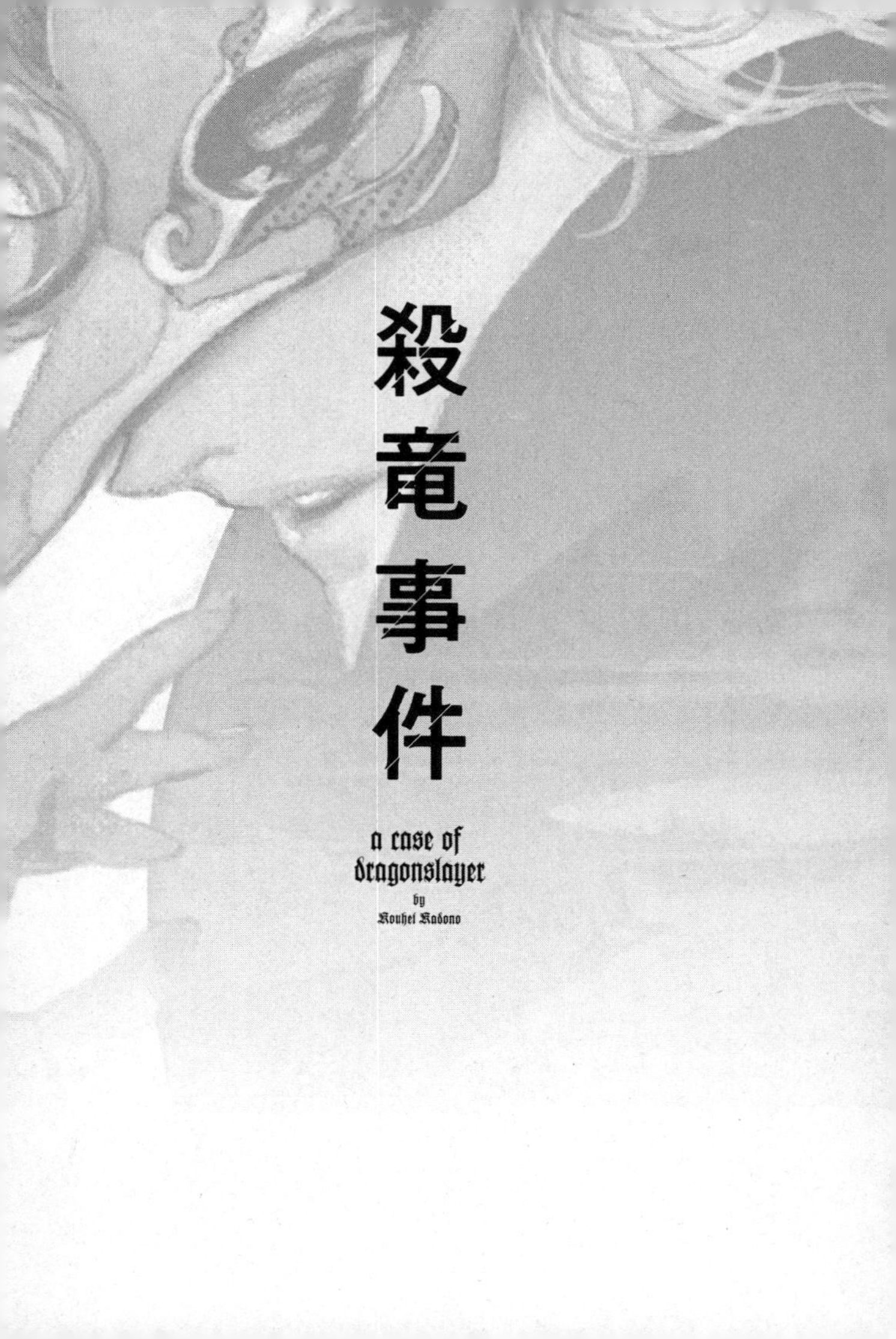

殺竜事件

a case of dragonslayer

by

Kouhei Kadono

第一章　洞の中

a case of dragonslayer

1.

ロミアザルスは山脈の谷間に位置する、僻地《へきち》の独立都市である。もっとも都市というよりも、村落と言った方がよいほどのささやかな規模しかない。その両脇にはダイキとメルクノースという大国が存在しており、いつ国境線争いに巻き込まれて占領されてもおかしくない場所にあると言えばあり、かつ大国間の商業交易で陸路を選択するならばその険《けわ》しい山脈の、唯一の通行路として各種の利権を持ってもいる。しかしここはあくまでも小さな独立都市であり、決して他の国がこの地を侵《おか》すことはできない。

その理由は単純にして明快だ。

ここには竜がいるからである。

騎士の駆《か》る乗用高速強化鳥で私はその地にやってきた。

「それでは御武運を。リスカッセ大尉殿」

別れ際に騎士は、狭い鳥の背の上で操縦手綱《たづな》を持ちながらそう言って片手で敬礼してきた。まだ二十代半ばの若い女に敬礼などしなれていないのだろう、どこか苦虫《にがむし》を噛《か》み潰《つぶ》したような顔をしている。私は苦笑した。

「御武運はいらないと思うが？　私は今回の任務では〝いかに戦わせないか〟という役目だからな」

言ってやると、騎士の顔がみるみる真っ赤になっていく。

「と、とにかく幸運をお祈りいたします」

「ご苦労でした」

もともとこの地に私、レーゼ・リスカッセの母国であるカッタータは侵入権を持っていない。今回は特例なのだ。それでも兵器である強化鳥に着陸は許されず、無理矢理に空中停止しているそれから私は飛び降りた。

強化鳥はみるみる浮上して、空のかなたに消えた。

降り立って「さて……」と周りを見回してみるが、だだっ広い荒野が広がっているばかり。この指定されたその着陸地点には見事なほどに迎えの者も、いざというときのための警備兵などもまったく見当たらない。なんとなく、さすがは竜の棲《す》む地だな、と思った。

竜は人が周囲で争うのを好まないと言う。

だからこそ、ここで戦争の調停がおこなわれることになったのだ。

「じゃ、歩きますか」

私は、とりあえず遠くに見える、建物が並んでいるところまで荷物を担《かつ》いで進み始めた。

しかし足取りは決して重くない。それどころか軽やかと言ってもいいくらいだ。これから向かう場所には私だけでなく、七海連合からの特使も来ているはずだった。

その人、一般にも〝風の騎士〟として名が広まっているヒースロゥ・クリストフ少佐を私はよく知っているのだ。本来はリレイズ国の軍人なのだが、ずっと七海連合の方に出向されて、そこでご活躍されている。まだお若いのに、国ひとつ吹っ飛びかねなかったケッチタ暴走事件の解決や、マハラークにおける海賊による争乱の鎮圧など戦士としていくつもの勇名を馳《は》せている。

もっとも、そういう名のある戦士だから私は会うのに浮き浮きしているわけではない。私と彼は、かつて同じ国際学校で席を並べて勉強していた知人なのである。あのころからとても才能ある人だった。

私も何度か課題を手伝ってもらったりしていたことがあったわね、などと思い出しながらくすくすひとり笑いながら歩いていたときだった。

「いやあ、私の方こそよく研究報告を見せてもらっていましたよ」

といきなり背後で声がした。

びっくりして振り向くと、そこには馬に乗った若い男の人がにこにこしながら、優しい顔でこっちを見ているのだった。

十代の少年だった頃と笑顔がちっとも変わらない、ヒースロゥ・クリストフその人だった。

「わ、わっ！　ヒースロゥ——い、いえクリストフ少佐、ど、どうしてこんな所に？」

「あなたを迎えに来たんですが、少し行きすぎてしまっていたようで。間抜けな話ですが、強化鳥が降りたところよりだいぶ離れたところで待っていたんですよ」

少佐は馬から下りて、私のところに引っ張ってきた。

「装甲馬じゃないんですよ。素のままの馬です。ここらではこいつを乗用にしているんだそうです」

私が不気味《ぶきみ》にも独り言をぶつぶつ言っていたことなどまったく気にせずに、少佐は気さくに話しかけてくださったので私は胸がちょっと熱くなった。

「ど、どうもお久しぶりです！」

私は緊張しながら挨拶《あいさつ》した。

「いや、しかし安心しましたよ、リスカッセ大尉」

「は？」

「あなたも、そのお歳《とし》で特務大尉にご昇進されていて、しかし昔のように明るい雰囲気のままだ。正直、ちょっと怖かったんですがね」

「な、何をおっしゃるんですか……」

それを言うなら、彼自身は七海連合では佐官《さかん》の地位にあるのだ。私よりも上である。もっとも七海連合における階級というのはほとんどが戦地の特例らしいから、彼も正式な階級ではどこにいるのか私は知らなかった。

「馬に乗ってください。私が綱を引いていきますよ」

「そんな……少佐にわざわざ」

「ここは人手がないんですよ。まあ素人《しろうと》の私でも我慢してください」

「い、いえそういう意味では——ではお言葉に甘えて」

少佐に手を取ってもらって、私は馬の上に乗った。そして荷物も載《の》せると、少佐は馬を引いて進み出した。素人と言っていながら、妙に馬がいいなりになっている。たぶん派遣《はけん》軍《ぐん》として赴《おもむ》いた先で経験済みのことなのだろう。

私は馬上で揺られながら、戸惑いながらも、あらためて少佐を見る。

優しそうなところはそのままだが、やはり全体的にたくましくなっている。背もだいぶ高くなっていて、一回り大きくなった感じがした。そうだ、もうあれから七年も経っているのだ……と私はあらためて時間の流れを思った。このひとはもうあの少年ヒースロゥ君ではない。このひとは今では世に勇名を馳せる〝風の騎士〟なのだ。

そして、そのことは私に任務のことを思い出させた。残念ながら、少佐と旧交を温めるのはしばらくお預けなのだった。

その気配は背を向けている少佐にも伝わったらしい。彼は少し息を吐いて、

「状況としては予断を許さない感じです。まだクギス平原では両軍が睨《にら》み合っているらしい。いつ戦闘が再開されてもおかしくないらしい……」

「七海連合では、この調停に対してどこまで関わっているんですか？　カッタータの議会には、とりあえず連合から調印立ち会いの依頼を受けて私が派遣されてきましたが、詳しいことはまだ——」

「いや、これはすべてです」

少佐の答えは明快だった。

「え？　ということは、この調停は連合から提案されたものなのですか？　……ということは、もしかして——」

あの噂に名高い、あの人々がここに来ているというのか？

あの〝弁舌と謀略で歴史の流れを押さえ込む〟とすら言われる七海連合の特殊戦略軍師、世界中に派遣軍を持ち、将軍ですら百人いる巨大組織にあってすら、たった二十三人しかいないという、あの〈戦地調停士〉が——。

「……そういうことですね。派遣されてきています。ひとりね」

「ど、どのようなお方なのでしょうか——」

私はまた緊張してきた。

「いや……それがですね」

少佐は言いよどんだ。

「お気を悪くされるかも知れませんが、気にしないでください。それほど悪意を持ってやっているわけではないんです」

いきなりとんちんかんなことを言う。

「……は？」

「あいつは、ただちょっと……いや多少は大幅に、と言わなくてはなりませんが、変わったところがあって、人を戸惑わせてニヤニヤするという悪い趣味があるだけなんですよ」

困惑した口調である。それが戦地調停士のことを言っているのだと私はしばらく経《た》ってやっと気がつく。

「あいつ、って——個人的にお知り合いなんですか？」

「ええ。昔からよく知ってるんです——よぉーく、ね。腐れ縁、とでも言いましょうか」

苦笑しながら言う。そして首を振って、

「だが、能力と才能は確かです。調停士としては一級と言ってもいい。ひねくれ者で万人に好かれる性格ではないかも知れないが、調停士は戦っているどの陣営の味方にもならない——戦争を終わらせることだけを考えるという、その理念にあれほど忠実な奴はいません。それは信頼していい」

終わりの方は真面目《まじめ》な口調だった。

「………」

私は、少佐にこれほど言わせるのはいったいどのような人物なのか興味をそそられてきた。

そうしているうちにも足取りは進み、やがて私と少佐はロミアザルスのささやかな城《じょう》塞《さい》の門をくぐって街に入っていった。

見慣れぬ軍服を着た女の軍人が入ってきたというのに、門番らしき人間はこっちの方を見もしない。警戒というものをまるでしていない感じだ。

「──七海連合の派遣軍はいないんですか?」

「ええ。私と調停士の二人だけです。これは侵略でも押しつけでもない、という姿勢を見せるためですね。そして両陣営も、どちらの代表もまだ来ていない……ぎりぎりまでねばろうと言うところでしょうね。あと一ヵ月くらいは来ませんよ」

「小康状態というわけですか。でも、それにしても……」

街は、あきれるほどに静かで、緊張というものが欠けているように見えた。

私はちょっと不安になる。竜に守られているのをいいことに、この街はあまりにも迂闊《うかつ》なのではないだろうか。こんなところで本当に、戦争終結の講和条約の調印という大事をおこなえるのだろうか?

「──少佐、大丈夫なのですか」

私は耳打ちした。

「いや、正直、私もやや危惧《きぐ》している」

少佐も渋い顔だ。

「竜がいるからいいが、そうでないとこんな場所、いくらでも各国の間諜《かんちょう》にいいように利用されるでしょうね」

「私は――」

私にはそういう役割はない、と言いたかったが、少佐としては当然私のことも警戒しているのかも知れないな、と思い当たった。それは仕方のないことだったが、やはりちょっとだけ寂《さみ》しくなる。

するといきなり、

「カッタータは特に、この戦争には関与していませんから」

と少佐が妙にきっぱりとした口調で言った。

え、と私が顔を上げると、彼はうなずいて見せた。

それは〝あなたを信頼している〟というまぎれもない誠意がこもった会釈《えしゃく》だった。

「あ、ありがとうございます……！」

私はまた胸が熱くなる。彼と話していると、なんだか自分に少女時代の純粋な気持ちが戻ってくるような気がしていた。

「お礼を言うのはこちらの方ですよ。あなたが来てくれて本当に心強い」

「調停士の方もそう思ってくださればいいんですが」

「ああ――いや、あなたを疎《うと》んじることはないと思いますが。あいつは頭のいい人間には基本的に好感を持ちますので」

またよくわからないことを言われた。どういう人物なのだろう――？

「任務の前に、ご紹介いただけますか？」

「ええ。もちろん。というか、向こうから既に〝あなたに会いたい〟と言ってきていますよ」

「え？　そ、それはどうして？」

「いや——ま、まあ本人に会えばいいでしょう」

少佐の言葉も歯切れが悪い。私はまた不安になってきた。

そもそもの原因である戦争そのものは、この地から遠く離れた場所で行われている。両陣営とも疲弊《ひへい》しきっており、そもそもの戦端の原因も、今となってはよくわからない有様《ありさま》らしい。どこかの鉱山だかなんだかの所有権を巡《めぐ》っての争いからエスカレートして、とかなんとか。しかしその大元《おおもと》にはそれまでの長い民族的対立があったりと、とてもではないが「これが理由です」と冷静に言える状態ではないようだ。

そして両陣営ともに弱っているということは、当然この両者を食い物にしようという外部の介入が生じるということである。

七海連合が今回、ほとんどお節介とも言うべき停戦協定の調停役を買って出たのは、おそらくはそこに〝介入〟して欲しくない何らかの理由があったのだろう。ある国がその勢力を伸ばして欲しくない何らかの理由が。しかしそれはおそらくその戦争それ自体を行っている陣営そのものとはほとんど無関係に違いない。そうでなければ、戦局が泥沼化する前にとっくに干渉《かんしょう》していただろう。

決して綺麗事《きれいごと》ではない。その裏には身も蓋《ふた》もない経済的な駆け引きが存在しており、ただの人道主義で戦争をやめようと言っているわけではないのだ。

七海連合は別名、国土のない帝国ともいわれる巨大な通商連合である。その目的は基本的に利潤《りじゅん》の追求であり、世界中に資金援助やら開発協力をしており、これと無関係な場所はおそらく世界のどこにもあるまい。

そして戦地調停士は、その〝帝国〟の中でも単独で、かつ特権的な位置で仕事を任されることの多い、まるで伝説の勇者みたいな立場にある人だ。ヒースロゥ少佐も半分そんな感じではあるが、彼は一応軍人だから七海連合の代表にはならない。あくまでも今回の仕事はその調停士が主役で、少佐は助手みたいなものだ。そして私はその横で見ている観客ということになるのだろうか。

その人は城塞の、奥の方の一室で控《ひか》えているという。今は戦争の状況を調べた資料と首っ引きで調停条件の案を練っているのだそうだ。

「その資料の情報は少佐がご自身で集められたのでは？」

城塞の回廊を歩きながら、私が少佐にそう訊くと、彼はうなずいた。それはそうだろう。戦場を飛び回らなければできない仕事だ。

「でも私では、その事態に対して単純に怒ったりしてしまうのでね……まとめるのはやはりあいつでないとまずいんですよ」

「冷静な方なのでしょうね」

「落ち着きすぎているというか……まあ、会えばわかります」

私はさっきからこんなことばかり聞かされている。そうしてとうとうその問題の扉の前に立った、そのときのことだった。

いきなり室内から、

「——うぎぎぎぎぎぎぎぎぎぎっ！」

というまるで秘境の怪鳥の断末魔のような奇声が扉越しに響いてきた。

「——ぎゃおぐぎぎぎぎあっ！」

……なんか、尾を引いている。

私は思わず少佐の方を振り向いた。

「……あの」

しかし少佐はまるで動じずに、

「いや、気にせんでください。きっとうまい協定案が見つからないか、見つかったかのどっちかですから」

と極めて平静に言った。

「……と、ということは、あれは人の声なんですか？」

今、落ち着きすぎているとか言われていた、その人が……？

「そうです。まあ、大した意味はないんでしょう、たぶん」

少佐はうなずく。

「感情表現がちと極端と言うだけですから。中身はそれほど――いやまあ」

ちょっと言いよどんだ。私は非常に嫌な感じがした。

「お取り込み中でしたら、また出直して……」

「いや、我々がここに来ていると知っていますから。今紹介しないと後で何を言われるかわかりません。かまいませんから入ってしまいましょう」

と言うが早いか、少佐はノックもせずにいきなり扉を開けてしまった。

「おいマークウィッスル！　リスカッセ大尉殿をお連れしたぞ！」

怒鳴るように言った。

「……あー？」

なにやら部屋の奥の方から唸《うな》るような声が聞こえてきた。

おそるおそる私が中を覗《のぞ》き込むと、室内にはおそろしく大量の書類が乱雑かつ無雑作に、山のように積み重ねてあった。

そしてテーブルの上に、同じく山のように積まれている茶色い物体はなにかと思ったら、横にポットがあるところから見てそれは出涸《でが》らしと化したレミ茶の葉なのだった。浴びるように飲んでいなければこんな山にはなるまい。放蕩者《ほうとうもの》の部屋、そんな感じだった。

しかしその場合浴びるように飲むのはヒーキ酒とかそういう物だろうが。

「……あの」

私はおっかなびっくり部屋に入る。

窓の方に向けられているソファに、どうやらその人物は横たわっているらしい。

「……えーと？　なんだって」

呆《ほう》けたような声が聞こえたかと思うと、いきなりその声の主はがばりとソファから身を起こした。

「——ああ！　そうだったそうだった！　レーゼさんが来るって言ってたものな！」

そしてこっちの方を振り向いた。

そのときの私の驚きと戸惑いはどう表現したらいいのだろう？

まず、服装は意外にも乱れていなかった。きちんとしている。そして髪の毛も脂《あぶら》ぎっていてふけが飛び散るとかいうこともなく、それなりに整っていた。無精髭《ぶしょうひげ》もない。背は高めで、あまり鍛《きた》えられている感じはないが、痩《や》せていた。昔なじみというだけあって、歳は少佐とほぼ同じぐらいの若さのようだ。でも彼よりも子供っぽい感じもする。

そう、いわゆる〝無頼漢《ぶらいかん》〟とか〝乱暴者〟とかいう要素は皆無だ。どこか幼さを残している、穏やかそうな印象のある男だった。

——だが、たった一点だけどうしようもなく目立つところがあった。

「……はじめてお目にかかります。私は」

名乗りかけたところで、男はいきなり遮《さえぎ》るように、

「いや、無駄は止《よ》しましょう。あなたの名前は知っていますレーゼ・リスカッセさん。名乗るのはこちらの方だけで充分です。僕の名前はエドワース・シーズワークス・マークウ

イッスルと言います。ED《エド》と呼んでください。どうぞよろしく」

と一方的に言って握手を求めてきた。その柔らかな手を握り返しながら私は訊いた。

「……はあ。よろしく。どうして私の名前を？」

「ああ、そりゃもうヒースから聞いたんですよ。あなたがとても聡明な方だとね」

「え？」

私は少佐の方を振り向く。彼は咳払《せきばら》いをした。

「ま、まあいいだろうそのことは。それよりおまえ、リスカッセ大尉に話があるんじゃなかったのか」

「いや、別にそれはどうでもいいんだけど」

「なんだって？」

「ああそうか。いや、よくはないか。カッタータはどういうつもりで若い女の人であるあなたを一人きりで送り込んできたんですか、レーゼさん」

この〝ED〟とかいう人はいきなり高度の外交的駆け引きが必要なはずのことを突然に訊いてきた。

「………………」

私は口ごもった。するとEDはニヤリと笑って、

「答えられませんかね？」

と訊きながら、顔の仮面をこつこつと人差し指で叩いた。

そう——仮面である。

この男は、別に街はお祭りで外ではパレードをやっているという訳でもないのに、顔の半分を舞踏会で貴族が扮装《ふんそう》するような仮面を着けて隠しているのだ。

しかも、それが妙に似合っているのである。日常生活で着け馴れている、そうとしか思えない。現に少佐もなにも言わないところを見ると、本当に普段から着けているのだろう。

もしかすると、いかめしい大臣や軍高官達が並ぶ終戦協定の席でも着けているのかも知れない。いや、きっとそうなのだろう。七海連合の威光があるから誰も文句を言えないのだ。

その光景を想像すると笑ってしまいそうになるが、今の私は容赦《ようしゃ》のない問いを投げ掛けられていて笑うどころではない。

「——それは、どのような意図《いと》で訊かれているのですか?」

「いやもう、単なる疑問というやつで」

EDは両手を軽く広げてみせた。

「…………」

私が黙っていると、少佐が取りなすように、

「おい、マークウィッスル。いつも言っているが、なにもすべての人がおまえの調子に合わせてくれるわけでは——」

と言ってくれたが、私はそれを手を上げて制した。

「いいえ――調停士のご質問です。私もはっきり答えましょう。こちらも戦争終結に協力するという任務を受けて、それなりに権限を委譲されてもいますので」

「ふむ」

EDはうなずいた。

「私がひとりだけなのは、これは向こうからの要請によるものです。立ち会いは認めるが、それが何らかの威嚇《いかく》であったり武力をともなうものであれば認められないということです」

「それは知っています。あなたが知っているということは今確認しましたが」

「そうですか。それで〝私〟である理由ですが。これは〝口実〟だからです」

「どういう意味でしょうか」

「いざというとき、何かが私の身に起こったら、たとえ一特務大尉に過ぎなくとも〝若い女〟ということで国民の支持を集めて武力介入の口実にできるからです」

私はきっぱりとした口調で言った。もちろんこんなことを命令上では言われていないが、しかし理由としてはこれ以外には考えられないのだった。

「――ははあ」

EDは感心した、という調子の声を上げた。

「いや、確かにあなたは頭の回転が良く、自分を客観的に見ることができる方のようですね。安心しました。でもひとつ見落としがありますね」

　EDはちっちっ、と指を振ってみせた。

「なんでしょうか？」

「あなたが優秀な人材だから、という肝心のことを言っていませんよ」

　私はからかわれているのかと思った。だがEDはどうやら大真面目のようである。

「——それはどうも」

「いや、別に誉《ほ》めたわけじゃないので。優秀だからと言って、それがいいこととは限らない」

　私は何を言われているのかよくわからなくなってきた。

「……それでこの私の見解がお仕事のお役に立ちますか？」

「え？　——ああ、いや。別にカッタータはほとんど交渉条件に関係しませんので、役には立ちません」

　あっさり言われて、私は思わずこけそうになる。

「お、おまえなあ！」

　横で聞いていた少佐の方が声を上げた。

「だから単なる疑問だと言ったでしょう」

　EDは肩をすくめた。

　そのとき城塞の中で時を告げる鐘の音が鳴った。午後の休憩《きゅうけい》だろうか。

「ああ、もうこんな時間か」

EDは窓の外を見て、太陽の傾きを確認した。

「そうだ、レーゼさん。あなたも一緒に会いに行きますか。ヒースは当然つきあうだろう?」

「何にだ? 会うって、おまえ、いつのまに誰と約束したんだ?」

「約束はないよ。ただそろそろいいかなと思って今日会うことに決めていたんだ」

「誰とです?」

「そりゃもう、ここの土地で最も巨大な相手ですよ」

私と少佐は顔を見合わせた。

この土地で最も巨大と言えば、ひとつしかない。

EDはうなずいた。

「そうです。竜に会いに行きましょう」

2.

竜。

その圧倒的な存在がいつ世界に誕生していたのかは諸説あり、どれも定かではない。ある学者は竜はこの世界の創造主の生き残りであり、創世の時から生き続けていると言い、別の学者は、いや竜は突然変異で強大な魔力を獲得したあくまでも一代変種の〝生物〟に過ぎないという。竜が交配したり繁殖《はんしょく》したらしいという事例は見つかっていないから、一代変種という考えもでてくるのだろう。もっとも竜が死んだという話もないので、世界に七頭いると言われている竜の数が減ったりすることもない。人が魔法文明を築き上げたときには竜は既にそこに存在し、何千年もの間ずっと人間が争ったり繁栄したり滅亡したりしていた魔法文明世界を見てきたのだろう。

竜以外にも魔力を使う生物はいる。たとえばラザンサの魔猫はその視線で獲物《えもの》を金縛りにするし、鳥の中にはあきらかに重力制御呪文としか思えない能力を使っている種類も多い。火炎呪文らしき火を吐くトカゲなど珍しくもない。

だが竜はそんな次元ではとても計ることができない。桁外《けたはず》れなのだ。

たとえば人間は颱風《たいふう》に匹敵するエネルギーを制御することは未《いま》だにできないし、大津波を止めることもできない。大地震が来たら都市は崩れ落ちるのみだし、干魃《かんばつ》は民から食物を容赦なく奪い去る。

だが、そのどれもが竜にとっては容易に制御できるなんということのない能力の一部なのだ。竜のいる場所で大津波が二つに割れたとか、竜が上空を飛んだ途端に十年間降らなかった雨が降ったとか、傷を負って苦しみに暴れ回って周囲の森を破壊していた陸鯨を強風で空に吸い上げ海に落としてとどめを刺したとか、これらを操《あやつ》っているらしい竜の行動に関する報告は枚挙にいとまがなく、とても偶然ではあり得ないというのは常識になっている。

そして、これが最も竜を竜たらしめている理由なのだが、竜の認識力と知性は人間のそれを凌駕《りょうが》しているらしい。歴史が始まってより人間が話してきたすべての言葉を自在に操り、とても考えられないような高度な数学について語られて賢者が茫然とした、という話などいくらでもある。

そして、そんな神の如《ごと》き能力を持ちながら、なぜか彼らは決してそれを全面的に使ったり、群をなして他の生命をすべて支配下に置く、というようなことはしない。

彼らは単独でしか棲まず、ほとんど行動せず、大抵は秘境の沼底だとか永久氷河の果てのクレバスなどの奥まった場所で孤独に生きている。

そのなかではこのロミアザルスの近辺の洞窟に棲んでいる竜は、比較的外界に近いところに出てきている方だと言えた。

「だから、竜と面会している人間も結構いるそうです。巡礼の旅の途中で立ち寄った者とか、一目竜を見ようとはるばる大陸を越えてきた者とかね」

昼下《ティータイム》がりに、仕事を一休みして外のベンチなどで人々がくつろいでいる街のなかを歩きながら、EDはご機嫌な調子で説明した。

「なんでもこの土地の人々は生まれてすぐの赤ちゃんを竜の口の中に入れて、安全を祈願したりもするそうですよ。人なつっこい竜なんですね、ここのは」

脳天気《のうてんき》に大声で話している。

しかし私と少佐は彼についていきながらも、なんとなくばつの悪い表情でお互いをちらちら見たりしている。しかしEDはまるでおかまいなしで、

「僕は前から竜を見てみたいと思っていたんですよ。でっかいんだろうなあ。頭がすごくいいと言いますが、その頭でどんなことを考えて生きているんでしょうかねえ？」

などと遠慮《えんりょ》のない調子でべらべら喋《しゃべ》っている。

だが——さっきからそんな私たちを街の人々がなにやら険悪な顔でじぃーっと見つめてきているのだ。

考えてみれば、ここの人々は竜の庇護《ひご》下で厳しい外の世界から独立し、安定した暮らしをしているわけで、竜に対しての敬意というか、信仰もあるだろう。その中でこんな浮《うわ》ついた調子で竜について語られては面白くなかろう。

戦争の調停をここで行うにあたってはかなりの額の金が七海連合から支払われるらしいが、それで引き受けたとしても侮辱《ぶじょく》までされるいわれはない、とか怒りだしたら元も子もあるまい。

「あの、調停士殿——」

私がおずおずと言うと、彼は、

「EDと呼んでください」

ときっぱりと言った。

「おい、マークウィッスル」

と今度は少佐がちょっと強い声で言った。

「なんで竜と会わなくてはならないんだ？　ただでさえ竜は人間がお互いに争っているのを嫌っているんだぞ。俺たちなんぞが行ったら馬鹿なことをしているとか怒り出すかも知れない。そうなったら取り返しがつかないぞ」

「だから断りを入れるんじゃないですか。これから少しこの土地は殺気だった連中が集まりますが、これは争いをやめさせるためなのです、ってね。違うかい？」

「……それはその通りだが、だったら俺だけでもいいんじゃないのか。おまえまで行くことはないだろう」

「まるで僕と竜を会わせたくないみたいな言い方だな」

「会わせたくないんだよ、はっきり」

「そう言えば君は、なんだったか、そうそうノッキンドルクの地を調査していたときに竜と会ったことがあるって言ってたな。怖かったかい？」

「そりゃあ、な。だからおまえとは会わせたくないんだよ。どんな不謹慎《ふきんしん》なことを言い出すか知れやしないからな」

「これでも常識はわきまえてるさ。それにヒース、竜は仮面が無礼かどうかなんてつまらないことにはこだわらないだろう？」

「それはこだわらないが、おまえと常識という言葉の関係については大いに疑問があるぞ」

「あははは、苦労かけてるみたいだねえ」

「みたい、じゃない！」

……ほっておくと二人でいつまでも掛け合いを続けそうなので、私はおずおずと口を挟む。

「あの、それでどうして私が……？」

「それも竜に対する意思の提示です。第三者の冷静なる視線も存在しているのです、というね。ご足労《そくろう》かけますが」

「いえ、それは構いませんが……」

街の人々の突き刺すような視線の中、私たちは竜の棲処へ至る洞窟の通行許可を出してくれる管理者の詰め所へと足を運んだ。

そこは病院だった。管理者は医者も兼ねている……というか、医者なのだった。この土地には人がそれほどいないので、重要な仕事は何人かの要人が兼任しているのだろう。

「ああ？　竜王さまに会いたいだと？」

居室で、疲れた様子でマテ酒をすすっていた管理者は明らかに渋い顔をした。

「後にしろ。今私は忙しいんだ。赤ん坊がひとりひどい火傷《やけど》を負ってしまってその治療にかかりきりなんだよ」

「それはどうもすみません。では許可だけをいただきたい。同行される必要はないので」

ＥＤはまるで引かない。

「後にしろ、と言っているんだ。あんただって私に患者《かんじゃ》を見殺しにしろとは言わんだろう?」

「だから許可だけをください。なんだったらその患者の方の治療のための補助も惜しみませんので、今許可を」

「お、おいマークウィッスル」

少佐が後ろからＥＤの裾《すそ》を引っ張った。

「お忙しいと言っているんだ。俺たちは急ぎでもないし」

「お忙しいから、こうやって休憩されている最中に話を終わらせた方がよろしくありませんかね」

ＥＤは管理者の手元のグラスを見つめて言った。酒を呑《の》んでいるのだから、確かに今は一段落ついているということではあるのだろう。

「……しかたないな。だが私は行けないぞ。自分たちだけで行ってもらう。竜王さまの御機嫌を損ねて殺されても知らないからな」

「それは覚悟の上《そこ》です」

簡単に言ったので、私と少佐はまた顔を見合わせた。私たちの方はいつ覚悟したのだろうか?

洞窟の前に張られているという魔法結界を一時的に解除するという呪符を安からぬ金額

で買い取って、私たちは竜の棲む場所へと向かった。

「いや楽しみだなあ！」

と無邪気にはしゃいでいるEDの後ろ姿を見ながらため息をついていた私は、このときその後に起こる事態を予測していただろうか？

いや、このときはまだ、竜に会うというので漠然《ばくぜん》とした不安と若干の怖れ、しかし少佐がいるので大丈夫だろう、といったようなとりとめのない感覚しかなかったように思う。

だがこのとき、既に事件はとっくの昔に始まっていて、私と少佐はこの仮面の男――エドワース・シーズワークス・マークウィッスルの奇妙な冒険に同行を始めていたのである。

3.

……闇の中で雫《しずく》が垂れている。

広さは充分のようだが、その空間を占める主《あるじ》の身体そのものが巨大なために手狭な印象がある。暗がりの中だが、その主には闇と光に差がないのだろうか、それへの対策はまるでない。ただ岩盤《がんばん》状の壁面と床と天井と、すべてが同じような刳《く》り抜いただけの穴である。

その闇の静寂《せいじゃく》の奥で、主は身じろぎもせずにじっと動かない。その様子は、ほとんどその場所に直接彫り込まれた彫刻のようだ。

その上に、天井から凝結《ぎょうけつ》した水滴がぽたり、とまた落ちる。

だが主は動かず、そしてそのまま時間が過ぎていき、やがて彼方《かなた》より何やら気配がゆっくりと接近してきた。

*

それは洞窟というよりも、なんだかでこぼこした岩山の一部がたまたまへこんでいる場所、そんな風にしか見えなかった。だがよく見ると確かにそのへこみには底というものが見えず、奥に延びる空間に続いているようだった。

「結界というのはどこまで張られているものですかね？」

EDが、少佐が手にしている呪符を脇から覗き込みながら呟《つぶや》いた。

なにやら、表面に書かれた文字が青白くぼうっと光っている。作動している、ということなのだろう。しかし風景の方にはまるで変化がないのでほんとうに結界が張られているのか傍目《はため》にはわからない。どういう効力のあるものなのだろう。訓練された魔導師でもいればわかるのだろうが……。

少佐に訊いてみると、

「私も詳しくは知りませんが、ふつう魔法というものは精霊とか呪詛とか、土地それぞれによって色々な名で呼ばれている〝目に見えないもの〟を利用してそこから力を引き出すものですからね、見えなかったり感じられなかったりしても無理はないとは思いますが、この場合はわかりませんね。たぶん人間にだけ反応して、これの侵入を阻止するものだとは思いますが。呪符の様式からして兵器と同程度の強力なものであるのは確かですが」

「絶対に入れないのかい？」

「結界というのはそういうものだからな。入ろうとすれば、熱なり冷気なりが襲いかかって殺されることになる。対策を立てても、その場合結界そのものが弾《はじ》け飛んで爆発するから、こっそりということはあり得ない」

「そっちの方が目的のようですね。ロミアザルスの人にとっては、誰にも入られないためにというよりも、無断で入られないための警報なのでしょう」

私がそう言うと、少佐はうなずいた。

「正しい見解でしょうね……では結界は、呪符でちゃんと中和されているようですから、さっそく入ってみましょう」

「わくわくするなあ」

EDが両手をすりあわせるようにして揉《も》みしだいた。

「いいか、くれぐれも言っておくがな……」

「わかってるよ。礼儀は忘れないさ」

「別に言葉遣いをとがめたりはしないが……というか、竜はへりくだった者を嫌うから、やたら萎縮《いしゅく》するのは逆効果だが」

「まあ、その辺はなんとかね。正直にやればいいんだろう?」

「今から、だぞ。もう竜はこっちのことなんかとっくに感知しているはずだからな」

「そうなんですか?」

私は思わず声を上げてしまった。だが考えてみれば、人間とは比較にならない魔力を持っている竜が、入り口の、人間が張った結界が開いたり閉じたりするのに気がつかないはずがない。そもそもあの結界それ自体、竜にとってはなんでもないものなのだろう。私がそう思っていると、何を考えているのかわかったらしく少佐はうなずいた。

「結界を越えて自在に出入りできるものがいるとしたら、それは竜自身しかあり得ないでしょうね」

「竜には効かないのかい。ふーん。じゃあ封印されているというわけではないんだ」

「そんなことはこの世のどんなものであっても不可能だよ。竜がここにいるのは、あくまでも自身の意志だ」

「少佐は、以前に他の竜に会ったときはその、おひとりだったんですか?」

「ええ。そういう任務の途中だったので」

「勇気がおありになるんですね……」

「いや、別にそんな」

「いやいや、ほんとにヒースは時々、馬鹿みたいに肚《はら》がすわってしまうときがあるからなあ」

「なんだかおまえに言われると〝鈍感〟と言われているようにしか聞こえないんだが」

「まあ、そういう意味でもあるから」

「あのな」

……などとあんまり緊張することもなく、私たちは洞窟の中を進んでいった。真っ暗なのだが、呪符から発せられている青白い光が周囲を照らしているのでお互いの姿と足元は見える。

洞窟そのものはとても広いので、壁面と天井は遠くてよく見えないが、しかしそれが別に何の変哲もない岩肌にすぎないことはわかる。

（……こんなところにひとりきりで、ずっと……？）

ひどく寂しげな生涯、そうとしか私には思えない。竜は何が楽しくてこんなところに棲んでいるのだろう？　世界を壊せるほどの力を持っているというのに、どうしてこんな暗がりに引っ込んでいるのだろう？

私たちはその闇の中を進む。

「しかし実際問題としては、あの土地は昔はどちらにも属していなかったということなんだよね」

「しかし、どっちもムキになっているからな……譲れ、と言っても聞かないだろう」

「そうなんだよねえ」

と、さっきから話し続けている少佐とＥＤをよそに、私は竜の孤独の理由などについて考え込んでいたので無口だった。

そうしているうちに、私たちの足は自然とゆっくりとしたものになっていき、やがて停まった。

薄闇の中でもはっきりと、そこから洞窟がひとまわり大きくなっているのがわかったからである。まるで中からどんどん押し広げられたように――

(――ように、じゃなくてそのものね)

私は唾《つば》を飲み込んだ。

向こうに、大きくて重みを感じさせる影がひとつ、闇を透《す》かしてうっすらと見えたからだ。

「……いよいよだな」

少佐が呟いて、ひとり、前に一歩進み出た。私はついていこうと思ったが、少佐は私たちに背を向けたまま手で軽く制したので、停まる。まず自分が伺《うかが》いを立てようというのだろう。彼らしいことだった。ここは素直に従おう。

ちら、とEDの方を見ると、目は仮面の陰に隠れてよく見えなかったが、口元はなにやら〝へ〟の字に曲がっている。

「…………」

考え込んでいるようだった。何を考えているのかはもちろんわからない。

私は竜と少佐に目を戻す。

彼は、竜に向かってまず自分たちが何者かという説明をしていた。挨拶は抜きだった。なるほど、竜に儀礼的な言葉はいらないだろう。さすが経験者だ。竜の方はまったく反応しない。しかし気配らしきものも変化しないので、怒ってはいないようだ。私は心の中で胸をなで下ろす。

少佐はと言うと、返事がないことにはまったく頓着《とんちゃく》せずに、よどみなく喋っていく。後で教えてもらったのだが、竜がどう思っているのかということなど、こっちから質問してもしょうがないのだそうだ。

「竜の方が認識力があるということは、判断力の基準も我々とは違うんですよ。その判断の理由を説明してくれと言うのは、いわば子供に、まあなんですか、赤ちゃんの作り方を説明するような、ひどく面倒な仕事なわけです。それを強要してはいけない。相手の方が立場は絶対的に上なのですから」

……だそうだ。そのときはそういうことまではわからなかったが、少佐は堂々としていて物怖《ものお》じしないなあ、とちょっとうっとりして彼のことを見ていたりした。

「…………」

その間も、EDは例のへの字口でむっつりしている。

あれほど「会いたい会いたい」と駄々をこねていたにしてはやけに神妙である。やはりその辺のことはわきまえているのかな、と彼のことを少し見直しかけた、ところがよりによってそのときのことである。

まだ少佐が、

「……ですから、我々はこの地の状態を侵害したり、変化を強《し》いるつもりは毛頭なく……」

とか喋っている途中だというのに、EDはいきなり「はあっ！」と強い調子でため息をつくと歩き出したのだ。

「え？」

私が虚を突かれてぽかんとしてしまった隙に、EDはすたすたと早足で進んで、少佐の横を通り過ぎると、そのまま竜のすぐ側にまで行ってしまった。

しかし竜は動かない。

そして——ああ、なんたることか、この仮面の男は竜が微動もしていないのをいいことに、その前に立って、そしてあろう事かその鼻先を手のひらでつるりと撫《な》で上げたのだ。

「——あっ！」

私は思わず声を上げてしまっていた。

EDはかまわず、竜の頭部のあちこちを撫でている。

「お、おいマークウィッスル！」

少佐が飛び出してきた。

「ぶ、無礼なことは控えろよ！」

怒りながらEDの肩を摑《つか》んだ。ところがそれに対して、EDは予想外の反応を見せた。

「無礼なのはそっちだ！」

逆に怒りだしたのである。それも、決してわがままな自分勝手な怒りではない、正しさのある怒り方だった。

私たちが茫然となると、EDは、

「——ふうっ」

と疲れたようにため息をつくと、静かに手を伸ばして、そして竜の、その大きな眼球に指先を触れさせた。

——ひっ、
と私たちは身をすくめたが、しかし竜は、そんなことをされても何の反応も見せない。ただじっとして、微動だにしない——

「……あ」

ここで、私と少佐はやっと〝その可能性〟に思い当たった。

し、しかしそんなまさか——

「お、おい……まさか、それは」

少佐の声も震えている。

EDはうなずいた。

「ああ。死んでいるんだよ」

静かに告げた。

「しかも、それだけではない」

言いながら、EDは竜の頭部の後ろ側に回り込んだ。そしてそれを追った私たちは、遅まきながらここでやっと、その我々の足元になにやら黒ずんだ跡があるのに気がついた。なにか、色の付いた液体が流れ落ちて、それがすっかり乾燥した跡のような、それは……

「…………！」

息を呑んだ私と少佐に、EDはまたため息をついた。

「ここまでとは、思わなかっただろう？　僕も思わなかったよ」

そして彼が示す先にあるのは、鍛鉄《たんてつ》だろうか、黒ずんだ金属の棒——杭《くい》のような物だった。

それは竜の、頭部と首の間、人間で言うならば〝延髄《えんずい》〟にあたる部分から突き出していた。刺さっているそれが、竜のとても重要な器官をつらぬいているのは間違いなかった。

「——どういうことなんだ……？」

少佐が愕然《がくぜん》とした声を出す。私もまったく同感だった。

絶対無敵で、大津波や颱風を凌《しの》ぐ神の如き力を持っていて、一国の軍だろうがまるで相手にしないはずの、その竜が……

「殺されている。何千年も我が物としてきた縄張りの真ん中で、しかもどうやらその死因は単純にして明快な〝刺殺〟らしいということだよ」

EDはぼそぼそと、ひどく沈んだ口調で言った。

4.

「困ったことをしてくれたな……」

ロミアザルスの頭首、年老いた魔導師は深々と刻まれた皺《しわ》と伸びに伸びた白髪と白髭の向こうから、すきま風のようなか細い声で私たちに話しかけてきた。

「我々が何かをしたわけではない」

少佐が抗弁したが、しかしその声もどこか力がない。

「結界をこれまで破った者はいない……ということはあんたらが一番怪しいと言うことになる」

私たちに呪符を渡した医者が睨みつけながら言った。

都市議会の各種会議をするという薄暗いホールで、私たち三人はロミアザルスの要人たちに取り囲まれるようにして詰問されていた。

「理由がないじゃありませんか！　私たちは、竜が死んでもらっては大変困る立場にいるんですよ！」

私は必死で弁解しようとした。だがこれは逆効果だった。皆、すごい険悪な視線で私を突き刺してきたのだ。それはそうだ、竜が死んで困るのは、なによりもこの都市の人々なのだ。都市の独立性も竜あったればこそなのである。その絶対的な基盤がなくなってしまってはこれからどうするのだろう？

……だが途方に暮れているのは私たちも同じだった。

「せ、戦争の調停にはこの土地と、竜の存在が絶対に必要だったんです！　それをなくすような真似なんかするはずがないじゃないですか！」

「あんたはカッタータの代表だろう。戦争とは関係ないんじゃないかね」

議会の構成員のひとりに鋭いことを言われた。私はぐっ、と息を詰める。

しかしそこで少佐が、

「リスカッセ大尉は七海連合からの正式な要請に応《こた》えて来てくださっているんだ。その使命に対しての責任を感じていらっしゃるんですよ」

ときっぱりと言った。すると皆の追及する方向が私から少佐に移ってしまった。

「七海連合は、いったいどうやってこの責任をとってくれるんだね？」

「まさか無関係でしたと言い張るつもりではあるまい。戦争の調停にこの場所を選んだのはそっちなんだからな。他国も、この不祥事《ふしょうじ》は見逃したりはしないだろう」

「いくら七海連合でも、多くの国で通商を禁じられたらお手上げなんじゃないのかね？」

一斉に言いつのられた。

「ほったらかしにする、そんなことは無論しません！」

少佐は皆に負けない、大きな声を出した。

「この件に関しては、私が責任を持って対処します！」

「責任だと？　どうやって取るつもりだね？」

「それは……これから」

「これからだと？　戦争の調停とやらは一ヵ月後だというじゃないか。いくら風の騎士でも、それだけの期間で何ができるというのだね？」

言われて、さすがに少佐もぐっ、と言葉に詰まった。

私は胸が痛んだ。そもそも少佐は私をかばうようなことを言ったから、ここまで責め立てられてしまったのである。なんとかしなくては、なんとか——

「——あ、あの」

と、私が口を開きかけたそのときである。

それまでまったく口を開かなかったEDがいきなり、

「犯人を捕まえて、こいつが悪かったと言って世界に示して、その後で七海連合が各国に呼びかけてこの土地の通商基盤としての独立運営を都市議会に委託《いたく》する形にすればいい」

と、どこか投げやりな、しかしすらすらと淀《よど》みない口調で言った。

みんな——私と少佐も含めて——一斉にこの仮面の男の方を向いた。

「……なんだって？」

頭首の魔導師が全員を代表して訊き返した。

「文句ないでしょう？　それなら」

EDはほとんど〝どうでもいいだろう〟と言わんばかりに返答した。

「犯人だと？」

「貴様、何者がやったのかわかっているのか？」

議会の連中の問いかけに、ＥＤはニヤリとして、

「おや、その言い方だとやっぱり我々が犯人ではないことはあなた方も承知してらっしゃるようですなあ？」

と不敵に言い放った。

うっ、と皆押し黙る。しかしこれはＥＤに押されたのではなく、怒りをこらえているようにも感じられたので私は焦った。

「そ——そうですよ！　犯人です。何者かはわかりませんが、確かに竜を殺害した者がいるはずです！　これを一刻も早く究明しなくては！」

私はあわてて取り繕《つくろ》う。だが、これもまた失敗だった。

やはり険悪な目つきで、じろりと皆に睨まれた。

「竜を殺した者を、突きとめられると言うのか、貴様らは？」

底冷えのする声で、ゆっくりとそう言われた。

私は絶句した。こういうときに黙ってはいけないということを知っていながら、とっさに二の句を継ぐことができなかった。

そうだ——いったいどうやって竜を殺したのかわからないが、その者は竜を凌ぐ力を持っていることになるのではないか？　そんな奴を相手に果たして〝究明〟などできるとい

うのだろうか？

だが――これにもまた、EDが至極《しごく》あっさりと言ってのけた。

「そう言っているんですよ。この僕がね」

あまりにもあっさりとしているので、ふざけているとしか思えないような調子である。

「……おまえが、か？　戦地調停士」

「いったい何を捕まえて来るつもりだね、ん？」

「だから〝犯人〟をですよ」

EDはまるで衒《てら》いというもののない言い方である。

しかし、この仮面の男の言い方に、なんというか――ある種のにおいを感じて、私ははっとなる。

そうなのだ、この男は戦地調停士なのである。それは口八丁手八丁で、とても共通項などないはずの千年の敵同士を握手させてしまうのを本分とする、そういう特殊な才能の持ち主のことなのだ。そういう者が〝犯人を見つける〟ということは、つまりこれは――

（まさか……でっちあげるつもりなのか？）

開き直っている詐欺師《さぎし》――そんな感じが今のEDからは感じ取れるのだった。

その気配はロミアザルス議会の連中にも伝わったようだ。なんとなく彼らの、EDを見る目つきが変わってきた。

いかがわしいものを見るような――だがそれ故に、なんとなくそこには〝安堵《あんど》〟のようなものが視線に混じりだしてきた。

「お、おいマークウィッスル……」

少佐が、それまでの毅然《きぜん》とした態度とはちょっと違った、困惑したような口調で話しかけたが、ロミアザルス議会の者たちがそれを遮った。

「なるほど〝犯人〟か。しかし、そのアテがあるのかな戦地調停士?」

いかにも〝政治上の取引〟という感じのねっとりとした口調で訊いてきた。

「ありません。だから情報が欲しい。ここ一年ほどの間に、竜と面会した者のことを知りたい。当然、記録してあるんでしょう? あれだけ厳密に管理してるんだから」

「無論だ。ここ一年くらいなら六人いる。しかしその者たちの住んでいるところと言ったら世界中に広がっているぞ。それをいちいち調べてまわるつもりか?」

「そりゃそうですよ」

「期間は三十日前後だ。それで調べられるのか?」

「強行軍の旅になるでしょうね。準備は急がないといけない」

EDはあっさりと言ったので、私はあやうく聞き逃すところだった。

なんだって?

〝旅〟だって?

この仮面の男は、まさか……

「旅だと? ということは……あんたが自分で旅していって、そいつらと直接会ってまわるつもりなのか？」

訊かれて、EDはうなずいた。

「そう言いましたよ」

「しかし……七海連合だろう？　世界中に仲間がいるはずだ。他の者たちに調べさせればいいだろう？」

「それでは秘密が外に漏《も》れる虞《おそ》れが大きい。この件は解決するまでは隠密裡《おんみつり》に事を進める必要がある。と言うわけだから当然、そこの二人も僕に同行してもらう必要がある」

と、EDは私と少佐の方を見た。

私は突然だったので目をぱちぱちさせたが、少佐の方はなんだかそう言われることを承知していたように、苦虫を嚙み潰したような顔をしている。

「少佐の方はわかるが、カッタータの代表はどうしてだ？」

「カッタータだからだ。言ってはなんだが、信用しきれない。一緒に行動させれば秘密を漏らすゆとりはないだろう？」

肩をすくめるような動作をしてみせた。言われている私としては、どう反応してよいかわからない。少佐の方に助けを求める視線を向けると、彼はかるくうなずいて、

「……お願いします」

と真剣な態度で言った。その表情に、私は敵意もよそよそしさも感じなかった。七海連合の政治的立場とかそういうものを越えて、レーゼ・リスカッセ個人にヒースロゥ・クリ

ストフ本人がそう言っているように私には感じられた。

EDは信用できないが、このひとなら信じられる、そう思った。

「わかりました。私も同行します」

私が毅然とした口調で言うと、ロミアザルスの頭首がふんと鼻を鳴らした。

「まあ……よかろう。旅に出るというのならば、それで〝犯人〟を見つけられると言うのなら好きにするがいい。だが戦地調停士よ、他の二人はいざ知らず、おまえが途中で逃げ出さないという保証は必要だな？」

「それは当然ですね」

EDはもっともらしい口調で言った。

すると頭首はにたりと笑って、

「生命を懸けてもらうぞ」

とその老いて乾涸《ひから》びたような指先を彼に突きつけてきた。

5.

あきれかえるほどに見事に晴れ渡った青空が広がっている。

そしてその下に広がるのは荒野だ。赤茶けた大地に、ぼそぼそとしなびた植物が生えているだけで、ほとんど変化というもののない景観がひたすらに続いている。

だが——その平坦で何者も姿を隠すことなどできないような場所で、そいつはほんのわずかな地面のくぼみの中にすっぽりと身を隠して、そして荒野を進んでいく三頭の馬とそれに乗っている三人の男女を蔭から見ていた。

三人は馬を早足で進めながら、何やら話している。だが無論そいつのことなど気がついていないようだ。気配を完全にそいつが絶《た》っているせいもあったが、それ以前にこんな場所で何者かが潜んでいるという可能性など思いもよらないのだろう。

（——あれは例の戦地調停士に、問題の凄腕〝風の騎士〟ヒースロゥ・クリストフ少佐だな。それは間違いない……しかし）

そいつは残るひとりの女に目を向ける。

（あれは誰だ？　カッタータからも代表が来るという話だったが……あんな若い女だったのか？　それに、もしそうだったとして連中、どうしてロミアザルスから離れるんだ？）

そいつは三人組を注意深く観察している。

しかしいったいいつからそこにいたのだろうか、そいつの周囲には足跡に類するものがまるでなく、ずっと何日もそこに居続けていたかのようだ。その間の食事や排泄《はいせつ》はどうしていたのだろう？　それに何よりも水は？

だがそいつに憔悴《しょうすい》や疲労はまったく見られずに、遥《はる》か遠くの三人組に目の焦点を完全に合わせて、その口元までも観察している。

（何を話しているんだ……）

そいつはどうやら唇を読むことができるらしい。仮面を着けた男は特に大きな声を出しているらしく、唇もはっきりとした動きを見せている。あちこちで明快に言葉を理解できた。

（……〝もんだいをせいりしておきましょうか〟……〝もくてきはあとまわしでいい〟〝ほうほうこそがこのばあいのしょうてんです〟――なにか問題が起きたようだな。それを解決しに出かけるというのか？　だがその問題というのはなんだ？）

そいつはさらに観察を続けて、そしてその眼が驚きで見開かれる。

（な……なんだと？　何を言ったんだ？　確かに言ったぞ――いったい何の冗談だ？　あいつ確かに〝竜が殺された〟と言ったぞ……!?）

私たちは本当に余裕も何もなく、竜の死体を発見したわずか四時間後には議会からあてがわれた馬に乗ってロミアザルスから出立していた。

「いやあ、調整された装甲馬でない馬に乗るのは久しぶりです。やはり揺れるものですねえ！」

EDは、まるで何事もなかったかのような陽気な態度ではしゃいでいる。

「………………」

しかし私と少佐は暗い顔つきでただ馬を進めるのみだ。

なんでも東に馬で二時間ほど行けば大きな街道と合流できて、移動手段も色々と整備されているらしい。急ぎの旅なので、とにかく一刻も早い便《びん》で行かなければならない。

空は晴れ渡ってはいるが、既に太陽は大きく傾いている。ぐずぐずしていると日が暮れてしまうだろう。

だがEDはそんな焦りなど微塵《みじん》も感じてはいないようで、

「ここで問題を整理しておきましょうか？　どうすれば竜が殺せるのか考えてみましょう」

と呑気《のんき》な口調で私と少佐に話しかけてきた。

「……考えてわかるものならな」

少佐が沈んだ声で返事した。

「やり方なんぞ想像もできない。それよりどうして竜を殺す気になったかを考えた方が早いんじゃないのか」

ぼそぼそと言う。しかしEDはこれに明快に応えた。

「目的は後回しでいい。方法こそがこの場合の焦点です。どうすれば竜が殺せるのか？それを可能とする何らかの道があるはずなんです。それさえわかればこの事件はケリがつきます」

「それはわかれば、だろう？　だが見当もつかないじゃないか。竜なんだぞ？　それがあんな風に、まるで街の裏通りで、酔っぱらいが喧嘩《けんか》して、あげくにそこらに落ちていた鉄棒で刺されて死亡したみたいな、あんな死に方をいったいどうすればできるというんだ？」

声の途中で少佐の身体はかすかに震えだした。

私は、竜の死体を発見した直後のことを思い出していた。

洞窟の暗がりの中、竜が完全にことされているのを知った少佐はまず「……そんな馬鹿な！」と叫んだのだ。

「こ、こんなことがあるものか！　これは何かの策略だ！」

と、竜の周りを意味もなく走りまわった。私はてっきり少佐が錯乱したものだと思っていたのだが、あとで訊いたところこれは、その辺に何らかの罠《わな》が仕掛けられていたり、あるいはこの事態が幻覚を見せられているのではないかということを確認していたのだそうだ。幻覚の中だと、走り回った後で心拍数の増加感覚が普段とやや違うのだそうである。しかし、やはりこれは現実でしかなかったようで、しかも周りには罠が仕掛けられている形跡も何もなく、少佐はがっくりと肩を落とした。

「……信じられない。いったいどうなっているんだ……」

私はただ、立ちすくんでいる。少佐は信じられないという心を説明するゆとりがあったが、私にはそれすらない。何がなんだか、まったく理解の範疇《はんちゅう》を越えていたのだ。

ぼんやりと、周囲の闇を見回したりする。だが無論そこには私たち以外の者の気配は皆無だ。そして四方は岩山の硬い硬い岩盤で覆いつくされている洞《ほら》のなかだ。しかも結界によって、何者も入ることの許されない場所であるままだ。

つまりこれは――完全なる密室、という奴ではなかろうか、などと私はどこか焦点のぼやけた間抜けなことを考えていた。侵入不可能、実行不可能の完全なる殺害事件……。

そしてこの間、ＥＤだけが竜の身体にへばりつくようにして、色々と観察をしていた。

「他に外傷らしきものは何もない……やはり、この首筋に突き刺さった鉄棒が死因と考えるしかないようだ。あるいは病気か何かで死んで、鉄棒は無関係と見るのが正しいかも知れないが、それにしては――」

ＥＤが少し考え込んだ、その合間に少佐がＥＤのところへと歩み寄っていた。立ち直ったらしい。私もはっ、と我に返った。

そしてＥＤが見ているものを私たちも見た。そこには、竜の綺麗に、そしてぴっちりと固く敷き詰められた鱗《うろこ》の、そのたった一枚、それだけがわずかに逆立って、そしてそのささやかな合間に、ぴったりと一分の隙もなく差し込まれている鉄棒があった。その太さは女性の手首くらいで、突き出した長さは太さの四倍ほどだ。それほどの威力は感じさせない物体だった。鉄棒の端は丸められており、明らかにこれが人為的な加工がされたものだと知れた。

「なんだこれは……こんな、ほんの少しの一点を狙って、そして突き刺したというのか……？」

少佐は震える声を出した。

「竜の鱗はとんでもなく硬く、その下を支える筋肉も強靱《きょうじん》だ……だから鉄棒ではどんなに力を込めても破られるはずがない。そんなことをしたら鉄棒の方が先に潰《つぶ》れてしまうだろう――だから……だからといって、こんな……」

「これは鍛鉄のようだ。鍛えられた頑丈な鉄だね。鉄槍か何かかな」

EDは静かに観察している。

少佐がいきなり、手にしていた通行用の呪符をその鉄に押し当てた。しかし別に何も起こらない。

「……呪符に反応しない。この鉄には、それ自体には何の魔法も掛けられた痕《あと》がない……ただの金属だ」

結界呪符であるから、何らかの魔法が掛けられていたら呪符は反発して輝きを放つはずだった。だがそれがない。

「抜けないか？」

EDがいきなり言った。

「え？」

「ヒース、これは酷《ひど》いよ。この鉄棒を引っこ抜いてくれないか」

言われて、少佐はすぐに鉄棒を摑んで引っ張った。だがびくともしない。

「――駄目だ。肉にがっちりと喰《く》い込んで固定されている。たぶん刺さった後で、竜の超生命力で細胞が回復してぎゅっと締めてしまったんだろう。しかし肝心の急所だけはそれでも回復できなくて、それで――」

「死んだ、ということか。やはりこれが死因と見るしかないな。殺されたことは確実だ」

EDは腕を組んで唸《うな》った。

「竜の魔力は強大無比だ。だから魔法では絶対に殺せない。従ってこういう物理的な方法でのみ殺せる、ということなのか……？」

「そんな馬鹿な話はない！」

少佐が怒鳴った。

「竜なんだぞ⁉　こんな簡単な殺され方をするはずがない！」

少佐はむきになっていた。そういえば彼は過去に他の竜と会ったことがある、と言っていた……そのときの体験と、今のこの状況がまったく一致しないのだろう。

人生観そのものがひっくり返る、まったく非常識きわまる――そういうことなのだろう。

そして……その苛立《いらだ》ちはこうして旅に出た今でも続いているようだ。

荒野を行く馬上で震えながら、少佐は押し殺した声を絞り出す。

「……どう考えたらいいのかもまるでわからない」

「しかし、現に竜は殺されている。それは変わらない事実だよ、ヒース」

「……わかっている。わかってはいるんだが……」

ひたすら孤高の生命をいとなむ竜のことを、彼は尊敬していたらしい。それが無惨に殺された、そのショックもあるのだろう。

私はそんな彼を見ていられない気がして、つい口を挟んでしまった。

「で、でも問題は〝犯人〟をどうするかということでしょう？　竜が殺された謎よりも、それはどうするのですか」

そうなのだ、ロミアザルスとの約束は〝犯人〟を世界に公表できればよいということなのである。その殺害方法を解き明かせということは条件に入っていない。こちらには切迫した理由もあるのだし――。

ところが、私としては大事なことを言ったつもりだったのに、それを聞いてEDは、

「ああ〝犯人〟などは謎を解いてからのことですよ」

と馬鹿にしたような口調で言った。

「え？」

私はあっけにとられた。

馬が停まってしまう。少佐とEDも、私に合わせて馬を停めた。

「……そういう言い方はないだろう。リスカッセ大尉はおまえのことを心配して言ってくれてるんだ」

と少佐が、これは意外でもなんでもないという感じでEDに文句を付けた。

「あ、あの……？」

私はなんとなく、この二人から仲間外れになっているような気がしてきた。なにか話が決定的にずれている。

「いや、あなたがそう思っていたのも無理はない……だがこいつはいつもそうなんですよ」

少佐が私にうなずきかけて、そして横目でEDを睨むように見ながら説明をし始めた。

「ああいう風に、いかがわしい調子で、いかにも何か腹に一物秘めていますよ、というような調子で話し出したときには、相手は〝ははあ、企《たくら》みがあるのか〟と勝手に思いこんでくれますが、実はこいつはそういうときに、絶対に嘘は言っていないんです。本気なんですよ」

「……は？」

「〝竜を殺した者を突きとめられるか〟という問いにこいつが〝そのつもりだ〟と肯定をしたでしょう。あれは完全に、まったく、なにひとつ間違いなく、本当にそれをするつもりだという、こいつの意思表示なんですよ」

少佐のため息混じりの言葉に、私は頭の中が真っ白になる。

「――――って、だって……だって、その」

「嘘は言っていないだろう？」

EDは白々しい口調で言った。その態度にはまるで信頼性がないが、しかし……

「こういう奴なんですよ」

少佐がまたため息をついた。

しかし……しかしこの場合は、それが懸かっているのが、なによりも――

「だ、だって――だってあなたの生命じゃありませんか！」

私は、ＥＤの右の手の甲を――そこに刻まれた真っ赤な〝死の紋章〟を見ながら大声を出していた。

その声はむなしく荒野に吸い込まれて、何にも反響することなく消えていく。

しばらく、しん、とした静寂だけが広がっていた。

「――ま、とにかく進みましょう。ここに停まっててもしょうがない」

ＥＤはひとり、さっさと馬を走らせていった。

「…………」

私は開いた口をふさぐきっかけのないまま、その後ろ姿をあやうくただ見送るところだった。

「リスカッセ大尉、行きましょう」

少佐がなだめるように言ってくれたので、私はやっと落ち着きを取り戻した。

「あ、あれはどういう人なんですか……？」

「ああいう奴なんです。昔、ちょっとありましてね……あんまり自分の生命を大切だと思ってない節《ふし》があるんですよ。しかし、殺させはしませんよ。事件がどう転ぼうと、あいつはこれからの世界に必要な人材ですから」

少佐はきっぱりと言った。彼はもしかすると、こういう言葉をこれまで何度も言ってるのかも知れなかった。

「戦争を終わらせるためにも、あいつには生きていてもらわなきゃならないんですから」

「そ――そうですね。も、申し訳ありません。私ったら……」

私は自分の偏狭《へんきょう》さに恥じ入りそうになった。だがそのとき少佐が、

「いや、あやまることあない！　悪いのはどう考えてもあいつだ！」

と急に強い声を出して、彼は私にウインクしてみせた。

私は吹き出してしまった。

「さて、追いかけますか」

「そうですね！」

少佐と私は馬を走らせて、行ってしまったEDの後を追いかけていった。

後から考えてみると――結局、私たちの関係はずっとこんな感じだった。EDがひとりでどんどん先に行ってしまい、私と少佐はその後を追いかけるだけで精一杯だった。このとき、私はまだ知らなかったのだ……このエドワース・シーズワークス・マークウィッスルが今回の事件の〝犯人〟をどれほど嫌悪《けんお》し憎悪しているかを。そして彼はどうして仮面を着けているのか、その理由も――何もかも。

第二章　姫君と騎士

a case of dragonslayer

1.

月紫姫《つくし》は日々の生活に退屈している。

「あーあ。退屈じゃ退屈じゃ。なにか面白きことはないものかのぅ……」

今日も彼女はぼやきながら、居室として一人で占領している塔の最上階で、本をぱらぱらとめくりながらベッドに寝そべっている。

本自体はお気に入りのものであるのだが、いかんせん既に何十回と読み返しているので新鮮さに欠ける。

『……人の想いはそれ自体では何の意味もない。意味があるとすれば、その想いと世界が食い違っているのは何故かと想うところにある』

などとわかったようなわからないようなことが、彼女にとっては異国語であるナッサス語で書いてあるのだが、彼女は実はそっちの方はほとんど読んでいない。彼女が見ているのは、その横に併記《へいき》されている訳のわからない記号だ。

これは学術書であり、その分野は界面《かいめん》干渉学という。それはどこかの遺跡だか山奥だか、彼女は詳しく知らないが、そういうところから発見された正体不明の物体を研究し、その由来を探っている学問である。いわゆる文明の過去を探る考古学ではない。似ているが、こっちの方は自分たちが何を調べているのかというところから調べているのだから、より雲を掴むような話だ。

この本は、その発見された中に書物と思《おぼ》しきものがあり、それを研究、翻訳したものなのだ。だから装丁も素っ気ないし、挿し絵の類も、色気に欠ける実用的な研究上の図解だけだ。そもそも一般に流通もしていない。彼女の叔父が暇《ひま》つぶしとして遊び半分にこの手の研究をしていて、その叔父が半年前に死んだときに形見分けとしてもらったのだ。別に彼女はその女ったらしだった叔父のことが好きでも嫌いでもなかったが、この本は好きだった。

その、なんだか魔導師が唱える呪文をそのまま字に変えたような、正体不明の記号の羅列を眺めていると妙な安らぎを感じるのだ。明らかにそこには何かの意味がある、だがその意味を我々は解釈できるだけで、真に意味として捉《とら》えることはできない……そこに惹《ひ》かれるのだ。

なぜかは彼女も知らない。というより、そういうことをそもそも深く考えないのが彼女、月紫姫の性格なのだ。

その記号をつらつらと眺めながら、そのこと自体は楽しいのだが、それでも彼女は口に染みついてしまっているその文句を口にする。

「あーあ、退屈じゃの。なんぞ変わったことでもないものか……」

と、彼女が何気なく塔の外に目をやったときである。

「……ん？」

城の庭園を、王家の親衛隊が何やら殺気だった様子で出動しようとしていた。完全武装で、隊列を組んでいるのだ。

「ん？ んん？」

姫は目を輝かせて、その様子を見ていたが、すぐに身をひるがえして居室の外に飛び出した。

そして階段を駆け下りて、彼女の警護に就《つ》いているヤマギ衛士長の執務室に飛び込んだ。

部屋にはヤマギの他に、彼の部下の部隊長たちもそろっていた。明らかに作戦会議の途中であった。

「ヤマギ！　皆の者！　いったい庭園のあれは何じゃ？」

姫の好奇心にあふれた顔を見て、その彼らは皆〝まずいところに……〟という顔になった。

「い、いや姫様、別にこれと言って大したことでは……」

と衛士のひとりが口を挟もうとしたが、姫は聞く耳を持たずに、

「真君陛下の御誕生日をお祝いする式典を明日に控えておるというのに、あれは演習の装

備などではあるまい？　いったい何が起こったのじゃ？」

とヤマギに詰め寄る。この飾り気のないところが姫の個性であり、そして彼ら親衛隊が敬愛するところでもあったが、こういう場合は具合がよろしくない。

「いや、出動命令が出されたのですよ」

ヤマギが、今さら何を言っても始まるまいと正直に言った。

「妾《わらわ》の知らぬところでか？　そちたちは妾の警護隊ではなかったのか？」

姫は意地の悪い口調で言う。

「いや、これは真擬利根《マギトネ》将軍の命令でございまして」

ヤマギは実直な言葉で返す。

「ま、それはそうじゃろ。で、何をしろと命じられたのじゃ？　まさかそれすらも内緒と言うことはあるまい」

「いえ、あまり大っぴらにはするなという――」

「ほほう、すると妾は信用がおけぬ、と言うのじゃな？」

「い、いえ決してそのような」

「いやいや、聞き捨てならぬな。仮にも警護隊ともあろう者が、その守るべき主人のことを信用していないとなると、これは妾の方もちと考えてみねばならぬなあ――」

にやにやしながら、皆を見回す。全員ばつの悪そうな顔をしている。ここで姫は急に、はっ、と思いついた顔になり、深刻そうな表情に一変した。

「それとも、もしやそなたらの手には余るような厳しい事態なのか？　それを無理矢理に摂政殿《せっしょう》に命じられて？　もしそうならば妾が掛け合ってその命令、取り消させてもらうが？」

その態度はとても思いやりにあふれていたので、衛士の一人がつい、

「いや、必ずしもそうとは言えぬようで。ただ相手があの〝風の騎士〟だというので万が一の警戒を、と――」

言いかけたところで、彼は自分の失策に気がついた。

姫の顔が、たちまち元の好奇心まる出しのそれに戻ったからだ。

「なに〝風の騎士〟じゃと？　それは勇者と噂に名高いヒース・クリフとか申す者のことか？　そやつ、この国に今来ているのか？」

しまった――と口を押さえたときにはもう遅い。完全に引っかけられた。

（この姫様にはまったく……）

とヤマギは困惑しながらも、しかしどこかこの抜け目ない姫の様子を頼もしいこととして、妙な嬉《うれ》しさと安心を感じていた。

「そうです。何の目的で来ているのか定かではありませんが、彼奴《きゃつ》めは七海連合の者。何か任務を帯びているはず。それを確かめよという命令なのです。そしてその同行者はなんでも戦地調停士らしいという情報もあるそうです」

こうなってはと彼は素直に話した。

「戦地調停士？　戦争を七海連合の都合の良いように終わらせるためなら手段を選ばぬという、あの戦地調停士か？　なんだって今はどことも戦《いくさ》など構えておらぬ我が国にそのような者が？」

姫の顔つきも、ここでやっと少し真剣なものになった。

「確かに興味深いな……ふむ、妾も是非《ぜひ》そやつらに面会してみたいものだ」

「姫、言うまでもないことですが、それは我々が安全であると確認してからにしていただきますぞ」

「ああ、ああ、それぐらいは心得ておるわ」

姫はまた無邪気な顔に戻って、にやにやと笑った。

＊

「生命を懸けてもらうぞ」

その老人は不吉なことを言った。

「おまえが自分で指定した〝期限〟――一ヵ月経ってもおまえがこの場所に戻ってこなかった場合に備えて〝儀式〟を施させてもらう。それが呑めないと言うのならば、おまえの提案には乗れぬな」

「ふむ」

言われているのは仮面の男だ。彼はその顔の半分を覆っているその面をこつこつと指先で叩いている。

「それはかの暗黒の伝承に言う〝死の刻印〟というやつですか。この土地に使い手がおられるのですか？」

「この私だ」

老人はにやりと笑った。

「なるほどなるほど、しかしどれくらい時間の掛かるものなのですか。正直あまり余裕はないのですが」

と仮面の男が言うと、周囲にいた老人の仲間たちがいっせいにどっと笑った。男の言葉を〝動揺からなる逡巡《しゅんじゅん》〟と受け取ったらしい。

「なあに時間は取らせんよ――すぐに、今ここで済む」

老人はその枯れ木のような腕を男に向かって突き出してきた。

「手を前に出せ」

言われて、男は手のひらを上に向けて老人に腕を差し出す。

「そうじゃない、手の甲を上に向けろ」

言われるままにする。

老人は男の手の皮膚に指先を近づけて、触れるか触れないかという間隔を保ちながら口の中でぶつぶつと呪文を唱え始める。

「…………」

するど、男の手の甲の上に一匹の蠍《さそり》が空間から染み出してくるように出現した。むろん幻影だ。呪文が人間の視覚上ではそう見えるというだけの存在だ。しかし、その生々しい姿に同席している者は少し息を呑んだ。

男は平然としている。

そしてなおも魔導師が呪文をぶつぶつと唱えると、蠍はその毒の尻尾を振り上げて、そして男の手の甲に突き立てた。

「……っっ」

実際に痛みがあったらしく、男は少し顔をしかめた。

そして、蠍は毒を注入していくと同時に自分も縮み始めた。まるで二つの風船の間で空気を移し替えるかのように、蠍が縮んでいくと、男の手の甲の上で蠍の、二次元の紋章と化した姿がゆっくりと拡大していく。

やがて蠍は消え失せ、男の手には赤い紋章だけが残された。

「それは、おまえの魂に喰《く》い込んだ毒の芽だ」

老人はむしろ穏やかな口調で告げる。

「その毒は、今は取り立てて害はない……だがその芽はゆっくりと成長を続けており、一ヵ月後には成長を終えて、破れて弾《はじ》ける。そうなったらおまえの魂はこの毒によって冒《おか》され呪いに喰い尽くされて、即座に死に至ることになるだろう」

その不吉極まる宣告にも、仮面の男はまったく動揺を見せず「なるほど」とその赤い印をさすりながら呟いただけだった。

「よいか、一ヵ月だ。正確には三十三日と三時間と三分三十三秒後……もう秒読みは始まっているから既にそれよりも短いがな……その制限時間までに術を成立させたここに戻ってこなければ、その刻限を一瞬でも越した瞬間におまえの生命は消え失せ、その魂は呪詛となって満たされぬ渇《かわ》きに永劫《えいごう》捉え続けられることとなろう」

「ははあ。そんなものですか。死んだことはないからよくわかりませんがね」

仮面の男はあくまでもとぼけた態度だ。だがその彼の表情にふと疑念が浮かぶ。

「そうだ……そう言えば、あなた」

仮面の男は老人の側に立っていた者に訊ねる。

「私か？」

「そうそう、あなたです。我々に洞窟に入るように許可をくれたあなたですよ」

「私がどうかしたのか？」

「あなた、医師でしたよね？　私たちが許可証をもらいに行ったとき、確か大火傷を負ったという赤ちゃんの治療にかかりきりだった」

「……それがどうかしたのか？」

「あの赤ちゃんの具合はどうですか？　私はなんだったら補助も惜しまないと約束していましたから。その後の経過は？」

「順調だよ。危機は脱して、快復に向かっている。すぐに良くなるだろう。補助の必要はない。それよりも今は自分の生命の方が大切じゃないのか？」

ニヤリと笑われた。

「なに、まだ一月《ひとつき》ありますからね」

男は不敵に言った。

ところがここで、その場にいた皆が一斉にげらげら笑い出した。

「一月？　一月だって？」

「おまえは本当に、それだけの余裕があると思っているのか？」

そして皆の顔が、どんどん赤みを帯びていく。それはさっきの蠍の紋章と同じ色だった。

「おまえはもうおしまいさ」

「おまえたちには何の希望もないのさ」

「竜を殺した犯人だって？」

「そんなものが本当に見つかると思うのかね？」

「あの謎を解くことができるとでも？」

「すべては無駄なんだよ」

「けけけけけけけけけけけけ」

「けけけっ！」

そして、仮面の男の身体がびくびくと不気味に痙攣《けいれん》したかと思うと、手の上の赤い紋章があっという間に全身に広がっていく。

「あ、ああ……」

そしてゆっくりとこっちを振り向いたとき、その顔はもう人間のそれではない。仮面と一体化した、巨大な蠍の頭になっていた。

「ああ、これが死ぬということか……」

蠍はぼんやりと呟くと、その肉体はまるで風船のようにぷくぷくぷくーっと膨れていき、そして次の瞬間木《こ》っ端微塵《ぱみじん》に爆裂した。

それを見ていた私は悲鳴を上げて、そして——


……そして目が覚めた。

「…………！」

ベッドから見上げる天井は、間違いなく昨夜私たちが泊まった宿屋のそれに違いなかった。決してロミアザルスの、あの陰気な儀式が行われた薄暗いホールではなかった。窓からは朝の太陽の光が射し込んできていて、鳥の鳴く声も遠くに聞こえる。

「……は、はあっ……」

まだ悪夢の余韻が消えない。私は頭を振りながら身体を起こした。

そう……私レーゼ・リスカッセとヒースロゥ少佐、そしてＥＤの三人組が旅に出てからもう三日が経っているのだった。

ここは聖ハローラン公国。

やや辺境よりの場所にあるが、長い歴史と伝統を持つ国家だ。塔に美しい姫君が住んでいるという、ちょっと軟弱な伝説で世界的にも有名なところである。旅の途中で私たちは昨夜ここに到着し、一夜の宿を取ったのだ。

「ううん……」

まだ混乱する頭を振りながら、私は階下の宿の食堂へと下りていった。朝食まではまだ時間があるが、飲み物でももらおうと思ったのだ。

そこにはすでにEDが先客として来ていた。寝ぼけ眼《まなこ》の私と違って、すでに身なりはしっかりしていて、やっぱり仮面をきっちりと着けている。

「やあ、おはようございますレーゼさん。よく眠れましたか?」

彼はにこにこと、さわやかな口調で挨拶してきた。

「………」

この旅に同行しながら観察していたのだが、彼は仮面を思っていた通りに一日中着けている。寝るときはどうしているのか、これは寝室が別の私にはわからないことだが。

彼は旅に持参しているレミ茶を、宿から借りたカップですすっていた。コンロを借りて自分で沸かしたようだ。

「おはようございます。EDさんはどうですか、睡眠をとれましたか」

私はちょっと恨みがましい口調になってしまった。無理もないだろう。私はそのことであんな悪夢まで見させられているというのに、なんで本人はこんなにのほほんとした調子なのだろう。

旅の経過は思わしくない……既に、六人いるという容疑者の（と言っても彼らの中に犯人がいるかどうかも不明なのだが）そのうちの一人と接触できたのだが、これは完全に潔白だった。

自称〝冒険者〟だという絵描きで、色々と珍しいところの風景などを絵にして、それを冒険者が描いたからといって高い値で売りつけるという商売をしている男だった。私とEDは身分を偽《いつわ》って商人だと言ってこいつと会って（少佐は冒険者の間では顔が知られているので来なかった）、そしてその面会したとき描いたという竜の絵を「まだ値を付けていないので、これは特別だぞ」とさんざん恩着せがましい態度を取られてから見せてもらったのだが、一目見て私は絶句してしまった。

その絵の〝竜〟とやらには首が三つもあって、顔つきときたら本当にただの大きなトカゲだったのだ。知性的な雰囲気はかけらもなく、まるっきり実物の竜には似ても似つかない。

これはいったいどういうことか、と考えてみるまでもなかった。こいつは、竜と面会するという手続きだけ取って、実際には怖くて会っていないのだ。

あの問題の洞窟には、管理者の許可と立ち会いが必要なのだが、私たちのときにも許可を出しただけだったように、管理者自身はほとんど中にまでは入らないのだそうだ。竜は管理者が近づいただけで察するからだ。だから私たちのように竜の所まで行かなくて途中で引き返すこともできるのである。それを知っているのは竜だけで、竜はそんな臆病者のことなどいちいち他の者に伝えたりしないから、誰にもバレないですむのである。

……もっとも、こいつはこんなポカをやってあっさりバレたわけだが。

「ほほう、竜とはこういう姿をしているものですか！」

とEDは白々しく感心してみせたりしていたが、私は得意そうにふんぞり返っている、礼節というものを知らぬ絵描きを殴り倒してやりたくてしょうがなかった。身分を隠しての旅でなければそうしていただろう。

そして仕方なく、私たちは次の容疑者がいるここ、聖ハローラン公国にやってきたのである。

「一杯どうですか？」

宿屋にすっかり馴染《なじ》んで、まるで常連客のようにくつろいでいるEDは私にカップを差し出してきた。

「はあ、いただきます」

私はまだはっきりしない頭を抱えたままお茶をもらった。おいしい。しかしこんなにおいしいお茶を平気で淹《い》れてしまうあたりにも、なんとなく苛立たしいものを感じてしまう。

「……しかしEDさん。私も色々と考えてみたのですが」

「はいはい」

「犯人はどうして竜を殺す必要があったのでしょう?」

周りに人がいないので、私は思いきって話を切りだした。

「いや。だからそれは」

「あなたは動機については後回しだとおっしゃいますが、私にはそうは思えません! 竜をわざわざ殺さなくてはならない理由なんて、そうそう誰にでもあるものではありません!」

小さな声で、しかしはっきりと強い口調で私は言った。相手が真面目な調子でなくとも、私は真剣だった。

「いや、そうでもないんですよ。誰にでも竜ぐらい殺したくなる理由ならあるんです。たとえばあなたです」

EDは私の態度などおかまいなしに、軽い口調で返す。

「わ、私ですか?」

「あなたは優秀な人材だ。だからその若さで特務将校という地位に抜擢《ばってき》されている。だけどあなたは女であるということでカッタータではどこか軽んじられている……もっと言えば特務将校であることは、正式な将官としての道はほぼないということでもある。あなたはそれが不満であり、自分の実力を満天下に知らしめねばならないと考えている……だから竜を殺して自分の存在を世界に思い知らせようと思った――と、まあこれぐらいのことは言えるわけです。あなたが犯人でないという保証は、少なくとも我々以外の者から見たらどこにもないわけです。誰にだって動機の一つや二つはありますよ。それが人間というものです」

「――それは屁理屈です」

私は抗弁したが、しかしその声は我ながらどことなく弱々しい。痛いところを突かれてしまった。

「屁理屈ついでに言うと、僕にも動機はあるわけです。戦地調停士として派遣されたはいいが、まったく調停の目処《めど》が立たない。これでは面目《めんぼく》丸潰れだ。そこで調停場所の条件である竜の存在を亡きものにしようとした――竜のいる場所でやろうと言い出したのは彼ではないので、終戦協定がおじゃんになっても彼には責任はない、とこういう具合にするためにね」

へらへらと笑いながらEDは言った。

「……そんなわけないでしょう」

「ところが客観的に見ればそうとは言い切れない。証拠がないからです。あなたが証人になってくださるかも知れないが、それではこの場合足りない。そんなに生易《なまやさ》しい状況ではない。もっと確固としたものが必要なんですよ。だから竜を殺した方法の解明こそが最優先なのです」

「し、しかしですね、今の状況ではあなたが――」

私はEDの右手を見る。それは手袋で隠されているが、しかしそこには紛《まぎ》れもなく赤い蠍の紋章が刻まれているのだ。

それは刻一刻と、彼の生命を削《けず》っていっているのだ。

今朝の悪夢を思い出して、私はぶるっ、と身震いした。

「おや風邪ですか？　馴れないベッドで寝冷えでもされましたか？　いけませんね」

EDはあくまで呑気である。

私は乗り出しかけた身のやり場に困り、ううん、と唸《うな》ってしまう。そこにEDは、

「どうして竜を殺さなくてはならなかったのか、というよりも、竜に殺されるべきいかなる理由があったか、ということならば僕にも確かに興味があります」

とお茶をすすりながら淡々とした口調で言った。

「この旅の目的にはそれもある……竜に会ったことのある者に、竜がいかなるものであったかということを訊いてみるという方向です。たとえそれが〝怖くて逃げ出した〟という者であっても、ね」

そして悪戯《いたずら》っぽくウインクする。この前の、最初の容疑者に私がすこぶる不満だったのはお見通しのようだ。

「――だから竜に会ったことのある者との対面が必要、ですか……」

なんか言っていることはもっともらしいのだが、しかしどうにもまだるっこしい気がす

る。なんとかもっと現実的な対応をするようにこの人を誘導できないものか、と私は内心で考えていた。天の邪鬼《あまのじゃく》な性格のようだし、意見してもなんだかんだとごまかされることは確実だから、なんとかそういう方向に事態を持っていけないものか――

「……しかし今回の相手に面会するのは少し面倒かも知れませんね」

「うん、身分を隠してはいられないだろうし、ヒースに任せましょう」

そう言えば……と私は周りを見回す。

なんだかいつでも一緒にいる（ような気がする）少佐とEDなのに、その片方の姿が見えない。

「ヒースは支度《したく》中です。手間取っているんです。あいつ、ああいうのが苦手なんですよ」

支度？　と私が眉をひそめたときだった。

ばたばたばた、と足音が響いてきたと思うと、宿の老主人が泡食って食堂に飛び込んできた。

「あ、あんたら何をしたんだ!?」

いきなり怒鳴られた。私とEDは顔を見合わせた。

「いやまだ、これと言って何もしてませんが」

EDが言うと、主人はあうあうあう、と唸ってから、

「し、親衛隊が来てるんだ！　それも王家の直属の奴だぞ！」

と言った。

私は驚いた。情報が漏れている……？

EDを見ると、彼は平然としている。

「別に殺しに来た訳じゃないんでしょう？　会いたいから出せ、と言われただけでしょう」

と老主人に諭《さと》すような調子で言った。

「そ、そりゃそうだけどよ……なんで王属親衛隊があんたらみてえな貧乏臭い旅人なんぞに用があるんだよ？」

ひどいことを言われる。しかし無理もない。私もEDも強行軍の旅のためよれよれの服しか着ていないし、EDの仮面も土埃《つちぼこり》で薄汚れていて、いかがわしいことこの上ないからだ。おまけに飲んでいるお茶までもが持ち込みの品で、こういうのは普通はお金のない証拠である。(EDの場合、ただの好みの問題だろうけど)

「用があるのは僕らじゃないでしょう」

「ていうと？　あっちの大男の方か？」

と話していると、廊下からどんどんと軍靴《ぐんか》が床を踏みならす音が響いてきた。

私はちょっと唾を飲み込んで、そっちの方を向く。

見るからに高貴な者に仕えている、といういかつい雰囲気を持ったハローラン軍人が三人、無遠慮な態度で食堂に侵入してきたところだった。簡易な鎧を身につけていて、やたら銀色にぴかぴか光っている。

「風の騎士はここにいるのか？」

大声で、怒鳴りつけるような威圧的な声で言った。部屋は狭い。そんな大声を出さなくとも聞こえるだろう――と、私はちょっとムッとした。

その視線に気がついたらしい。ぴかぴかの一人が私の方に来て、

「女、奴《やつ》の連れか？」

と睨みつけながら訊いてきた。

「あなた方は何ですか？」

私は、宿の主人から説明されたばかりで知っていたにもかかわらず訊き返した。その口調には棘《とげ》がある。もちろん自覚している。私はこの手の権威に寄りかかって尊大な態度を取りたがる人間が嫌いなのだ。

「我々は聖波浪蘭《ハローラン》公国軍第四王属親衛隊六七小隊の者だ。ヒース・クリフがいるはずだ。出してもらおうか」

「人にものを頼む態度にしては、少しばかり配慮が足りないように思いますが」

「なんだと？　女、貴様奴に誑《たら》し込まれでもしたのか？」

私はかちん、と来た。

「なんだと……？」

そして身体に力を入れながら立ち上がる。

「もう一度言ってみろ。私と少佐が、なんだって……？」

私の様子に殺気を感じたのだろう。鎧軍人たちも目つきが変わる。

「女、やる気か……？」

「女おんなと、気安く呼ぶんじゃない……！」

言いながら、私は確かに腹を立ててもいたが、しかし同時に計算もしていた。

ここで旅の同行者である私がもめ事を起こせば、ＥＤも今回の容疑者と面会することはできないだろう。これはチャンスだった。この軍人たちはそのためのコマとして、ここは利用させてもらう。それに……

（実際にむかついていることも確かだしね……！）

私を、まだ普通の民間人の女だと思っている軍人の一人が、私を乱暴に突き飛ばそうと腕を出してきた。だが次の瞬間、そいつは私に腕を逆に取られて宙を舞っていた。

受け身も取れず、そいつはテーブルに頭から突っ込んでいた。

大きな音を立てて、テーブルの上のものが飛び散る。

「ああ！　なにするんだ！」

宿の主人が悲鳴を上げる。

私がちらと目をやると、ＥＤは自分のティーポットとカップをいつのまにかテーブルから手元に持ってきて保護していて、そしてこっちを見てウインクしてきた。

「がんばってくださいね」

明るい声で言われた。まったく状況に動揺してない態度である。しかも助太刀する気は全くないみたいだ。

（わかってんのかな？）と思ったが、そのときにはもう次の軍人たちが私に襲いかかってきていたのでEDにものを言う余裕はなかった。

伸ばしてきた拳《こぶし》をぎりぎりでかわすと、その足を払って一人を転倒させると同時に、そいつの身体を掴んでもう一人が繰り出してきた蹴りをその男の腹で受けとめてやった。盾《たて》にしたのだ。

「ぐえっ！」

装飾品的な鎧なので胸回りしか装甲がない。無防備なそこに味方の一撃を喰らってそいつは悶絶《もんぜつ》した。

蹴った本人は、顔をひきつらせて身を引いた。三人いたのがあっという間に残るは自分一人になってしまって、明らかに焦っていた。そいつが、さっき私に〝誑し込まれたか〟とかなんとか言った本人だった。

「き、貴様！」

そして剣を抜いた。

私も、表情をさらに引き締めた。

「……剣を抜いたな？　それは〝殺されてもいいから殺す〟という意思表示だが？」

静かに言う。相手の目の色は、しかしそれでも変わらずに敵意がある。

「私にはそこまでのつもりはなかったが、そっちがその気ならばやむを得ない。先に抜いたのがそっちだということは、宿の主人が証言してくれるだろう」

　言われて、腰を抜かしていた宿屋の老主人が「ひっ」と、か細い悲鳴を上げた。

「黙れ！　ここまで侮辱《ぶじょく》されて黙っていられるか！」

　軍人は退《ひ》かない。私は心の中で舌打ちする。下手《へた》すると相手の腕一本ぐらいを落とすことになるかも知れなかったが、できたらこれ以上は控えたかった。

　私は腰の後ろに納めていた短剣を抜くために手を伸ばした。

　そのときである。

　部屋の空気がびりびりと震えたのだ。そう、それはまず〝振動〟とか〝衝撃〟といったニュアンスで私たちのところに届いたのだ。だがそれはまぎれもなく〝声〟であり、そして私たちもその意味自体はわかった——というよりも、身に直《じか》に叩き込まれたような気がしたのだ。それはこう言ったのだった。

「——そこまで！」

　……と。私と軍人は、それまでの殺気立った態度を消し飛ばされて、びくっと声の方を振り向いた。

　そこには一人の男が立っていた。

　七海連合の、制式の儀礼用正装である。彼が所属しているリレイズ国の軍服の上に七海連合共通礼装であるマントを羽織《はお》っている。それは黒と赤に彩られた、とても落ち着いていて力強い装飾だった。だが……それを着ている本人の方がそれよりも強く、大きく見えた。

「そこまでだ……勝負はついている」

彼——ヒースロゥ・クリストフは穏やかにも聞こえる、しかし重さのある声で言いながら私とハローラン軍人の間に入ってきた。ゆっくりとした足取りで、そこには隙《すき》がひとカケラたりともない。私は思い出す。そういえば、さっきEDが言いかけていたが、彼は支度のために遅れてくる、とか……それはこの服装のことだったのか。おそらくはハローラン政府に正式な要請に赴《おもむ》くための格好だったのだ。

そこには威厳《いげん》というか、存在感が確かにあった。少佐にこういう服がこれほど似合うとは思わなかったので、私はちょっと……見とれてしまった。

「か、風の騎士か……？」

そしてハローラン軍人の方は、私と逆で少佐に恐怖していた。格が違う、それがこいつにも一瞬でわかったのだろう。

「き、貴様はなんのためにこの国に来たのだ？」

「そうだ……私に、まずそうやって訊くべきだったな」

少佐はそいつを睨みつけながら言う。

「こちらの方にいわれのない侮辱を与える前に、私に直に会いに来れば痛めつけられずにすんだろうに」

その声には怒りが混じっていた。それは私たち訓練を受けているだけの者とは違う、戦場の、本物の戦士の怒りだった。

相手の顔色が蒼白になる。

私ははっとなった。なんだか自分のしたことが急にすごく子供じみたことに思えてきたのだ。

「い、いや少佐、私が――」

と口を挟もうとしたところである。

「いやヒース、それは違う」

と呑気な声が部屋に響いた。

見ると、EDがまたカップにポットからお茶を注《つ》いで飲んでいるところである。

「そちらの方々は、ただレーゼさんに一手御指南《ごしなん》受けていただけさ。君が着替えにもたもたしているんで、ちょっと退屈しのぎをしていただけだよ――なあ？」

と、EDはハローラン軍人にウインクしてみせた。

するとそいつは、さっきまで侮辱されて黙っていられるかとか言っていた口で「そ、そうだ」と慌てて言った。

「そ、そちらの方ができると見込んで、そ、それでつい、ち、ちょっとばかり――」

「ですよね、レーゼさん？」

今度は私だ。私はどうしていいのかわからなかったので、しかたなくうなずく。

「ええ、まあ――」

「そうだよね、ご主人？」

と、あげくに腰を抜かしたままの宿屋の老主人にまで同意を求める。

「は、はいいいいぃぃっ！」

なぜか主人は立ち上がり、直立不動になって言った。

「ということだ。と言うよりも〝そういうことにしておけ〟ってところだよ」

と仮面の男は肩をすくめて見せた。

「――ふん、まあいい。リスカッセ大尉がそう言っているならな」

少佐は息を吐《つ》いた。

「手間が省《はぶ》けたな――そこの者」

少佐はハローラン軍人に声をかけた。

「我々はこの国のスケノレツ卿《きょう》に用があって来たのだ。面会を求めたい。これは七海連合の正式なものだ。無論、上に話を通してくれるのだろうな？」

かわいそうなそいつは、こくこくと首を縦に振るのが精一杯だった。

私はEDを見る。

彼は無造作にお茶を飲んでいる。

しかし――結局は私の目論見《もくろみ》は見事に潰《つい》えて、この男の思い通りになってしまった。とんだ暴れ損である。

(まさか——最初から私の目的がわかっていて、それで暴れさせておいたのだろうか……?)

そんなまさか、とも思うのだが、それでも私はなんだか、すごく不愉快な落ち着かない気がしてきてしかたがなかった。

2.

ハローラン王宮へと案内された私たちは、そこで決して歓待はされずに、詰問《きつもん》を受けた。天井が建物三階分以上ある高さの、だだっ広い広間に連れてこられて、周りを親衛隊らしき軍人たちに取り囲まれた中で、ヤマギと名乗った上級衛士が直に私たちと対面した。

「貴公らはどうして丞之烈《スケノレツ》卿に会いたいのだ、クリストフ殿?」

「それは卿に会って話すことだ」

少佐はまったく平静に答える。まわりを武装した者たちに取り囲まれていようと、彼の意志の強さには関係ないのだろう。私もそれにつられてか、とても落ち着いた気持ちでいた。

「しかし、我等王属親衛隊としても卿の心身の御保護をまず第一に考慮せねばならないのでな。目的を明らかにされぬうちは許可は出せぬ」

「そのことはスケノレツ卿ご自身がそうおっしゃっているのか？」

「い……いや、それはないが」

ヤマギは動揺を見せた。

「我々は決して、卿に害をなすために来たのではなく、ましてや軍事的な目的もない。あくまでも卿が個人的に訪れたロミアザルスでのことを話したいだけなのだ」

少佐の言葉に、ヤマギはますます顔をしかめた。

「ロミアザルス……それは竜のことか？」

私ははっとなる。だが、ヤマギは続けた。

「竜が何を考えているのか知らぬが、あのような化《ば》け物のことなど我が国とは何の関係もないし、何も話すことはない」

不愉快そうである。そしてこの言葉の意味することは、彼は竜が死んでいると言うことを知らないし、そして隠す理由がないことからもそれは確実だということだった。

（……情報はすべて漏れているわけではないのか）

どうやらそうらしい。

しかしここでEDが私のそういう考えとまったく異なるアプローチをした。

「竜に何か、遺恨《いこん》でもおありになるのですか？」

真っ向から質問した。

「……どういう意味だ？」

「そういう意味です。あなたの口調からして竜のことを快く思っていないのは確かなようだ。その理由は何ですか？　そしてそれはスケノレツ卿にも共通されるご見解なんでしょうかね？」

あくまでもこの男は、竜に対してのことしか興味がないようだ。

「……そんなことを話すいわれはない！」

ヤマギは声を荒らげた。

確かに、何かあるとしか思えない態度である。

少佐がまた口を開いた。

「それは〝話したくない〟という意味にとってよろしいのかな、ヤマギ殿」

静かに言う。だがその裏には〝こちらにも覚悟があるぞ〟という響きがどうしようもなくこもっていた。

ぐっ、とヤマギが口をつぐんだ、その時のことだった。

「――あはははははははっ！」

急に広間中に響く、澄《す》んだ笑い声が私たちの間にあった緊張を吹き飛ばした。

振り向くと、そこにはひとりの少女が立っていた。歳の頃はだいたい十七歳ぐらいだろうか、人形のようなとても整った顔立ちをした少女である。髪は短くしてあり、活動的な印象がある。

私は最初気がつかなかった。

「なかなか面白いことを話しておるようじゃのう、ヤマギ？」

少女はその容貌《ようぼう》に似合わない言葉遣いをした。だがその高貴な響きに無理や演技はなく、そしてそう言われてヤマギの顔色が変わるのを見て、私はやっと悟った。

この少女は——

「こ、これは姫！」

ヤマギは立ち上がった。

月紫姫——たしかそういう名前だった。ハローランには塔に住んでいるとても美しい姫君がいるのだという例の伝説的な噂話、それこそ彼女のことに違いない。ヤマギの反応からして本物だろう。しかし……

「——？」

少佐の顔にすこしだけ緊張が走り、眉《まゆ》が寄せられた。彼も姫が本人に違いないと知って、そして疑問を持ったのだ。その疑問そのものは私も感じたが、その答えは私にもわからないことだった。EDを見ると、こちらは表情に何も変化はない。

「そちが風の騎士か？」

私たちの動揺などおかまいなしで、姫は我々のところに近寄ってきた。

「そうです、月紫姫であらせられますか？」

「さようじゃ。何故にわかったのか？」

「御高名でいらっしゃいますので」

「ふーむ、妾もなかなか名が知られているとみえるな」

まんざらでもないように、姫はうんうんと一人うなずいた。

「それで、丞之烈卿に会いたいということじゃったか？」

「そうです。是非お願いいたします」

「残念じゃが無理というものだ」

「どうしてですか？　姫君とはこうして御面会が叶《かな》っているのに」

「叔父は死んだ」

姫はあっさりと言った。

「……え？」

「半年前に、既に死んでいるのじゃ。死人とは会えぬし、口を利《き》くことも叶わぬ。違うかな」

私たちが虚を突かれて目を点にしていると、ヤマギが慌てた様子で、

「ひ、姫！　それはまだ外部に知らせてはならぬと将軍が……」

「しかし、七海連合に痛くもない腹を無理矢理に探られるよりは、素直に教えた方が良かろう。それに……」

姫はニヤリと笑って私たちを一瞥《いちべつ》した。少佐だけは立派な格好だが、私とEDは薄汚れた旅人姿だ。対して姫はと言うと、身体にフィットした感じで動きやすそうではあるが、

白銀に輝く華麗な衣装を身にまとっている。

ちょっとだけ、私は頬が熱くなるのを自覚した。

「……どうやら隠密で動いておる様子。秘密にしてくれと言えば、しばらくは黙っていてくれるのではないか？」

「できる限りの協力はいたしますが……どうして卿はお亡くなりになったのか教えていただかなくては何とも言えません」

少佐が動揺から立ち直って訊き返した。すると姫は首をわずかに振りながら、

「つまらん死に方だ」

と簡潔に言った。

「女に刺されたのじゃ。原因はよくわからぬが、まあ痴情のもつれとかいうものではないのかな？」

「い、いやその表現は正確ではありません」

姫のあけすけな言い方に、ヤマギが慌てて言葉を足した。

「卿は遊覧旅行より帰られてから、少しお変わりになって――」

「旅行？　……それは竜に会いに行った後、ということですか」

ＥＤがすかさず訊く。

「そういうことだ……それまでの卿は、何というか、少し女に対して、その――」

「まあ、女ったらしで、かつ金も派手《はで》にばらまいていたという、鼻持ちならぬ男であった

わけだ」

また姫が身も蓋《ふた》もない言い方をした。

ヤマギが何か言いかけたが、EDがそれを遮るようにさらに問う。

「それが竜と会って、変わった?」

「うむ。会いに行った動機そのものはどうでもよいものだったそうだ。これは本人から聞いた。なんとなく冒険者っぽいし、自分に箔《はく》がついて女たちにうけるかと思って、たまたま立ち寄ったロミアザルスで竜に会うことにしたのだ、となくだらん理由だったわけだ。ところがこれが大変な効果があった」

「具体的にはどのような?」

「――さあて、どう言えばよいものか……そうだな、そなたたちには何か〝信じるに足るもの〟というものはあるか?」

「……は?」

私たちは何を言われているのかと思った。姫は続ける。

「叔父が言っていた――〝竜は世界を背負っているのだ。あれを前にしては、もう恥ずかしい人生など送っている暇はない。今まで自分は何も信じるに足るものを創《つく》ってこなかった。取り返さなくては――〟とな」

姫はいたずらっぽく微笑《ほほえ》んだ。

「意味がわかるか?」

私たちは沈黙している。

「少なくとも、妾はよくわからぬ。なんとなく、いいことを言ってるような気もするのだがな」

するとと少佐が、

「――いえ。わかるような気がします」

と言った。姫は「ふむ?」とかるく顎をしゃくった。

「そなたは竜に会ったことがあるのか、風の騎士?」

「はい。もっともほとんど口を利いてはもらえませんでしたが――」

「それでも何かを感じたわけか。叔父と同じものを見たのか?」

「それはわかりません――ただ」

少佐はかすかに息を一息吸ってから言った。

「ただ――確かに卿は本気でおっしゃっていたのだろう、とは思います」

「本気ね――聞いたかヤマギ?」

と姫は上級衛士の方を見た。すると彼がばつの悪そうな顔をした。たぶん、生前か死んだ後でその発言に対して〝うさんくさい〟とかそれに類する言葉をもらしてしまったことがあるのだろう。

「それで、そなたには信じるに足るものがあるのかな、風の騎士?」

「いえ。まだありません」

少佐は即答した。

「これはまたきっぱりと言う。七海連合の掟《おきて》とか、そういうものはないのか？」

「派遣士官ですので。職務は果たしますが、魂よりの忠誠までは誓っておりません」

聞きようによっては、とても不穏当《ふおんとう》な発言をした。姫は笑った。

「騎士らしい答えじゃ！　そなたはまだ仕《つか》えるに足る主君を見つけておらぬという訳か」

「かも、知れません。あるいは探している途中なのか——自分でも未だ不明です」

「うらやましいことじゃ。妾にはそのような考え方は許されぬ」

姫は、眩《まぶ》しそうな目で少佐を見つめてきた。私はなんだか胸の辺りがざわついて仕方がない。

「それで卿はどうして殺されたのですか？」

少佐が話を戻した。姫はふふとかすかに笑って、

「立派になったのが仇《あだ》になったらしい。それまで遊んでいた女の一人が、そういう叔父の態度が気に障《さわ》って仕方がなくなったのかも知れぬ。あるいは彼女、本気でそれまでの叔父を愛していたのかも知れぬ。それが叔父が女遊びをしなくなって、会えなくなって、それで寂しくて寂しくて、思いあまって——そういうことかも知れぬ。動機はもう闇の中じゃ。その女は自殺した。哀れなものじゃ」

と悲しげな口調で言った。まるで犯人の方に同情しているような言い方であった。

「お優しいのですね」

少佐の言葉に、姫は目を細めて、

「妾が気に入ったのなら、どうだ？　そなたも妾に仕えぬか？」

「いえ、今は使命の遂行中ですので」

「いや、冗談じゃ。どうせ妾は――」

なんとなく、二人の間に他の者が入り込めないような空気が漂《ただよ》っていた。私は無性にじりじりとした感覚にとらわれて仕方がない。

しかしそんな雰囲気をまたEDがぶち壊した。彼はそれまでの会話の流れなどすべて無視して、急に切羽詰まった口調で訊ねた。

「す、するとですね――卿は竜と話をしたのですね？　確かに？　直接会って言葉を交わした？」

念まで押してきた。姫が「ああ。嘘を言っていなければな」と答えると、EDは仮面の端を指先でこつこつと叩き始めた。

「――ということは……いや、その可能性はない。すると……」

と今度は一人でぶつぶつ呟《つぶや》き始めた。そこが一国の姫君の御前であることや周りを武装した衛士に取り囲まれていることなど、まったく眼中になくなっていた。

「ん？　何の可能性がないと言うのじゃ」

姫が訊いてきたが、もちろんEDは答えない。何かを必死で考え込んで、もはや周りのことに全然反応しなくなっていた。

「……しかしそれでは行き詰まるしかないぞ……」

などと呻《うめ》いているだけだ。

「おい貴様！　姫がお訊ねになっているのだぞ！」

とヤマギが怒鳴ったが、ＥＤはぴくっともしない。姫の方が笑って、

「ああ、よいよい。戦地調停士とは変わった者がなるのだろう。そういう人間もこの世には必要なのじゃろ。少なくとも飾りものの王族などよりはな」

と明るく言った。

「ひ、姫！　そのようなことを——」

「ふふ、失言だったな。すまぬ。悪いが、そなたたち今の言葉は聞かなかったことにしてはくれぬか？　それでこちらも、そなたらがこの地に来たことを他の者には決して漏らさぬと誓おう」

姫は堂々とした口調で言った。

私は……さっきの感情は別にして、この姫になんとなくの好感を持ち始めていた。間違ったことを嫌うまっすぐな人だ、そんな感じがしてきた。

だから——おそらくは間違いなく、容疑者の一人だった故スケノレツ卿は竜殺害事件とは無関係であり、我々はこの地での目的を早々に見失ったことになる……。

「感謝いたします、月紫姫。我々もスケノレツ卿のことは七海連合にも報告いたしません」

「いや、そっちはむしろ言ってやって欲しいのだがな、妾としては。いつまでも内緒にしておくのは死者に対して無礼な気がするのでな」

姫がウインクすると、ヤマギが顔をしかめて、

「困ります、姫……」

と弱々しい口調で言った。

そしてそれは我々にとっても同じことだったので、私は胸が痛んだ。竜はまだ生きていることになっているが、それは嘘なのだから……。

少し黙り込んでしまった私たちの中で、ＥＤだけがまだぶつぶつと呟き続けていた。

「――いや、だがそう考えるしかないが……駄目か」

息を吐き出した。竜に関しての素材は得たものの、どうやら考えをまとめられなかったらしい。

私たちがこの地に来た意味は、これで完全に消えたのだ。

3.

「しかし……どういうことだ？」

塔に泊まるようにと引きとめる姫の誘いを断って、宿に戻ってきた私たちは顔を見合わせて考え込んでいた。

「月紫姫は、あれはどう見ても影武者じゃなかったぞ。なのに……」

「ああ、そうだね。当然身の安全を図っているはずの周りの連中、平気で僕らの前に通していたね。あまりまともな警備連中じゃない。あのヤマギって上級衛士とか、二、三人ぐらいはまともそうだが、姫が出てきたときの彼らの動揺ぶりったらなかったね。彼らは部下に通さないよう命じていたんだろうな」

「それだけじゃない。おまえに……おまえの身体には怪しげな呪文が込められているはずなのに、それを感知する安全対策が姫に対してまったくとられていなかった――一体どういうことだ？　仮にも一国を代表する立場にある姫君に対して、これはあまりにも杜撰《ずさん》というものだ」

「その辺は、僕らよりもレーゼさんの方が詳しいんじゃないかな。特務士官殿の方がそう、いう任務に関わることが多そうだ」

二人はそう言って、私の方を見つめてきた。

「……それは」

私は少し言葉につまる。だがやはり他に考えられなかったので、仕方なく言った。

「……この国は、政治形態が最近変わりましたよね」

「先王が病死して、マギトネ将軍が摂政に立ちましたよね。現王の白鷺《シラサギ》真君はまだたったの七歳の子供だから」

「そして先王の残した他国への莫大《ばくだい》な債務……その処理のために、それまでの美学をある程度は捨てて合理化を図らなくてはならなくなってきている——マギトネ将軍の言い分だがな。そしてその際にもっとも配慮すべきだといわれているのが、王家の経費削減というわけだが……」

二人とも、さすがに職業柄この手のことに詳しい。背景の説明はいらないようだ。

「ええ……おそらくはそれだけではない。マギトネ将軍本人の企みか、背後に武器商人でも絡んでいるのか……何のための国費削減なのか、それはおそらく——」

「開戦の準備、ですね」

EDが、言いよどんでいた私に代わって言葉を完成させた。私はうなずいた。

「一挙に様々な問題を解決するときの常套《じょうとう》手段ですからね、戦争は——負債もそれで帳消しにしたいところだろうし。一つの国と事をかまえて、他の国とは利益分配の条約、というところでしょうね。この国を取り巻く情勢には今、そういう感触があります」

「それと姫と、何か関係があるんですか？」

少佐が詰め寄るように訊いてきた。月紫姫のことが気になるのかな、とかちょっと考えてしまったが、そんなことを思っている場合じゃないなと私は頭を切り替えて冷静に話すようにつとめた。

「戦争というのは偉い人だけでできるものではありません。国民の支持を得なくてはならない。その場合もっとも簡単な開戦の口実としては——それは私がロミアザルスに送り込まれたのと同じ理由です」

「…………！」

少佐が息を呑み、ＥＤはため息をついた。

「あなたの場合よりも、もう少し容赦ないわけですか。なにしろ自分たちで口実の方も作ってしまおうということになるわけだから。そのために我々のような怪しげな者とも簡単に面会させるし、それでどうにかなったら自分らの手間がはぶけてラッキー、とまあ、そういうことですか」

「姫は伝説になっているくらいだし、あのさっぱりとした気性だし、国民の人気は高いでしょう。血筋が直系であればおそらく女王になっていたはず。その意味でも摂政には目の上のたんこぶではあるわけです」

私たちが淡々と話していると、少佐が、

「……しかし、しかしそんなことが……！」

と呟き、その身体がぶるぶると震えだした。

「では……ではあの姫は身内から生命を狙われているのか⁉」

「そのための手薄な警備態勢。回りくどいが、おそらくはこれは布石《ふせき》。いざ〝やる〟ときのための下準備の一つなのでしょう。さっきＥＤさんがおっしゃったように、不用意なことが起きてくれる〝幸運〟も計算に入ってはいるでしょうが。そして……おそらく姫は、自分でも狙われていることを知っている。祖国の混乱を避けるために黙って知らぬ振りをしているようですが」

私は、これはきっぱりと言った。

これには確信があった。あの姫はただ無邪気《むじゃき》なだけではなかった。どこか醒《さ》めたところがあった。

退屈だ退屈だ、という——その言葉は裏を返せば、自分の行く末をもう知ってしまっているが故の言葉と私には思えた。

「そう考えると、姫が自分から我々に会いに来た理由もわかるわけですね」

EDがまたため息をつく。

「姫としてはそのときが来る前に、多少危険だろうと色々な人と会っておきたいんでしょう。気丈《きじょう》そうで明るく振る舞っているけど、実は寂しがりやで人恋しいんですよ、きっと」

なんだか月紫姫に妙に共感しているような言い方だったので、私はおや、と感じた。仮面の男は、人のこういう感情には疎《うと》いのかと思っていたからだ。意外と細《こま》やかなところもあるのかな、と少し見直しかけたそこで、しかしEDはあっさりと、

「——だがまあ、しょせんは他人事《ひとごと》だし、僕らは旅の途中だし。こっちの急務もあるし、ほっとくしかないですね」

と肩をすくめて簡単に言った。私は、自分でもそうするしかないのはわかっていたが、それでもちょっと——あんまりのような気がした。

「——」

しかし少佐はそんな薄情なＥＤにいつものように文句を言うでもなく、押し黙って拳《こぶし》を握りしめているだけだった。

翌日、私たちは朝早くに宿を出たのだが、それでも既に通りには人が大勢いるので驚かされた。

「ああ、今日は真君陛下の御生誕記念式典があるのさ。それで国中がお祭り騒ぎになるんだよ」

と道行く人が教えてくれた。もう前から準備されていたのだが、私たちのいた宿の方では裏通りだったためかまるで盛り上がっていなかったので気がつかなかったのだ。

表通りは人やら馬車やらがひっきりなしで、私たちが向かっている港までの道は大変な混雑のようだ。

「乗合馬車はあきらめた方がよさそうですね。歩いていきましょう」

私は少佐たちに言った。ＥＤはうなずいたが、少佐は何やら、

「…………」

と厳しい顔をして、辺《あた》りに鋭い視線を向けていた。

「どうしました？」

私が訊いたが、彼は返事をしない。

「…………」

ただただ、厳しい顔をして、私には宙空としか捉えられないものを睨みつけている。

私はおそるおそる声をかけて、そしてEDの方を見ると、仮面の男は、

「あの……？」

〝しまった、しくじった……〟

という表情で、顔に手を当ててうなだれている。

私が困惑していると、少佐が、

「先に行っててくれ」

と突然に言った。

私は「え？」と驚いたが、EDの方は「はーっ」とため息をつくだけだった。少佐は私たちの方を見もせずに、

「港だろう……すぐに追いつく。船が出る前にケリをつけてくる」

と言い捨てると、きびすを返して、人混みで歩くのもままならぬはずの通りをすいすいと走り抜けていってしまった。

「これだから一流の戦士の感性ってやつは困る……」

EDがぼやくように言う。

「え？」

「僕らにはわからない〝異常な気配〟というやつをこの街の空気から読みとったに違いない……だから昨晩も、姫君のことはほっとけ、と釘《くぎ》を刺しておいたんだが、やはり無駄だ

ったようだな」

ぶつぶつ言っている。私は混乱した。EDの言っている意味がよくわからなかったからだ。

「なんのことです？」

EDはここでやっと私の方を見た。

「風の騎士がこれからなにか〝無茶苦茶なこと〟をやるつもりだってことですよ——追いかけましょう。追いつけるとも思えんが——」

＊

月紫姫はまだ幼い白鷺真君の代わりに、装甲馬を十二頭も並べて牽引する特大の山車《アレゴリア》で、生誕式典の一環として王都中に挨拶して回ることになっていた。

「国費の削減と言う割には、こういうところにはずいぶんと金をかけるものじゃな」

姫は豪奢《ごうしゃ》な装飾の施された車体や装甲馬に掛けられている高価そうなタペストリーを見ながら笑った。

「……いや、姫、そういうことはあまり大きな声では——」

横ではいつものようにヤマギが苦虫を噛み潰したような顔で護衛についている。

しかし姫はこの上級衛士の困惑などお構いなしで明るく、

「ははは！　見てみろ、この彫刻。よくできておるなあ。なんだこれは。竜か？」

と言って、ぺちぺちと山車の四隅に配置されている翼蜥蜴《とかげ》の形をした立体装飾を叩いたりしている。人間の倍以上もの大きさがあるそれは確かに本物と見まがうほどの出来の良さだ。一流の職人と工房に依頼しなくてはとても作れないだろう。いったい制作費にどれくらい掛けたものか？

（――確かに、不用意な金の使い方だな）

ヤマギも像を見上げながら、ついそんなことを考えてしまう。

この山車などはすべて摂政の配下の者たちが用意したはずだ。いつもはさんざん金を出し惜しむところのはずなのに……。

とはいえ、ヤマギ自身としては王族の権威のためにはこれぐらいは当然だという気持ちもあって、それ以上考えるのはやめた。

「昨日の風の騎士たちの面会の理由といい、竜に縁があるのかな、妾は？」

けらけら笑っている姫は翼蜥蜴と竜を混同しているようだ。知性のない魔獣である翼蜥蜴と超存在の竜はまったく異なる存在である。まあ、竜の姿は一般的にはまったく知られていないから無理もない。

そうこうしているうちに、山車は停留場所から出発する時刻となった。大きな車輪が動き出すとき軋《きし》みをあげたが、それ以外は何事もなくパレードは順調に始まった。

通り道の脇には国民達が旗を振って「御生誕記念日、ばんざあい！」と声を上げている。姫はそんな彼らにやんごとない微笑を浮かべて手を振ったりしている。その様子に無理はなく、いつも大声で衛士たちをからかっては笑い転げている姫君と同一人物とはとても思えないはずなのだが、しかしそこには奇妙な安定感もあり、姫は姫だな、と思わせる同一性も継続している。

しっかりとした〝自分〟がある、ということなのだろう。それはある意味で、確固とした拠《よ》り所を求めている国民から見れば〝王の資格〟としては充分なものだ。しかし実際には、将軍や大臣たちの思惑《おもわく》にただ流されるだけの、まだ幼い白鷺真君が王なのである。

まったくもどかしい——と姫を背後から見守っているヤマギは思う。この姫が先王の、正当な后《きさき》の子ではなく、側腹《そばはら》の生まれだと言うだけで第二王位継承権しかなかったのは、まったく理不尽なものと彼は思っていた。あるいはそれはより操《あやつ》りやすい王でいて欲しいという摂政の思惑も絡んでいるのではないか、とこれははっきり確信しているわけではないが、そんなことも疑っている。

そして山車はパレードの、最初の通過ポイントである王城前広場に到着した。既にパレード自体は始まっているが、生誕式典としての正式な開始はこの場所からだ。親謁《しんえつ》用のバルコニーには着飾って、緊張してしゃちほこばっている白鷺真君の姿もある。白く、ぽっちゃりと小太りの彼は今日、朝昼夕と三回ほどこの場所に現れることになっており、姫のパレードと合流するのは今と夕方の二回である。

真君は、遠くから姫の姿を確認すると、助けを求めるような目で見つめてきた。

（白鷺――）

姫は時々、この半分だけ血のつながっている弟を痛々しく思うときがある。彼は争いの苦手なのんびりとした性格で、それだけなら王としての鷹揚《おうよう》さにつながるかも知れないが、同時に人の顔色をうかがって自分の意志を押し隠す癖があり、それは人に命令し続けねばならぬ立場の王としては非常にストレスのたまる性格だ。まだ子供なのに――。

（だからといって、妾に頼っても仕方がないのだぞ、白鷺――）

彼女は王を少し強い目で見つめ返した。

すると白鷺真君はびくっ、と怯《おび》えた顔になり、どうしようという感じで辺りをきょろきょろと見回した。だが彼の周りにいるのは、いかつい護衛役やら大臣たちといった他人を威圧する連中ばかりだ。彼は半泣きになる。

「どうされました、陛下？」

そんな彼に、横に座っている摂政マギトネ将軍が声をかけた。

王族を除けばこの国の最高権力者は、この大男だ。厚い胸板にがっしりとした肩幅、顎《あご》の大きい顔と、見るからに武闘派という印象だが、この男がここまで上り詰めたのは別に戦功を挙げたりしたからではない。あくまでも権謀術数の果てであり、見た目よりもずっと奸智《かんち》に長《た》けているのだ。その肉体まかせの性格のような外見も、しっかりと相手を油断させる目的に使ってきたのである。

要するにこの男は、白鷺真君からすれば並んでいる護衛役のごつい戦士たちと比べても、この場の誰よりもおっかない外見をしているのだ。

「あ、ああ。いや別に」

白鷺真君はびくっ、と慌てた口調でこの〝臣下〟に答えた。

「姫もああやって陛下のために回ってくれているのです。陛下もその厚意にお応えになってはどうです？　何か声明を発表されるとか」

からむような口調で言われ、白鷺真君は焦ってぶんぶんと激しく頭を振った。とんでもないことだ。こんなに大勢の人間がいるだけでも彼には大変な負担なのに、それらに向かってひとりで話をするなど――考えただけでも恐ろしい。

「そうですか」

と、マギトネ将軍はそれ以上何も言わず、月紫姫の乗っている山車の方に目を戻した。

取り残されたような形の白鷺真君は、それでもほっとしたような、どこか卑屈な顔で席に縮こまっていた。誰も「それでは王としてつとまりませんぞ」とか月紫姫におけるヤマギのようなことは言ってくれない。

周辺には国民の歓呼の声がこだましている。


「――駄目です！　こんなに大勢いたらわかりませんよ！」

私は王城前広場の人混みの中、横にいるEDに向かって大声を上げた。

「だが、たぶんこの辺にいるはずなんですよ。月紫姫の近くに来ているはずなんだ、あいつは！」

仮面の男もきょろきょろと辺りを見回しながら大声で答えた。突然いなくなった少佐を捜《さが》しに来た私たちだが、あふれかえるような人の群れで、とても一人の人間を見つけられるような状況ではなかった。

目の前を、広場を巡回している大きな山車がまた通り過ぎていく。これで二周目だ。あと何回まわるのかわからないが、この広場から出てくれれば車体の周りの人数も少しは減って捜しやすくなるか？　……と私がそんなことを考えていたときのことである。

（……あれ？）

最初は目の錯覚かと思った。だが目を凝らしてよく見ても、やっぱりその変化は確実に存在していた。

山車の装飾である四体の翼蜥蜴の彫刻、その車体に巻き付いているような形になっている尻尾の部分が、確かに動いているのだ。波打つように、のたうちだしていた。

「……あれは！」

特務士官の私は〝それ〟がなんなのか知っていた。

（——ん？）

その変化は山車の上の月紫姫にも見えた。

（なんじゃ？　彫刻が動いておる……）

前脚の爪先が、明らかに車体の揺れなどとは異なる間隔で痙攣しているように見えたかと思うと、首も左右に振り始めた。

「おいヤマギ、あれはどういう仕掛けじゃ？」

事前に聞いていなかったので、姫はこの不審を護衛に訊ねた。

「は？　何がでございますか——」

と言いかけて、姫が指さすそれを見てヤマギの顔が強張《こわば》る。

それは今や彫刻ではなかったからだ。

時限魔法で拘束されて、今まで硬直していた翼蜥蜴がその戒《いまし》めを解かれて動き出していたのである。

「——姫！　危ない！」

ヤマギは翼蜥蜴の鋭い爪が迫るのを見て、姫の身体を突き飛ばした。

血飛沫《ちしぶき》が上がり、ヤマギの身体が一撃に吹っ飛ばされる。

「ヤマギ！」

姫が悲鳴を上げる。

その間にも四体の彫刻たちは元の魔獣に戻っていき、その口から火炎を吐き出し始めた。

その一発は王城の端を直撃し、爆発が広場の頭上に広がる。

たちまち周辺は恐怖の絶叫がこだまする阿鼻叫喚《あびきょうかん》の巷《ちまた》と化した。

パニックが広がる中、姫は倒れたヤマギを助け起こした。

「妾を守って――すまぬ！」

姫の顔が悔しさに歪《ゆが》む。

「ひ、姫――お逃げください……！」

傷つきながらもヤマギは姫に声を絞り出す。

「……それが」

姫はヤマギを抱きかかえながら、上を見上げる。

一匹ならば望みはあっただろう。だが魔獣は四匹もいた。そいつらがすべて姫の方に向き直っていた。囲まれていた。

「……最初から、逃げ道は塞がれていたらしい」

姫は忌々《いまいま》しげに呟いた。前から気をつけていたのに――こういう日がいつかは来ると思っていたが、そこにこのヤマギを巻き込んでしまった。それが悔しくてたまらなかった。

魔獣の一匹が口をかっ、と開き、その中がぼうっと光った。火炎をこっちに吹きつける気だ。

姫が思わず目を閉じた、そのときである。

――げつっ。

形容のしにくい鈍くて重い、それでいて鋭い音が一瞬響いた。

そして目を開けた姫が見たものは、くるくると回転しながら空に飛んでいき、そして自らの炎で爆発四散する——魔獣の首だった。

それを瞬時に両断してのけた影は姫のすぐ側に着地したかと思うと、次の瞬間には床を蹴って飛んでいる。

そして、爪を振り下ろしてくる魔獣の腕を一閃《いっせん》する剣でたちまち斬り飛ばしたかと思うと、停まらぬ攻撃はそのまま相手の首をはねている。

薄汚れた旅人用のマントで身を包んだその姿は、あまりの速さによく見えないが——姫は直感的にわかっていた。

名前通り——さながら疾風《かぜ》のように……

(——速いっ！　なんと——)

全部で五秒とかからなかったろう。最後に残った魔獣はその吐き出す火炎すら剣の一振りに断ち切られて、そして頭蓋《ずがい》から首の付け根までをまっぷたつに裂かれて、そして崩《くず》れ落ちた。

(——なんと……なんとも、凄まじい騎士だな)

姫は思わず唾を飲み込んでいた。

そして、マントの影は姫の方に向き直った。

フードに隠れて、顔はよく見えない。

「——あ」

姫が何か言いかけたそのとき、騎士はまた床を蹴って飛び出していた。そして次に彼が向かった先は、王城の親謁用バルコニーであった。高い位置にあるそこに、騎士は一体どうやって見つけていたのか、とまどうことなく足場を次々と壁や柱に求めてそこを駆け上がっていく。あまりの唐突さに誰も停められない。

そして、彼は十秒経たないうちに白鷺真君とマギトネ将軍の前に立っていた。そして、仁王立《におうだ》ちに立って両者を睨みつけている。

「…………」

真君は茫然としている。まだ事態の推移についてこられないのだ。

「……うう」

マギトネ将軍の方は、これはそのいかつい顔を真っ青にしている。

そして、やっと反応し始めた衛士たちがおそるおそるといった調子で近寄ってきた。

「こ、こらおまえ、ご、御前であるぞ」

かける声も頼りなく、そしてそれを突き破って騎士の怒鳴り声が響きわたった。

「——この愚か者どもがっ！」

一喝した。その声にパニックから無理矢理醒《さ》まされた群衆までもが一斉に、びくっ、と身をすくめた。

「これはいかなる不祥事だ⁉　仮にも姫君の乗っている車に、あのような仕掛けがしてあるのを見逃すとは、これは過失ではすまされぬ！　いや、こんな過失、このような失態があると本気で思う者がいるか！」

その声は堂々と伸びていき、まるですべての人間の耳元で言われているような感覚さえあった。

「この件の責任者は誰だ⁉　誰があのような車を姫に対して用いることを提案したのか⁉」

騎士はマギトネ将軍を睨みつけながら言った。

「――うう」

将軍は返事ができない。もともとの計画では、姫が死んだ直後に彼が「これはどこそこの国の謀略によるものだ」と宣言して、国民を一気に扇動《せんどう》するはずだったのだが、まったく予想外のことが起きてしまった。姫は助かり、そして群衆は彼ではなくこの得体《えたい》の知れぬ恐ろしげな騎士の言葉に圧倒されてしまっている……これは一体どうなっているのだ？

「王よ！　貴君が斯様《かよう》なことを企んだのか⁉」

騎士は将軍から白鷺真君へ目を移した。哀れな子供は、その凄まじい眼光に腰を抜かして、その股間からは失禁の湯気が立ちのぼり始めた。

「ぼ、ぼぼぼぼぼ、ぼくは知らない！　知らないよ！　こういうことは全部、全部マギトネが……」

かすれ声で、彼はそう言ってしまっていた。マギトネの顔が蒼白から深紅に染まる。

騎士はゆっくりとマギトネ将軍の方を向いた。

「……と、王は仰せだが、何か申し開きはあるか」

むしろ静かな声で告げられて、マギトネは一瞬返答できなくなる。

そして騎士はその瞬間に動いた。

剣光が一閃し、マギトネの喉から血がほとばしった。

だが、誰もが首が飛んだと思ったその将軍は倒れ込んだ後で、また無様《ぶざま》な姿勢でばたばたと暴れた。喉を押さえている。しかしそこからはそれ以上の出血がない。穴があいていて、ひゅうひゅう、と空気が漏れる音ばかりが辺りに響いているのみだ。

「――呼吸に支障はない。ただ二ヵ月ほどは言葉を用いることはできぬ。指が震えてペンも持てないから、他人に意思を通じるのは苦労することだろうな。その間に――この国がおまえのことをこれまでどう思っていたかを思い知るがいい」

騎士はのたうちまわる将軍に背を向けると、来た道を通って広場に戻った。

そこには、遠巻きに見守っている群衆と、そしてバルコニーのすぐ側まで来ていた月紫姫が待っていた。

「……大層な口上じゃな」

笑っていた。

「後は、そちらにお任せいたします。あの者が動きが取れぬ二ヵ月の期間――決して長いとは言えないが、しかし本気でやれば一国を造り替える出発点ぐらいは用意できるはず」

騎士は姫に一礼した。

「ふふん」

姫は鼻先でかるく笑った。

「それは命令か？　騎士の分際《ぶんざい》で、仕えるべき姫に命じるというのか？」

「さて。判断はご自由に」

騎士はまた頭を下げると、その場から去ろうとした。

「——待て」

姫がそれを呼び止めた。

「小憎《こにく》らしい奴じゃな——ここで己の覇を宣言すれば国をとれように——自らは王にはならぬと言うのか？」

「ここは、あなたの国ですので。月紫姫。責任はあなたにあります」

この言葉に姫は大きな声で笑った。

「つくづく癇《かん》に障る奴じゃな！　悔しいから、とりあえず言うことを聞いてやろう」

「ご幸運をお祈りいたしますよ。では——旅の途中ですので」

「またこの地に寄るがいい。今度は——今度こそ、ちゃんとした礼を以て、立て直した国を挙げて迎え入れようぞ。約束しよう」

この姫の言葉に、しかし騎士は会釈を返したのみで返事はしない。

騎士は結局、最後まで顔をフードの外に出すことすらなくこの混乱の場から走り去っていった。
颯爽《さっそう》と――風の如く。

＊

「……やれやれ。何事もなくて良かったですね」

港に停泊している船の甲板上で、ＥＤがため息混じりに呟いた。

そこには彼と私しかいない。

私たちを港から見れば、旅人が遅れてやってくる仲間の姿を求めて港を眺めているようにしか見えないだろう。……いや、実際それはその通りなのだが、だが……。

「――私は正直、どう反応してよいやら」

私は頭を振った。あのとき――広場にいた私たちは一部始終を目撃していたのだ。しかしあれを何事もなかったと形容することは私には難しかった。

「あれが風の騎士というわけですよ。ま、あの程度のことはあいつとしちゃ珍しいことじゃない」

簡単に言う。私は「はあ」としか言えない。ああいうことに馴れているのだろうか、この男は？　道理で一件の後ですぐ港に戻ろうとか言い出せたわけだ。私は茫然としていて、ほとんど引っ張られるようにして連れられて来たのである。

少佐は港にまだ来ない。

「しかし今回は焦りましたよ」

EDが潮風に後ろ髪をなびかせながら呟いた。

「そりゃ……姫君も危機一髪でしたしね」

私がうなずくと、EDは苦笑しながら首を横に振った。

「いやいや、そういう意味じゃなくて。ヒースの奴が心配だったんですよ。あまりにも間が良すぎたのでね」

「良すぎた？」

私はきょとんとした。あれのどこが〝良かった〟というのだ？　大変だっただけではないのか。

「そうです。下手すればヒースはここの王様になっちまっていたところだった。姫君はどうやらあいつに惚《ほ》れかけていたみたいだし。あいつが鈍感野郎でそういうことに疎いからかろうじて救われましたが、いや危なかった」

真面目な口調で言う。私は（……冗談なんだろうな）と思ったが、EDの顔にはふざけている様子がどこにもない。

「あいつにはこんなところの王様で収まってもらうわけにはいかない。あいつには全世界を相手に仕事してもらわないとね」

ぼそりと呟いた。

「………」

私はちょっと、絶句していた。

この男が本気で言っているのがわかったからだ。

そういえば……少佐の方もＥＤを評して〝あいつに死んでもらうわけにはいかない。あいつはこれからの世界に必要なんだ〟とかなんとかそんなことを言っていたが……

（この二人――お互いに内緒で、何を企みあっているんだろう？）

私は頭の中がこんがらがってきたので、考えるのをやめてＥＤと一緒に港の方を見た。

すると、ちょうど遠くの通行手形受付の門から荷物を担いだ少佐が姿を見せたところだった。私たちが手を振ると、彼も手を振り返してきた。

先は長く、私たちの旅はまだ続く。

第三章　水面《みなも》のむこうがわ

a case of
dragonslayer

1.

如何《いか》にすれば竜を殺害することが可能なのか?

現時点での魔法技術ではどんな方法をもってしても竜の絶大なる魔力を破ることは不可能である。

あるいは画期的な新技術がこっそりと開発されていて、その呪文をもってすれば可能なのではないかという疑問がクリストフ少佐から出されたが、これは戦地調停士マークウィッスルによって一笑に付された。

「戦場を飛び回って危機に直面し続けている君らしい意見だがね、しかしそんなものはあり得ないと僕の立場からだと断言できるね。そんな技術があれば、まっ先にどこかの戦場で使われるさ。竜に使う前にもっと効果のある人間相手に試されるに決まっている。そしてそもそも画期的で独創的な新技術などというものはないんだよ。ひとつの技術が完成するまでにはいくつもの段階を必要としている。ある陣営でモノにしている技術は、経済的な、あるいは熟練度の理由とかでもない限り他の陣営でも実現できることばかりなんだよ。仮に実用化に至れなくとも、原理ぐらいは共有しているものだ。ところがこの場合は七海連合でもそんな竜を殺しうる魔法技術のことなどどこでも検討すらされていない。だから竜は魔法によって殺されたのではないことは確かだ」

では——魔法以外ではどうか、というアプローチをリスカッセ大尉が挙げると、それに関しては確かに検討する用意はあると戦地調停士は答えた。

「でもまあ、正直言ってそっちの方向は泥沼だから、論理的に証明する必要がある今回のような事例には適さないのですがね。怪奇現象に片足を突っ込んでは万人を説得できない」

「しかし、そうとでも考えないと。竜が殺されているのは事実なのですから」

「レーゼさん、あなたが頭が柔らかい人なのはわかりますが。あっちの方は結構色々とあるんですよ。僕は専門ですからよく知ってるんです」

「専門?」

「そうです。僕とて戦争の調停ばかり年中しているわけじゃない。本職は別にあるんです。研究者なんですよ僕は。その問題の——〝界面干渉学〟の」

*

……というわけで私たちはその筋の者たちの間では情報交換の場として有名らしい港町

ム・マッケミートにやってきた。

傍《はた》から見ても、別にそんな裏の世界と通じているようにはとても思えないのどかな風景の、平凡な田舎の港にしか見えなかったので私は拍子抜けした。

人通りはあまりなく、海が近いのになんだか空気が乾燥していて、どこか寂《さび》れた感じのする街だ。だが街並みにはこざっぱりした印象があり、避暑《ひしょ》に来たらさぞいい感じなのではないか、と思われた。

EDはこの土地には馴染《なじ》みらしい。戸惑っている私と少佐を「こっちです」と何やら狭い路地裏へと案内する。

しかしやっぱりEDが我々を連れてきた所は、決していかがわしい感じのしない、上品な外装のごく普通の建物だった。

EDはためらいなく、その扉につけられた猫を模したらしい装飾のされたノッカーをごんごんと鳴らした。

しかし返事はない。

「…………」

私と少佐はぼんやりと立ちすくんでいるが、EDは一向に平気で、もう一度鳴らそうともせずに待っている。

そして一分近く待った後でドアがぎいいい、といった調子で開いたのだが、その陰から顔を覗かせたものを見て、私は少し驚いた。

それはどう見ても十四、五歳ぐらいの女の子だったからだ。

「なんだ、おまえかエドワース」

その女の子はひどくつっけんどんな口調で言ったが、とても可愛らしい声なのでそのギャップでちっとも冷たい感じがしなかった。でもEDは、

「冷たいねソーニャ。EDって呼んでくれって言ってるだろう？」

と困ったように言った。でもそのソーニャという子はふん、と鼻を鳴らして、

「嫌だね、気色《きしょく》悪い」

とこれまた辛辣《しんらつ》な言葉遣いをしたが、やはり愛らしくて私はちょっと笑ってしまった。

するとその子は私と少佐の方を睨みつけて、

「で？　そっちの剣呑《けんのん》な二人はなんなんだよ」

と訊いてきた。私たちの腰に下げられた剣を見たのだろう。

「私たちは――」

「友達だよ」

と答えようとした私を遮ってEDが返事をした。

「おまえみたいな暗い奴に友達がいるとは思わなかったな」

ソーニャはEDを見つめて、へん、と馬鹿にしたように笑った。そして真面目な顔になって言った。

「それで売りつけに来たの？　買い取りに来たの？」

「買いだけだ。最近は副業で忙しくてね。なんのネタもないんだよ」

「金儲けに走ってると、二流にしかなれないよ」

「わかっちゃいるんだけどね」

「ま、入んなよ」

ソーニャはドアの陰から出てきて、扉を開けた。

「どーも」

EDはさっさと入ってしまうが、私と少佐は顔を見合わせて〝どうしよう？〟という感じだった。するとソーニャに、

「どしたの？　エドワースのことだから、財布はあんたらが持ってんだろ。金がなきゃ話にならないぜ」

と言われてしまう。そこで少佐がおずおずと訊ねた。

「あの、つかぬことを質問するが、君の所は何の商売をしているんだい？」

「商売じゃないよ。学術研究さ」

ソーニャはこっちを馬鹿にしたような口調で即答した。

「はあ。研究、ね」

少佐と私は顔を見合わせ、そして仕方がないのでソーニャに導かれるままに建物の中に入った。

中もさっぱりした感じの内装だったが、妙な違和感を感じた。

（……なに？　この匂い……）

なんだか妙に脂っぽい匂いがする。

そしてソーニャに連れられていったサロンまで来て、私と少佐は絶句した。

そこには十人くらいの男女が集まっていて、盛んにぺちゃくちゃと喋っていたのだ。そしてむっとする匂いが鼻についた。彼らは油で揚げられたクッキーらしきものを食べているのだ。

外からは人が集まっているようには全然見えなかったのに——いや、ドアを開けるまで話し声すら聞こえなかったのに。

（音を遮断する呪文が掛けてあるの……？）

そうとしか思えないが、しかしそんな手間がわざわざ掛けられていたのか？

男女の中にはEDもう入っていて、彼らと一緒に何やら話し込んでいる。

「だからさ、それは結局クラングルタークの第四仮説に行き着いてしまうんだよ」

「それはどうかなあ。マキシマ現象の三次局面がまるっきりこぼれ落ちてしまうだろう。やっぱり金属関係にまったく言及がないのが限界だよ」

「いやそれは違う。あれはあえて切り捨てているんだよ。金属関係はあまりにも複雑すぎて、こだわっていると全体が見えなくなる危険がある」

「ケーニヒ法則に則《のっと》らない細部を無視した一般論なんかここでは無意味だろう」

「無意味じゃないさ、例えば——」

とか、何やら嚙み砕いたらしい例え話が続くのだが、横に立っている私と少佐は、目をぱちぱちとしばたたくだけだった。

何を言っているのか、まるっきり一言も理解できないのだ。一体ここで話されているのは人間世界の言葉なのだろうかと思ったぐらいである。

EDもそんな話にうなずいたり、時折口を挟んだりするのだが、これまた私たちには理解不能の単語の乱発である。

（……情報のやりとりなんだろうか）

それにしてはなんだか、やたら無防備のような気もする。玄関でのやりとりではなんだか金が必要とか言っていたような気もするのだが……。確かEDは「買い取りだけ」とか。だがここで何が売買されているというのだろう？　ただ話しているだけではないか。

それに気になっているのだが……

（なんで、誰も私たちが誰かとか、そういうことを言わないんだろう？）

見知らぬ者が部屋に入って来たら、少しは気にしても良さそうなのに、彼らはまったく、こっちの方に無関心なのだ。視線を向けもしない。こっちも名乗るタイミングがまるっきり取れない。

そうしているうちに、隅の方にいたソーニャがやってきた。小声で囁《ささや》いてくる。

「あんたたちは上に行ってたら？　みんな気にしてて話が乗らないみたいだし」

「……は？」

気にしている？　どういうことだ？　彼らは私たちのことなんか見もしないのに？

「……は、はあ。そうしましょう」

私がぼそぼそと返事し、苦い顔つきの少佐もうなずいた。

「そこの階段をのぼって、すぐだから」

言われて廊下に出た私たちはそろって「はーっ」とため息をついた。

「……なんですかあれは」

私が訊くと、少佐は首を振った。

「訳がわかりませんね」

「でも、EDさんはなんか、馴染んでいるみたいでしたけど」

「あいつは常連なんでしょう。私は来るのははじめてですよ。あいつが界面干渉なんたらをやっているのは知っていましたが。こんな変なものだとは思わなかった」

「はあ、そうなんですか」

私は意外だった。このコンビは、別にいつもいつも一緒に行動しているわけではないようだ。考えてみれば職種がまるで異なるのだからそうなのだが、なんとなくそんな気がしていたのである。

言われたように階段を上り、そして見当をつけた部屋に入ると、私たちはまたまたそろって、

「――うわっ」

と息を呑んだ。

そこには奇妙な物がずらりと並んでいたのだ。

形容のしようがない、見たこともない物ばかりである。大きな物から小さな物まで、どれもこれも珍しいとかそういうのでなく、ひたすらに私たちの生活とは異質の物で埋め尽くされている。

本があったので手に取ってみたが、これまた得体の知れない記号で書かれていて見ていると頭が痛くなってきた。私は本を閉じて呟く。

「これが界面干渉学の〝研究対象〟というわけですか」

「本当にこれ、全部そうなんですか？」

少佐が眉間に皺を寄せながら呟いた。

「なんだか……こういうものって、誰かがでっち上げてるんじゃないんだろうな」

「なんとも言えませんね……」

私もそんなことを言ってしまう。旅に出る前に、その可能性について言いだしたのは私だったが、今となっては何か馬鹿なことを言ってしまったのか、という気になってきた。

2.

界面干渉学。

それは世界の各地で発見される奇妙な物体の出自《しゅつじ》を探るという学問だ。その物体はどう見ても人造の物であり、かつどうしてこんなものを造るのかまったく見当もつかないものばかりなのである。

有名なのは複雑な（しかし我々の精錬剣等より強度が遥かに劣る）合金のやたらに細かい部品で組み上げられた座席付きの四輪車であるが、これには魔力をこめるところがどこにもなく、ひたすら重いだけでどうやって動かすのか見当もつかないのである。しかもその部品ひとつひとつからゴムによる車輪に至るまでまったく隙のない精密さで、かつどこの国でも造ったことのない物だったのだ。

あり得ない物が存在している、そうとしか考えられないのである。しかも別にそれらは大昔の古ぼけた物というわけでは必ずしもないのだ。

山の中にあったり、海から引き上げられたりするその手の物の中には、別に大して意味のなさそうな物もあるのだが、しかし無視できない数の奇蹟《きせき》があるというので、それを研究する学問として界面干渉学が生まれたのは約一世紀前、一人の天才的な魔導学者オース・クラングルターク博士の提唱および「多重隣接世界とその相互関係についての考察」という論文の発表からだった——ということまでは私も知っている。

しかし、そこで具体的にどのような研究が進められているのか、そういうことまでは知らなかった。

ただ——竜が殺された、などという非現実的な事態を前にしては、そういう非常識的な学問によるアプローチが有効なのではないかと思ったのだ。竜は魔力に関しては無敵かも知れないが、未知なる界面干渉学的攻撃に対しては無力かも知れないではないか、とか、そんなようなことを考えたからなのだが、しかし……

（そのアテが、思いっきり外れてしまったのだろうか……？）

やはりクラングルタータ博士は、一般的にいわれているようにただのペテン師だったのだろうか？

この部屋に並べられているでたらめな品物の数々を見ているとそんな気にもなってくる。

例えばハサミが置いてある。確かに剣のような刃がついていて面白い形のハサミだとは思うが、しかし「これには切断魔法を掛けるところがどこにもないから神秘だ！」とか言われても、そんなのただ単に魔力の節約用に、どこかの職人が試作した物じゃないのかとかどうしても考えてしまう。

「これ一体なんでしょうか？」

少佐が手にしているのは、何やら手で握る取っ手から筒が生えているというだけのものだ。その手元と筒の間にごちゃごちゃした装置が付いている。

「何に使うんだ？　この筒に意味が？　これは引き金みたいだが……」

「確かに、こういうものを研究するとなったら、多少訳がわからないぐらいでないとつとまらないのかも知れませんね……」

「しかし俺にはどうも、金持ちの暇つぶしに過ぎないような気もしますが」

「……すみません」

「は？」

少佐がきょとんとして私の方を見た。

「なんであなたがあやまるんですか」

「だって、界面干渉学のことを言いだしたのは私だし」

「な、何言ってんですか。ここに俺たちを連れてきたのはマークウィッスルですよ」

「でも、それは私が余計なことを言ったからだし」

「そんなことありませんよ！　あなたは可能性をあげただけでしょう。それは当然のことですよ！」

少佐はなんだかムキになっていた。しかしそう言われると、逆にこっちもなんだかムキになってしまう。

「いいえ、私が悪いんです。私のせいで貴重な時間を浪費してしまったんです！」

「わからない人ですね！　それならマークウィッスルがこんな所に来るのを止めなかった俺が悪いんですよ！」

「いいえ！　私です！」

「俺です！」

気がつくと大声で怒鳴りあっていた。はっと我に返って、私たちは一瞬顔を赤くして、そしてそろって笑った。

「……馬鹿みたいですね。私たち」

「ははは、本当ですね」

少佐はまだ取っ手のついた筒を持っている。それをぶらぶらさせながら照れたように頭をかいた。

「でも、なんかなつかしい気もしましたよ。あなたとは昔よくこうやって口喧嘩してましたね」

「そうですね。あの頃は楽しかったわ」

まだ自分が、世界の平和とかそういうもののために尽くすんだ、というような希望を持っていたあの頃はよかった。今の私は、実際にそういう関係の仕事に就いて、そしてその裏側も色々と知ってしまった。それは決して夢や希望のあるものではなかったのだということを。

「今の私はなんだか……汚れてしまったようで」

「そんなことはないですよ。少なくとも俺にはあなたは、あの頃のままの眼をしているように思いますけど」

「それは少佐が、自分が昔のままだからそんな風に思うんですよ」

私はちょっと胸を痛くしながら言った。それは越えられぬ壁のように思えた。ところがこれに少佐がまた、

「なんですかそれは⁉」

と怒りだした。

「俺のどこが汚れていないって言うんです？　あなたには悪いが、俺はずいぶん昔と変わっちまいましたよ」

「それは身体は大きくなったかも知れませんが、心の問題を言っているんですよ私は」

「心だって変わってます！　むしろ変わってないのはあなたの方でしょうリスカッセ」

「変わりましたよ！　あなたは私の過ごしてきた時間を知らないからそんなことが言えるんです！」

「そりゃあ知りません！　でもあなただって俺のことは知らないでしょうが！」

私たちはまた怒鳴りあっていた。そしてそこで横から、くすくす、笑う声が聞こえてきたので私たちはびくっとしてそっちを振り向いた。

眼が丸くなる。

「仲のおよろしいことで。しかも遠慮がない。さすがはエドワースの友人ですね」

その婦人は、見たところ二十代後半から三十代前半の顔立ちで、若々しいのだがどうも年齢の見当の付かない雰囲気を持っていた。開けっ放しだったドアからいつのまにかこの部屋に入ってきていたらしい。

しかし、問題はそんなことではなくて、その婦人は、その顔は、その――

「あ、あの、あなたは――」

その婦人の顔には、ＥＤのそれを一回り小さくしたような、しかし基本的に同じデザインの仮面が着けられていたのだ。

「私はナーニャ・ミンカフリーキィと申します。この宿の主《あるじ》ですわ」

と言って彼女は仮面を取った。私はまたちょっと息を呑む。

その顔は、さっきのソーニャとうり二つだったからだ。まるであの少女が一瞬にして二十くらい歳をとって現れたような奇妙な感覚があった。しかしむろんそんなはずはあるまい。ということは、つまり……

「ソーニャの言葉遣いについては勘弁してくださいね。父親がいないせいか、あの子は誰にも頭を下げたくないという気持ちが強くて」

「……お母様、でいらっしゃいますか」

私は頭を下げてきた彼女に、どうも、と礼を返した。少佐も同じことをしている。

するとまたナーニャ女史がくすくすと笑った。

「息の合っていらっしゃること」

「あ、いや、そういうことではなくて」

私と少佐は訳もなくあたふたした。

「それで、今日はどのような任務でここにいらっしゃったのですか、風の騎士様に特務士官様」

女史はさらりと言った。私たちはこの建物に入ってから一度も名乗った覚えはなかったのでちょっと口をつぐむ。すると女史が説明した。

「そちらの殿方は、エドワースからかねがねお噂を伺っていますし、そしてあなたは」

と私の方を見る。その眼は笑っているようで、底では笑っていない。

「そういう気配があります。たぶんカッタータかヒッシバルの辺りの方ではないですか？」

「……レーゼ・リスカッセと申します。カッタータの大尉です」

私は素直に言った。なんとなく隠し事は通用しない気がしたし、その結果情報がもらえなかったら元も子もないと思ったのだ。続いて少佐も名乗る。

「ヒースロウ・クリストフです。七海連合の派遣少佐です」

「これはこれはご丁寧《ていねい》に。まあまあ、このような紳士的な態度のお客様は久しぶりですわ」

女史はころころと転がるような声で笑った。よく笑う人だ。

「あの、あなたはマークウィッスルと何か……？」

「ああ、エドワースはうちのお得意さまです。私の装飾品制作趣味の方でも、ね。仮面をお買いあげになる方は少ないもので」

「すると……あなたがあいつの仮面を作っていたんですか？　はーっ……」

少佐は感心した、という調子でため息をついた。

「ええ。そして——あの方は私の夫の仇で、ソーニャの生命の恩人でもありますの」

簡単に言ったので、私たちは一瞬それがどういう意味なのかわからなかった。

「……え？」

「まあ、人の過去には色々あるということですわ。あなた方も先ほど、おっしゃっていたようにね。あの頃のあの方は仮面がなかったものだから包帯を顔に巻いていましたっけ」

そしてまた笑う。

「商売の話に戻りましょう。あなた方はどのような情報を求めてこの〈水面《みなも》のむこうがわ〉にいらっしゃったのですか？」

「あーっと、それは、ＥＤさんが」

「あの人のことです。なにかわかっても確信がなければあなた方に教えてくれたりはしませんわよ？」

「……それもそうですね、それでは」

と私は少佐の方をちらりと見た。彼はうなずいた。そこで私はあけすけにものを訊くことにした。

「ここが界面干渉学の世界的な権威の、さらにその集中するところとしての質問なのですが……その学問の成果のひとつとして魔法を凌駕《りょうが》する戦闘能力を発揮する手段があるでしょうか？」

「それは具体的には、どのような局面のことを指しているのですか」

「そう……例えば、界面干渉学を用いて竜を殺すことが可能でしょうか」

世間的には、これはかなり突拍子もない、故に極端な例え話による質問という形で受けとめられるはずである。だが女史はこれに笑いもせず、

「そうですね、私は竜というものがいかなる存在なのかわかりませんので、答えは憶測の域を出ませんが――」

と言いかけたところで、少佐の手元を急に見つめてきた。

「それをお貸しいただけますか？」

「あ、ああ失礼」

少佐は、まだ手に持ったままだったさっきの筒付き取っ手を女史に返した。

「どうも」

女史は優雅にそれを手にすると、かちり、とそれについていた装置をなにやらいじくった。

「これはエドワースが研究を進めている物のひとつで、様々な資料を解読した結果彼はこれを〝ピストルアーム〟と呼んでいます。しかし何に使うのかは彼としても特定できないようで――ですが」

女史はその〝ピストルアーム〟とやらを持ったまま手をまっすぐ前に伸ばした。

そして引き金を引いた途端、爆発音が響いて、そして部屋に飾られていた彫刻がひとつ木《こ》っ端微塵《ぱみじん》になった。

「――わっ！」

私と少佐は驚いた。しかし女史は平然と、

「こういう使い方ができることはわかっております。なんでも、この装置に装塡《そうてん》されているシリンダーに、発火、爆散する薬品が詰まっているので、それで大砲の小型版のような弾丸が発射されるのです」

「……ぶ、武器、ですか？」

「エドワースは違うと言っていますが。というよりも、彼は兵器が嫌いですからそう言いたいだけなのかも知れませんね。でもこれは破壊に使うこともできる物なのです。そして界面干渉学にはこのような用途の特定できない物がたくさんあります」

「……その中には予想もできない効果のあるものもある、と？」

「そうかも知れないし、そうでないかも知れません。このピストルアームにしたところで……」

と女史はまたそれを発射した。しかし今度の弾丸が向けられた先の彫刻には、当たったと思った瞬間、彫刻に掛けられていたらしい反発呪文が作動して弾丸は空中に停止し、床の上にころころと転がった。

「このように、対応する魔力が多少なりとも作動している物には無力ですから」

「……つまり魔力を突破して攻撃できるような物は界面干渉学では存在していない、と？」

「いいえ、そんなことまではわかっていません。エドワースがこのピストルアームを武器ではないとしているのもその辺りが理由のひとつであるわけです。大変な手間がかかっているこのような物なのに、魔力的な装備が皆無《かいむ》なのは妙だ、理論的ではないというわけですね。もっとも私はあまり理論的にこの学問を考えるのもなんだと思っていますが」

「ははあ」

「これはもっと夢を持って考えるべき対象ですわ。そうは思いませんか？」

そして女史はピストルアームを手にしたまま、優雅な口調で歌うように講義を始めた。

「これらの品々は私たちとは異なる別の世界からの漂流物なのですから、その世界の人々はどんなことを考えているのだろうなあ、とか、どんなご飯を食べているのかしら、とか、まずはそのようなことに思いを巡らせるのが正しいのではないでしょうか？　彼らは私たちと同じような人生を過ごしているのでしょうか？　それとももう少し生きやすいやり方を見つけてくれているかしら？　もしも私たちと同じ顔をして、同じ名前を持っていて、文明の形だけが異なる世界であるならば、そこで彼ら――私たちは、やはり同じように〝他の世界というものがあったら、そこではどんな風に人々は生きているのだろう？〟と考えているのでしょうか？　このようなことを想うのはとても楽しいことです。そういう学問なのですよ。だから私はこれを〈水面のむこうがわ〉と呼んでいるのです。それは水面に映っている風景のようなもので、鏡よりも儚《はかな》く、手を伸ばせば波となって消えてしまう……それでもそこに広がっている世界は私たちの心の中に確かにあるのです」

「な、なるほど。……あっ！」

私ははっとした。私たちに教えてくれるためだけに、この人は彫刻をひとつ破壊したのか?

「あ、あのこの彫刻の方は――」

「え? ああ、それならご考慮は無用です」

ナーニャ女史は笑った。

「それは失敗作ですから。本来即座に叩き壊したい物なのですが、こういう役に立てる機会もあるので置いてあったものなのです。私はものを無駄にしない性格なのですわ」

女史はピストルアームを手にして得意げな調子で笑っているが、やっぱりその論理はどこか奇妙である。

しかし――やっぱり……

(竜を殺す決定的な方法は、ここにも見つからなかったということか……)

魔力に通用しないものばかりでは、竜に歯が立つはずがない。EDもそれを知っていたから、あんまり気乗りしない感じでここに来たのだろう。

私と少佐ががっくりきていると、階段を上ってくる音がして、ソーニャとEDが顔を出した。

「ああ! やっぱりお母様だったのね! もう家の中じゃ〝ぶっ放さないで〟って何度も言ってるでしょう!」

ソーニャが床の上に散らばっている彫刻を見て悲鳴のような声を上げた。

「だって、こちらの方々にわかりやすい説明をして差し上げなくてはならなかったのよ。しょうがないじゃない」

女史は涼しい顔だ。

「口で言えばいいでしょう！　ホントにもう撃《う》つ機会をいつでもうかがってるんだから――」

ぶつぶつ言いながらソーニャは散らばった破片を拾い始めた。まめな子だ。顔はそっくりなのに性格は正反対な親子である。

「話は聞いたのかい？」

EDが私たちに訊ねてきた。私たちは暗い調子でうなずいた。EDも肩をすくめて、

「こっちにも、今のところ条件に合う新発見は残念ながらないようだね」

「あらエドワース、今日は売りがなくて買いだけでしたの？　それでは高くついてしまいますよ」

そして女史は金額を口にした。私と少佐はただ雑談して話を聞くだけのことに取られる金とは思えぬその法外さに目をむいた。

だが、私にもなんとなくわかってきた……ここはサロンなのだ。他の所では気味悪がられたり不審な目で見られる界面干渉学のことを、自然に、当たり前のように話すことができる、それ自体が目的なのだ。その希少さが価値になっているのである。無論〝売り〟ということで他の者に情報を提供する者にはそれなりの報酬があるようだが、その辺の管理

はすべてこの親子がやって、やってきた参加者は〝これが当然だから〟とそのことには気がつかない振りをしているのである。

暇を持て余して研究などをしている金持ちの考えることはもってまわっている――そうとしか言いようがない。

ＥＤは金額を聞いても平然として言った。

「七海連合につけといてください。ええと、それでは――」

そして真面目な顔になり、

「本来の目的に移るとしましょう」

と言った。

「え？」

私はきょとんとした。本来の目的？　なんだそれは。私たちは界面干渉学に竜の殺害方法があるかどうかを調べに来たのである。他に何があるというのだ？

「ねえナーニャ、君のところはまだザイラス侯爵《こうしゃく》家とつながりがあるのかい？」

「ええ、もちろんですわ」

と二人が話しだしたところで、ソーニャが急に、

「駄目よ！　お母様、何言ってるのよ！」

「だってほんとうのことでしょう」

「あんなところとは全然関係ないよ！　私たちは真面目な学術研究をしてるんだよ！」

ソーニャは母親の言葉を無視して、私たちの方に怒鳴るように言った。

ザイラス侯爵、というのは私も知っている。かつて滅ぼされたレーリヒという国の旧支配者一族の唯一の生き残りの、その末裔《まつえい》だ。侯爵と言ってはいるが、どこの国からも爵位を受けているわけではなく、かつてのそれを勝手に名乗っているだけだ。ただこの侯爵家というのは、国際情勢の裏側では有名な存在だ。情報屋なのである。それも国と国との交渉の際に切り札となるようなネタを、どこからともなく見つけだしては法外な金額で国家相手に売りつけるのだという。私も名前は知っているが、実際に関係したことはない。

「いやソーニャ、誤解しないでくれ」

ＥＤが少しあわてた調子で彼女に弁解した。

「別に君たちを通してザイラスに紹介しろとかそういうことを言っているんじゃないんだよ。ただ〝地図〟をちょっと見せてくれないかということなんだよ」

「〝地図〟？」

話についていて来られない少佐が戸惑っている。だが私は知っている。それはきっとザイラス侯爵家で半年毎に発行している、世界の勢力バランスを精密に記《しる》してあるという〈王と裏切り者のための地図〉のことに違いない。それを売るところに売れば一生遊んで暮らせるだけの金を手にすることができるといわれている。

「……何が知りたいのよ」

ソーニャは疑わしげな眼をＥＤに向ける。

「すべての竜の現在地だ。竜にはいいかげんな伝承も多くて、信用できるのは〝地図〟ぐらいしかなくてね」

すると女史が口を挟んできた。

「エドワース、さっきからこちらの方もお話しになっていましたけれど……。あなたは竜を相手に何かをするつもりなのですか。勝ち目などまったくありませんよ」

「そういうわけではありません。ぶっちゃけて言ってしまいますと」

とEDはロミアザルスにおける終戦協定のことをべらべらと喋った。竜が死んだことだけは伏せた。

「――で、竜のことを知らなくてはならないことになったわけです。何かあったら協定はぶち壊しですから、竜の心理を探るためにまずは他の竜と会ってみなくては、と」

「なるほど。それで竜に仇《あだ》なす方法などをお訊きになっていたわけですね」

「対抗上必要なので。我々は竜の命を守らなくてはならないのですよ」

するとと女史は笑った。

「守ってもらわずとも、あんなに強くて大きい竜を殺せるものなどこの世にはいないでしように。心配性な方々ですこと」

「馬鹿じゃないの。そういうのを杞憂《きゆう》って言うのよ」

「だといいんだがね」

EDと親子の会話を横で聞いていて、私と少佐の顔がどうしても暗くなっていく。

しかし、しかしそれでも竜は死んでしまっているのだ――

3.

あの親子はかつてある国の内乱に巻き込まれたのだという。

「ソーニャの父上のミンカフリーキィ氏はその国に大使として赴任《ふにん》していたんだ。そして彼女たちは人質として囚《とら》われの身になってしまった。その内乱は反抗勢力側の勝利に終わり、そしてその戦後協定処理のために僕が行くことになった。それは僕の戦地調停士としての初仕事だった。革命政府の連中は殺気立っていた。強欲な支配者に積年の恨みがあったからね。しかしそれでもその恨みをかつてその支配者と交流があったというだけの他国の大使の、それも家族などの一般人にぶつけるのは明らかにやりすぎだ。だが彼らはその人質たちを盾にとって他の国に強引な要求をしてくる始末さ。だが連中は知らなかったんだよ、その家族の中に世界中の裏世界に顔が利くザイラス侯爵家の末裔の一人であるナーニャが紛れ込んでいたことを。彼女はすっかり一般人として生活していたからね」

既に船上にあり、次の目的地に向かう途中でEDは私と少佐に説明してくれた。

そしてザイラス侯爵家がかつて属していた国レーリヒは別名を〝暗殺王朝〟とまで言われたほど暗殺者の育成と使用に長《た》けていた所であり、その伝統は今でも生きている。レーリヒの暗殺者といえば、それは〝必殺〟という言葉の代名詞となっている。

その魔手が、囚われの親子を救い出すためだけに他の者は皆殺しにしてでも、という指令で動き出すのは時間の問題だった。

「だがそうなったらその後の世界はかなりまずいことになる。人質がみんな殺されては他の国は当然報復行動に出る。しかも同時多発だ。大きな、混乱した争いが生じるのは明白だった。……それを知っていたミンカフリーキィ氏は、僕にそれを教えて何とかしてくれとこっそり頼んできたんだ」

EDは顔を伏せた。

「……僕は腰を抜かした。そんなとんでもないことになっているとは思ってなかったからね。だがこのことを他に漏らすわけにもいかなかった。大急ぎで革命政府の連中をなだめなくてはならなかったのだ。しかし奴らは血に飢えていた。交渉も何もあったもんじゃなかった。荒療治に出るしかなかった。僕は……そこでくじ引きを提案したんだ」

EDはここでため息をついた。

「我ながらめちゃくちゃをやる、と思ったよ。要するに人質にくじを引かせて、当たりが出た者だけを捕らえたままにして他の者は解放する、その代わりに七海連合からはある程度の金が払われる、とね――くじというのは〝運命〟だ。君らには運命の加護はないのか？　――そんな風に言って、頭に血の上った奴らを逆手に取ったのさ。だがこれはいかさまだった。くじはインチキだったのさ。最初からミンカフリーキィ氏が自分が引くように仕込んでいたのだ。僕と共謀してね。彼は言っていた。〝娘と妻が万が一引いてしまうよりは、確実に私が引く方がよいだろう？〟とね。真の優しさを持った勇敢な人だった。だが——その後すぐに革命政府それ自体に内乱が生じて、その際に彼は巻き添えで亡くなった。まったく理不尽な死だった……」

ＥＤは空を見上げた。

「僕は彼からあの母娘のことを頼まれていた。だからあの界面干渉学のサロン経営の話を持ちかけたのさ。ザイラスには戻らないと言っていたからね。しかし彼女たちからすると、僕は夫と父親を死に追いやった憎むべき人間であることに変わりはないんだよ」

「…………」

私と少佐は話の重さに黙り込んでいた。しばらくして少佐がおずおずと言った。

「だが——だがあの二人は、もうおまえのことを許しているんじゃないか？　そりゃソーニャちゃんはまだ少し態度が固いみたいだったが、ナーニャさんは——」

「いや、それは逆だ。彼女たちは、僕たちのやったいかさまを知らない……もしそれを知ったら、ナーニャ女史の方こそが僕のことを決して許さないと思う。だから僕は、未だにそのことを教えられない。彼女たちの夫であり父親である人の真の勇気を告げることができていないままなんだ。情けない話だよ、まったく——」

ＥＤは頭を横に、何度か振った。

口元はいつものように、どこか冷ややかで、自嘲《じちょう》の笑いに歪んでいるが、その眼は——うつむいていて、仮面の陰に隠れて私から見ることはできなかった。私は彼がいつもいつもニヤニヤ笑っているのは微笑みではなく、もしかして——と思った。

ナーニャ女史は言っていた。

〝水面のむこうがわの世界では、もう少し生きやすい方法を人々が見つけてくれているかしら……？〟

しかし、それでも私たちはこの世界で生きていくしかないのだった。そして今も、私たちが今回の事件を解決して戦争の調停ができなければ、またミンカフリーキィ氏のような悲劇がさらに何千何百人という規模で重なることになるのだ……。

船はそんな私たちの感慨を無視するかのように平然と洋上を進んでいる。

（いかさま、か……）

私はちょっと視線をそらして、船の進行方向を見た。

この旅には余裕がない。あの親子から教えてもらった生きている竜のいる場所に行く前に、その途上にある別の目的地の方に先に寄らなくてはならない。

そして、そこで私たちはある〝いかさま〟をしなくてはならないのだ。

そう——事件の容疑者の一人である〈海賊の頭領〉と会うためには、それがどうしても必要なのだった。

第四章　海賊の都

a case of dragonslayer

1.

ソキマ・ジェスタルス島——とはいうが、しかしそこは実際のところ島ではない。

七隻の大型船舶を横に並べて、錨《いかり》を海底に打ち込んで固定し、その上に橋を架けて連結させたそこは言うなれば〝水上都市〟であり、どこの国家にも属していない。内海の中央に位置し、大国の領海線の狭間《はざま》で独立自営の立場で、各国の人々を観光客として受け入れている。

治外法権下のここにはなんでもある。

劇場に男女どちらの客でもいい娼館《しょうかん》に海トカゲ狩りの設備に酒場に美食に買い物に幻覚薬に精神昂揚《こうよう》呪文に、とにかく国によっては絶対に禁止されているものでも、ここならばなんでもできるのだ。それ故に人はここを海賊の都と呼ぶ。実際にここを最初に設立した先々代頭首のインガ・ムガンドゥ一世は本当の海賊で、それで集めた資金を元にここを創ったとも言われている。なんでもできるここは正《まさ》に都と呼ばれるにふさわしいが、それでもここの一番の目玉は何と言っても——賭け金無制限の賭博《ギャンブル》である。

＊

「うぃーっく……」

ゲオルソンは軍属魔導師くずれだ。

かつては参謀にまで昇りつめたこともある彼だが、今では賭博場で魔法によるイカサマがないかどうか監視をするのが仕事の、しがないヤクザだ。仕事と言ってもいつもいつもカジノの隅っこで酒を呑んだくれてばかりで、たまに馬鹿なおのぼりさんが馴れない呪文を使ってダイスの目を操作しようとしたりするのを感知しては怖い怖い裏の連中に通報したりする、それだけだ。それで毎日呑むだけの充分な金が手に入るのだ。

「ひ、ひっく……うぃっく」

それに、どうせ彼はここから出られない。本国では彼は国家反逆罪に問われていて、この治外法権の海賊の都から一歩外に出たらたちまち手が後ろに回って断頭台の露と消える運命にある。

「けっ……どいつもこいつも」

バーのカウンターの隅に陣取りながら、ゲオルソンはカジノを見回した。

回転するターレットのナンバーに一喜一憂して目の色を変えている連中。そこそこの強さしかない役のカードを後生大事《ごしょうだいじ》に抱えて、賭け金を吊り上げるか役を取り替えるかで死ぬほど悩んでいる奴ら。負けが込んでいて総額だとマイナスにしかなっていないのに、一回小さな当たりが来ただけで大喜びしている者ども。

そいつらはすべて、かつての彼と同じだ。その場所がこういういかがわしい場所か、あるいは公にも認められている軍の階級社会かという違いだけで、やっていることはまったく変わらない。あそこでもちまちまと賭けをして、わずかばかりの昇進やら指揮権やらを得てはそれを使ってまた新しい山に賭ける。こっちの将軍に追従《ついしょう》したと思ったら次の日には別の権力者におもねる。そしてそれがうまく行っているうちはいいが……

「負けすぎて、元金が尽きたらお終いだ。どこだって、なんにも変わりゃしねえ……」

彼は一人でぶつぶつ言いながら、誰も近くに寄らせずに酒をちびちびと飲み続けては時々立ち上がり、この賭博を管理している者に「……あそこでやってる」と囁いては仕事を果たしている。そのイカサマの呪文など軍用の魔法を扱ってきた彼にはまったくの子供だましばかりだから、店もそれを摘発したりなどせずに、それを利用して他の客から金を吸い上げさせておいて、溜まったところでごっそり自分の所にいただくということをしている。

今もまた、そういう哀れな犠牲者がひとり増えたのだ。

(あーあ、馬鹿な奴らだよまったく……)

彼は、これはさすがに言葉に出さずにそのイカサマ野郎を、多少離れた席に腰掛けて、ちらと見やる。

それは女だった。若い女だ。こういうところでは珍しくないが、素顔を隠すために仮面を着けている。そして仲間らしき男が二人、その後ろにいる。こいつらも仮面を着けているが、ひとりは物腰から見て騎士だ。用心棒と言うところだろう。

彼女がやっているゲームはごく単純なダイスだ。親が振った目と、自分で振る目の大小の比率に賭け、確率が低い目ほど配当が高い。

これで彼女は七回連続で高倍率の配当を引き当てていた。

「行きます」

多少顔が赤くなっている親がまたダイスを振る。出た目は半端《はんぱ》な数字で、決して後攻である彼女に都合のいい目ではない。他の、取り巻きの見物人たちは少し息を詰めたが、

「受けます」

と彼女はあっさりと答え、ためらいなく大量のチップを高い目に絞って賭けると、ダイスを優雅な手つきで転がした。

当然のように大当たりが出た。かすかなどよめきが起こり、親の顔色が青くなったり赤くなったりした。

ゲオルソンはこっそりと笑う。

女のやっているイカサマは空気を操る呪文だ。当然ダイスにもそれを転がす台にも呪文に対する対策が取られていると思って、気をつけてやっているつもりなのだろう。だから本人はカジノ側の盲点だと思って、ダイスの目を、転がす際の空気抵抗で操っているの

だ。

だが、実際のところはダイスにも台にもまったく防護策など取られていないのだ。これは罠なのだから。店としては自分でイカサマをして客から金を吸い上げることは建前上できない——だから客の方にやらせるわけである。

（ここは海賊のカジノなんだぜお嬢さん。そうそう簡単には行かないのさ）

彼がニヤニヤしながら見ている間にも、女は何度も大当たりを出していい気になっている。本人は仮面に合わせてか無表情であるが、内心うはうはしているはずだ。

（そろそろだな……）

彼がそう思っていると、やはり台の方に魔力が生じるのがわかった。消去呪文が作動し、あらゆる魔法が無力化されたのだ。もともと一国の防衛機構の中枢《ちゅうすう》にまで携わっていた彼が仕掛けたものだ。トーシロの小娘に外されっこない。

「——行きます！」

親がダイスを振る。その目はどちらかと言えば客側に有利な目だったので、ギャラリーは、どうする？　という視線で女を見つめてきた。当然これまでよりも多く張るだろうと予測しているのだ。

「………」

だが、女はただダイスをじっと見つめている。その動かない時間がこれまでよりも長い。

（……？　勘づいたのか？）

　まさか、ここでおりるつもりか？　そんな冷静な判断ができる奴は始めからこういうところでギャンブルなどしないものだ。あと少し、という欲をどうしても捨てられないのである。そのはずだ。

　後ろの用心棒二人がわずかに身を乗り出しかけたが、女はそれを手をぴっ、と上げて制すると、

「――受けます」

　と静かに言って、それまで儲けていた金を全部賭けた。

（……馬鹿が）

　ゲオルソンはせせら笑う。またカモがひとり無一文になるまでむしり取られて放り出されるのだ。そう、彼が国から逃げ出したあのときのように。

　女の手がダイスを振った。それは自然法則に従って、何の操作もされることなく転がっていく。

（くだらんな）

　ゲオルソンはその結果を見ようとせずに立ち上がる。見苦しいからだ。それまで取り澄ましていた女は本性を現して、不正をしていたのは自分であったことも無視して「これはイカサマだ」とか喚《わめ》きだし、ヒステリックにぎゃんぎゃん騒ぎ出すのだ。そうなったらカジノの用心棒達が出てきて取り押さえ、そして彼女は放り出されるというわけだ。周りは

海だから、帰りの船賃がなかったら女はそのまま娼館行きだ。それまでの栄光から真っ逆様に転落だ——

だが……そのとき彼の背後から聞こえてきたどよめきは、それは決して意外なことが起きた、というものではなかった。

「……やりやがった！」

という声まで聞こえた。ゲオルソンはぎくりとして振り返った。

ダイスゲームの親が、もう赤くなることもなく蒼白で立ちすくんでいる。

ゲオルソンは〝そんなまさか〟と思いながら台の方を見た。

そこに出ていたのは、間違いなく女が張っていた目に違いなかった。

だが……だがそんな馬鹿な！　確かに、イカサマの呪文は使えなくなっていたのに……。

その間に、女はもう次の賭けの参加料を台の上に置いている。

親はがくがくと腕を震わせながらダイスを振るしかない。しかしそれはかなりのいい目であった。ところがここでまたしても予想外のことが起きた。

「……おります」

と女があっさりと負けを認めて、そして次の勝負のためのチップを台に置いたのだ。これまで一度もおりなかったのに、なんで……と思っていると次の勝負ではまたあっさりと勝つ。ただしそれは大勝ちではなく、堅実な張り方だ。

（……ま、まさかこいつ！）

いや、それしか考えられなかった。こいつは最初からこっちの張っていた罠のことを知っていた。それを逆手にとって、こっちを油断させていたのだ。こいつにはもともと呪文によるイカサマなど必要なかったのだ。その証拠に——

「受けます」

——と言って女はダイスを振り、それは彼女が張った目にぴたりと当たる。

（こいつは自分自身でダイスを、手先のコントロールで好きな目を出すことができるんだ！）

ただしそれは完全にできるわけでもない。偶数をねらえるとか、一から三までの数字とかその程度だ。もっともそれだってとんでもない。その手のプロに対抗するためにこのカジノではダイスを毎日取り替えている。同じ振り方であっても、重さやバランスが少し違うだけで、出る目は劇的に変わってしまうからだ。だがこの女はイカサマのカムフラージュに隠れて、もうさっきからさんざん振って〝練習〟は終えていたのだ。

そして資金はできたし、あとはこれを堅実に増やしていくだけ——初めからそういう狙いだったのだ。

「………………」

ゲオルソンが絶句している間にも女は淡々と勝負を続けて、チップの山はどんどん高くなっていく。女の後ろで、妙に仮面の似合っている用心棒がぴゅうっ、と口笛を鳴らして、もうひとりの強そうな方に「よせよ」とか肘鉄《ひじてつ》を喰らったりしている。余裕綽々《しゃくしゃく》、そうとしか言いようがない。

「…………！」

ゲオルソンはきびすを返して、奥の従業員用の洗面台に向かった。

途中で「お、おいありゃどうなっている？」とチップの管理係が慌てた様子で駆け寄ってきたが、彼はそれを突き飛ばすようにすると置いてあった茶色い瓶から青い液体を喉に流し込んで、そして一気に胃の中のものを流しに吐き出した。それはひどいアルコール臭がしたが、口元を拭いているゲオルソンの顔にはもはや酔いはどこにも残っていない。

（……ふざけるな。舐《な》められてたまるか……！）

ゲオルソンはまた早足でさっきの場所に戻った。

女の相手をしている親はもうふらふらだ。いくらギャンブルでも相手との立場が違いすぎる。精神的に完全に追いつめられていた。

ゲオルソンがかすかに呪文を唱えると、そいつは急に目から焦点を失って、気絶して床の上に崩れ落ちた。

ざわっ、と騒ぎになりそうなところでゲオルソンは一同の前に顔を出して、

「おやおや、こいつは疲れてしまったようだ。それでは私が代わりに親をつとめましょう」

と宣言した。その堂々とした態度に皆は息を呑んで黙る。

「よろしいですか、お嬢さん」

「ええ。もちろん結構です」

女はにっこり笑って言った。

気絶した奴は店の用心棒に担がれて奥に消えていった。それには目もくれずに、ゲオルソンと女は卓を挟んで向かい合う。

ゲオルソンは女を睨みつける。

女は平然としている。

勝負が始まった。

ゲオルソンは当然、ここでは手を抜かない——つまり魔法でイカサマをするつもりである。自分で仕掛けた消去呪文など、彼が本気になれば完全に無効化できる。情け容赦なく、叩きのめしてやるつもりだった。

彼は油断させるために、わざと相手に甘い目を出す。

だが、ここで女は何故かほんのささやかな額を、もっとも無難なところにしか賭けない。そして、結果は当然のことながらイカサマをしているゲオルソンが勝った。

次の勝負でも同じだった。

その次でも同じ。

三度めまで同じ結果になると、さすがにゲオルソンも相手が読み切っていることを自覚する。しかし、追いつめられているにもかかわらず女に焦燥《しょうそう》の色はない。

（適当なところで引き上げるつもりか？　そんなことは許さんぞ……！）

ゲオルソンはダイスに呪文を込めて、相手が賭け金の十倍返しをしなくてはならない目が出るように細工した状態で、向こうに渡した。彼の方はすでにどうでもよい目を出しているので、こっちとは関係なく向こうが自滅する形だ。

ところが、ここで、

「――受けます」

と女が賭けた額はそれまでのささやか路線から一転して、いきなりの全額だった。しかもその場所を見てギャラリーは一斉に悲鳴のような声を出した。だがそれはゲオルソンの内心に比べたらそれこそささやかもいいところだった。

それは十倍返しの、出る確率は数万分の一のところだったからだ。当たれば配当は高いが、当然外れたときのリスクの方が遥かに高いから、そんなところに賭ける馬鹿は普通はいないのである。

その結果にまたギャラリーは大騒ぎになるが、ゲオルソンは押し黙って女にチップを渡すだけだ。

そこで女の口が、声を出さずにわずかに動いた。それを見てゲオルソンはため息をかすかにつく。

〝――やはりな〟

ゲオルソンの唇も同じように動く。それは古めかしいために今や各国の軍で共通になっ

てしまっている（故に誰も使わなくなっている）無音対話術だったからだ。女はそれで今、

〝ありがとうございます、ゲオルソン参謀〟

と言ってきたのだ。

〝……貴様、軍人か。どこの特務部隊だ？〟

〝少なくとも、あなたの母国でも敵対国の者でもありませんよ〟

〝……何の用があってこの島にやってきた？〟

こっちがイカサマをすることを見越して賭けてくるなど、ギャンブルをしに来た人間では思いつきっこない戦法だ。失敗するのがほぼ確実なこれは危険度が高くて、負けても構わない立場の者にしかとれないやり方である。ということはこの女にとってギャンブルはおまけで、別の目的があるとしか思えない。

〝会いたい人間がいまして〟

女が返事する。その間にもゲームは進んでおり、ダイスが振られて新しい勝負に入っている。ゲオルソンはダイスが不確定の目を出すようにかすかに重さのバランスをいじっただけで女に返したので、ここでやっと勝負はまともなギャンブルに戻った。

女は普通に賭けて、普通に負けた。

〝会いたい人間だと？　まさか――〟

〝そのまさかです、あなた方の頭領にお会いしなくてはならない用事があるので〟

次の勝負では女が勝った。

〝馬鹿言うな。三代目はいつもどこにいるかもわからない。暗殺を防ぐために隠れているから俺たちも顔さえよく知らないんだぞ。いきなりやってきて会えるわけがない〟

〝それは知っています。ですが、どうしても急いで会わなくてはならないのです〟

淡々と勝負が続いていく。女のチップは増えもせず減りもしない。

「お飲み物はいかがですか？」

と褐色の肌をした美少年のウエイターがやってきて、女にグラスの載った盆を差し出すが、彼女は頭を振る。

「いえ、結構。今何かを口にする気はないわ。何が起こるかわからないもの」

さらりと言ったが、これは自分が毒物等を盛られるのを〝常識〟として捉えているということである。実際にそのボーイの飲み物に毒が入っているのかどうかゲオルソンは知らないが、確かにここではそれぐらいは当然のことである。

〝覚悟はしているようだな〟

〝まあ、仕事ですから〟

〝名前を訊いてもいいか？　どうせ、おまえはもうここからまともな方法で出ることはできないのだからな。三代目に会うというのなら、なおさら身分を隠したままではいられないぞ〟

彼の静かな問いに、彼女も凛《りん》とした言葉で答えた。

〝レーゼ・リスカッセ〟

＊

……私としては、本当ならこのような手段は取りたくなかったが、仕方がなかった。なにしろ相手が伝説的な人物、海賊の都の主にして闇の大物インガ・ムガンドゥ三世である。

本当に本人なのかわからないが、とにかく竜に面会に来た人間は自らをそう名乗っているのだ。手がかりなどないから、こっちとしては信じて、こうして来るしかない。しかも少佐の指摘なのだが、竜を前にして偽名を押し通したり他人に化けたりしていることはほとんど不可能なのだそうだ。だから本物であった可能性は極めて高いのだという。

（それにしてもロミアザルスの連中と来たら……）

閉鎖的な人間だとは思っていたが、彼らはあの有名なムガンドゥ三世のことを誰も知らなかったようだ。平然とそう名乗った男を（少なくとも男であることは確からしい）面会料を取っただけで誰も変だとか思わずそのまま竜と会わせてしまったというのだ。一体何の用件があったのか見当もつかないが、それ故に、確かに怪しいことは事実だった。

噂ではこの水上都市の頭領はギャンブルを好み、しかも代打ちとして強い人間に個人的に大いなる興味を持つと言われている。そこでその手の訓練を受けていて技術を持っている私がこういうことをする羽目になったのだ。

私がこのカジノの連中をこてんぱんにすれば、あるいはムガンドゥ三世が姿を見せるかも知れない、と。

（——しかし）

余裕はない。この手の作戦は大抵の場合、何日かに分けて逗留《とうりゅう》し続けて相手に圧力をかけていくのが鉄則なのだが、私たちにそんなゆとりはない。はっきり言えば自由にできる時間は今日一日だけだ。もともと容疑者といっても、世界一のカジノの所有者で、一国の総予算並みの資産を持つ男がはたして竜殺しの犯人なのかというと、これは動機が皆無でほぼ考えられない。要するにＥＤの、竜に会ったことのある人間に面会して話を聞きたいという、そういう要求に応えるための作戦なのだ。

だからうまく行かなかったら、仕方がない、で終わりだ。

（——とは言え）

私は適当にギャンブルを続けながら、目の前の男を見つめる。

「——行きます」

と言ってダイスを振っているこの男、ゲオルソン元参謀のことはもちろんその筋の一員である私は知っている。だから落ちぶれてこんな所にいるとはいえ、その才能が本物であることも知っている。

まさかこんなのと勝負することになるとは——と内心では、私は困り切っていた。

「受けます」

しかし逃げるわけにも行かない。余裕はないが、しかし予定の時間にはまだ間がある。ぎりぎりまでねばって、目標が出てくるのを待っていなくてはそもそもなんのためにこんな所に来たのかわからない。

私の振った目は、向こうがコントロールしていないせいで今一つ読み切れないために、局面的にいらない大当たりが出てしまった。ギャラリーがどよめく。しかし私は別に金をもうけようと思っているわけではないので、やっぱり苦い気持ちである。

「いや、凄いですね！」

と変装して（いつもと別の仮面を着けている）後ろに立っているEDが脳天気に囁いてきた。誰のためにやっていると思っているのかとか、ついそんなことを考えてしまうが、少佐の方はさすがにまずいんじゃないかと気がつきだしたようでそわそわしている。

しかしわざと、適当に負けるわけにも行かないのだ。勝負事はツキを一度落とすと戻すのは困難なのだ。ここが困ったところだった。

〝すごい勢いだな。ここを乗っ取るつもりか？〟

無音対話術でゲオルソンが話しかけてきた。

〝いえいえ、滅相《めっそう》もない。ただムガンドゥ三世に面会したいだけです〟

と私は答えているが、しかし相手は今一つ信用していないだろうなあ、と自分でも思う。

〝どうして三代目に会いたいのだ？〟

〝それが答えられない事情でして〟

竜が殺されたのは絶対の機密事項である。

〝会う理由は言えないが、それでも会いたいというのは虫のいい話だな〟

まったくその通りだな、と思って私はかすかに口元に笑みを浮かべた。

「――なにかおかしいか」

これは実際の発音で、はっきりそう言ってきた。私は顔を引き締める。いかんいかん。どうもEDの笑い癖《ぐせ》がうつってしまっているようだ。

〝あなたは三ヵ月前、ムガンドゥ三世がどこにいたか知っていますか〟

私は話を逸らす。

〝知るわけがないだろう〟

〝ところが私は知っている。そのとき彼は、ロミアザルスという辺境の田舎《いなか》で、誰の供《とも》もなくひとりで旅をしていた。これは確かな情報です〟

この言葉にゲオルソンが顔色をわずかに変えた。あくまでも賭けの最中の無表情を保持しているが、しかしそこにかすかな――だがはっきりとした動揺が走る。

〝――どうして貴様がそんなことを知っているのだ？　それは本当のことか？〟

〝それが本当でないのなら、私がここにいる理由はない。すぐにでも引き上げますよ〟

私はここで腹芸をしても仕方ないので、素直に言った。

＊

……だが無論、ゲオルソンにはそんなことはわからない。

（なんなのだこいつ――いったい？）

言っていることのひとつひとつはわかるのだが、つなげてみるとおそろしく意味不明なのだ。

たとえばこれがムガンドゥ三世を暗殺しに来た、とするならばこんな馬鹿正直に「会いに来ました」などと言うはずもないし、何らかの商談だというなら別に直接ボスに会いに来なくても組織に話を通せばよい。純粋にギャンブルのためのハッタリだとすれば、これはそこまで言うと逆効果なことが多すぎる。目的はいったい何なんだ？

「……行きます」

他の客の前であるから、今のところはゲームを進めているが、いざとなったらたちまちこいつらは取り囲まれて、そしてあっという間になぶり殺しだ。後ろに立っている二人の用心棒がどれほどの凄腕であっても、百人以上常駐している護衛部隊の前には無力だろう。だがそれでも……

「受けます」

それでも、そういうことを承知しているはずのこのレーゼ・リスカッセという女が、思いっきり冷静で、平気なのがゲオルソンの判断を越える。

今回の勝負は彼の勝ちに終わる。レーゼはまたためらいなく次の勝負に参加をコールした。

何より問題なのは、向こうはこっちがいつでもイカサマをして向こうをすっからかんにすることができるということまで知っていて、それに対して逆襲してくるということだった。このゲームはルールは単純だから、心理戦のときに手を読みやすいのだ。しかしそれでも確率的には遥かにこっちが有利なのだが。

「行きます」

有利なのだが……さっきからゲオルソンはそれを押し通すことができていない。

「受けます」

レーゼが勝った。勝率は六対四で向こうの方が上だ。認めたくはないが、賭け事の才能とツキは向こうの方があるようだ。

やはりイカサマで勝負をかけるしかない。だがそのタイミングはどうする……？　向こうにある程度勝たせて調子に乗らせたところで一気に行くしかないが、この強い女が調子に乗って判断ミスをするだろうか？

「……行きます」

「受けます」

膠着《こうちゃく》状態のまま、勝負は何時間も延々と続いた。

(——ええい、このままでは埒《らち》があかぬ!)

ゲオルソンは決意した。イカサマを再開して一発に賭けないといつまで経っても終わらない。しかも向こうには疲れた色もないのだ。精神的にこっちが先にまいる。

(それにもし、本当に三代目がここにやってきたとしたら——)

このままでは彼の失態ということにしかならない。むしろこうなってはそっちの問題の方が遥かに重くゲオルソンの精神にのしかかってきていた。なんだかこの女に不可能はなく、狙い通りにムガンドゥ三世が現れるのではないかという気がしてきて仕方がなかった。

あの男に見切りをつけられて、ここから放り出されたら彼には行くところがないのだ。

(……その前になんとしても勝つ!)

彼は強気に、自分の方に強い目を出して向こうは弱くするように細工した。そのままの、ひねりのないイカサマだ。

「受けます」

レーゼは普通に受けた。

よし、と思ったゲオルソンだったが、レーゼが賭けるため卓上で動かしていくチップの山を、その量を見て悲鳴を上げそうになる。

それは全額だったからだ。

さっきの、あの十倍返しを返された悪夢が脳裏によみがえった。こっちがイカサマを仕掛けたその瞬間にまた――これは偶然ではありえない。

(ま、まままままさか――)

完全にこっちのイカサマの質がばれている?

それで、向こうの方も自由自在に目を制御することができる?

先刻もダイスの目をいつのまにか操れるようになっていたし、今度は呪文のイカサマも操れるようになっていても、前例がある以上決して――

(そ、そんなことがあるものか! あのときはなんどもダイスを振った後だった。今度はいきなりのイカサマなんだぞ!)

だが――と彼の思考はめまぐるしく回る。確かに呪文によるイカサマも何度か繰り返した。その後ですぐにそれをやめたから追撃を受けないでいただけで、実は――

(……まさか罠を張っていたのか? 私が次にイカサマをやる、そのときまで――)

レーゼがダイスを手にとって、ころころと手のひらの上で転がし始める。

ギャラリーが固唾《かたず》を呑んで見守る。彼らも、その賭けられた金額からこれが最後の大勝負になることはわかっているのだ。

ダイスが彼女の手から離れて、卓の上を滑っていくそのほんの一瞬の間にゲオルソンの脳裏には様々なことが去来した。

これで自分は終わりなのか?

青春と人生と、普通の幸福と引き替えに修業した己の魔法が、技術が、才能が――こんなところで運命が尽き果てるのか？

　政治的には挫折《ざせつ》したが、それでも自分を生き延びさせてくれたこの能力をもってしても、しょせんはひとときの猶予《ゆうよ》でしかなく、自分は崩れ去るのがさだめだったのか？

　いや——それを言うならば、果たして自分はこの能力を悔いのないようにちゃんと使ってこられたのか？

　政治なんぞに手を出さなければ、とも思うがその道を選んだのは彼自身なのだ。

　果たして自分は後悔のない選択をしてきたと言えるか？

　人生は賭け事と同じ——それはゲオルソンがこのソキマ・ジェスタルス島に来て到達した真理だったが、そう考えると賭けていくときに、やや迷いや、もっとはっきり言えば遠慮みたいなものは働きはしなかったか？

（そう——自分としては大胆にやっていたつもりでも、それはこの女のこの賭けっぷりに比べればどこか安全策ばかりを採ってはいなかったか？）

　今さらだがそんな気がした。政治に関わっていったのも自身の保身をまず考えてしまっていたからではなかったのか——今、この女は彼がより大きな安全のために勝負に出たところを狙って逆襲しようとしている——人生とは、実はそういうものではなかったのか？

　ということは、ここで彼は負けるが、しかしそれは逆に言えばチャンスと言うことでもある。ここでの負け分のとんでもない額は、それを返済するための理由として、彼からムガンドゥ三世に直接〝大きな仕事を達成するからそのときまで待ってくれ〟と提案できる、そのきっかけとなるのではないか——そう、この女が言っていたように、そうでもしなければ一介のカジノ監視役である彼が海賊島の頭首に取引など持ちかけられるチャンスなどないのだ。

(そうか——そういうことか。いつでもどこにでもチャンスは転がっている。賭けるべきときは賭けてみるのが人生と言うことか……!)

結果として彼は失敗して、あえなくこの損害の責任で、落とし前をつけるために消されてしまうかも知れない。

だがそれでも賭けてみずに、おとなしく殺されはしない。

そう、本国からは逃げ出したが、今度こそ賭けをやり直す。今度は逃げたりはしない

……!

……と、ゲオルソンが心の中で鉄よりも頑強な決意を固めたそのときダイスが卓の上で停まった。それはいとも簡単に〝ハズレ〟の目を出してレーゼ・リスカッセの賭けたチップはすべてゲオルソンの前に移動した。

「あら、ツイてなかったわね。遊びはこの辺でおしまいのようだわ」

レーゼはあっさりと言うと、卓から立ち上がって二人の護衛役とともにその場から去っていった。

「………」

騒然となっている周囲や、やりましたねと肩を叩いてくるカジノの連中をよそにゲオルソンはひとり、茫然と口を開けたまま、しばらくその場から立つことができなかった。

「………」

＊

「だいぶ時間を無駄にしてしまいましたね」

私たちは早足で連絡船が停泊している所に向かっていた。

結局、何時間もねばったのにムガンドゥ三世は姿を見せなかった。とんだ骨折り損のくたびれもうけだ。

「しかしもったいなかった気もしますねえ」

EDがまだそんな呑気なことを言っている。

「馬鹿言ってんじゃない！　こんなところであんな金を手に入れたらたちまち胴元連中が取り返しに来て余計な騒ぎを招くだけだろうが」

「そしたらヒース、君が蹴散らせばいいじゃないか」

「おまえは俺をなんだと思っているんだ？　見境なく暴れる狼藉者《ろうぜきもの》だと考えているのか？」

「だって今回の君はレーゼさんの護衛役じゃないか。君は忠誠を誓った主人の危機を見捨てるのかい」

「そりゃあリスカッセさんが危なかったら……って、今はそういう話をしているんじゃないだろう！」

無邪気なEDに怒りながらも、少佐は明らかにほっとしているようである。私もそれは同じだったが、確かにちょっと……負けるつもりで最後に賭けはしたものの（相手の顔色を見てイカサマをしたんだろうなとわかっていたので）でもあれが当たっていたら凄かったな、とかそういうことはちょっとだけ考えていた。

しかし、船が停まっていたので私たちはすぐには出立できなかった。

「悪いねえ、帆の呪術風の吸い込みがいまいちなんで魔導師が調整してるとこなんだよ」

「いつ頃出発できますか？」

私が訊くと、職員は、

「ああもうちょっとだよ。それにすぐ次の連絡船も着くから直らなくてもすぐに出られるさ」

明るく言われたので、私が危惧した〝目を付けられて閉じこめられたか？〟という疑念は和《やわ》らいだ。

「しかたない。待っていましょうか」

と私たちが送迎用デッキのベンチに腰を下ろしていると、さっきも見かけた褐色肌の美少年ウエイターがやってきて、

「お飲み物はいかがでしょうか？」

とまた訊いてきた。

「いいえ、結構」

とまた断ったが、彼はにこにこしてこっちを見つめたままだ。

「何か用ですか？」

と訊くと、彼ははにかむような顔をして、

「いやお強いんですね。私はすっかり感動しましたよ！　こういう商売やっていると人の感情の変化のすごさに圧倒されるんですけど、負けても平然としたあの顔つき、本当に圧倒的でした！」

興奮した調子である。私はちょっと苦笑した。

「それはどうもありがとう」

「いやあ、さっそく信奉者《しんぽうしゃ》がつきましたね」

EDがからかうように言ってきた。そして手を伸ばして、

「じゃあその飲み物は僕にくれるかい」

と少年に問いかけると、彼は大喜びで、

「どうぞどうぞ！」

とEDにグラスを渡す。まさかここに来て毒もあるまい、と思って私も少佐も何も言わなかった。

「うまいね。このカクテルは誰がつくったんだい？」

「私です。自作なんですよ」

「へえ、才能あるね。本職以外にもそういう芸当もできるんだ」

「そうですか？」

「そうとも。なにしろあなたは多忙のはずだろう？」

「いや、それほどでもないんですがね」

「しかし竜に会いに行ったときは、さすがに時間がなかったんじゃないのかな？」

　ＥＤは、この言葉をごく簡単に言った。だから相手が平然と返事をしても私たちはまだ反応できていなかった。

「いや、あのときは自分だけで行動して、どうせ竜相手で身分を隠す必要もなくて楽だったからそれほどでもありませんでしたよ。しかし——いつからわかっていました？」

　美少年はまだにこにこしている。

「それはこっちの科白《せりふ》だけどね——君は最初から僕らの席の近くにいたし、何よりも普通のウエイターだったら、レーゼさんとあの相手の無音対話の〝三ヵ月前にどうの〟という話が出たときにニヤリと笑ったりはしないよ」

「なるほど。いやあのときにあなた方の目的がはっきりしたので、つい、ね。これからは用心するとしましょうか」

「で、なんであなたは僕らのことを最初から〝乗り込んできた連中〟だとわかっていたんです？」

「それはあなたですよ、E・T・マークウィッスルさん。他のお二人は誰かわかりませんでしたが、あなたが変装するときは普段と違う格好をした方がいいですね。仮面が違っていても、その下の顔が同じではしょうがないでしょう！」

そう言って、彼はさわやかに笑った。

彼——いや、この少年は、一見ただの美少年にしか見えないが、しかし、しかしこいつは——

「……インガ・ムガンドゥ三世……？」

少佐の声も、さすがに震えている。これに言われた少年はにっこりと微笑《ほほえ》んで、

「見た目よりも歳は食っているんですよ、実際のところ」

と穏やかな口調で言った。

2.

私たちが案内されたのは、荷物が乱雑に積まれている船倉……としか思えない場所で、とてもではないがそこがこの莫大《ばくだい》な財と人々の運命を左右する水上都市の支配者の居場所とも思えなかったのだが、しかしその印象は置かれているソファにその住人が座った途端に一変した。

積み上げられてるだけにしか見えなかった箱やら差し押さえた美術品などが、実はすべてその位置にあるとソファを囲んで広すぎず狭すぎず、放射状に配置されているのがわかったからである。

しかもそこには明らかな美的感覚の主張さえあり、確かな感性を持っていると納得させるものがあった。

「どうぞ」

とインガ・ムガンドゥ三世は私たちを自分の向かい側に座るように手で優雅に示して見せた。

「しかし……よく私たちと会ってくれる気になりましたね」

私がもっともな疑問を口にする。これに三世は意外そうな顔をした。

「それはあなたの腕に惚れ込んだからですよ。あなた方の狙い通りだ。違いますか?」

私は、はあ、どうもと曖昧《あいまい》なお礼をする。本気にとっていいのかどうかよくわからない。ここでＥＤが口を挟む。

「ところで——あらためて訊きますが、どうして僕がマークウィッスルだとわかったんです? というよりも僕は、そっちのヒースとは違ってまったく知られていないと思ったんですが」

「それはあなたが戦地調停士だからですよ。私はあなた方のことを注目しているのでね」

「……どういう意味ですか。まさか」

「ええ、以前に他の戦地調停士と会ったことがあるんですよ。あれで思った……〝こいつらには要注意だ。警戒していなければ〟とね。だから当然あなたのことも知っていたし、日常的に仮面を着けていることも先刻承知だったわけですよ」

「……誰です？　あなたに悪印象を植えつけた奴は」

「双子《ふたご》の姉弟でしたよ。本人たちは二人合わせてミラル・キラルと名乗っていました」

するとEDの口元が苦々《にがにが》しく歪んだ。

「……あいつらですか。よりによってひどいのに当たりましたね」

吐き捨てるように言う、彼の滅多に見られない剝《む》き出しの嫌悪感がそこにはあった。

「それで連中のせいで損害を被《こうむ》られた？」

三世はかるくため息をついた。

「いや……逆だ。私の方だけが不当なまでに利益を得た」

そして彼はそのときのことを話し始めた。

「私とてここの経営と管理だけを生業《なりわい》としているわけではない。色々なところと取引をしているし、その中には戦争に関わっているものも少なくない。ただし武器製造とその貿易にだけは手を出していないがね。理由は、これはそちらも詳しいだろうから簡単に言うと、あれが鼬《いたち》ごっこで、しかも水物だからだ。私は賭けることにためらいは持たないようにしているが、それでもあんなに不安定なものからは、それが莫大な利益をもたらすと知っていても、一歩身を引かせてもらうね。

……ああ、それで私は戦争状況では主に医療設備や食料の、戦場や周辺区域への供給を商《あきな》わせてもらっている。これが商売として馬鹿にならない。なにしろ兵器と違って、使う機会がないかもという心配が皆無だ。絶対に必要で、かつ途切れることがない。もっとも薄利《はくり》多売だがね。そしてそういう商売のお得意さまだったあるところで、めでたく停戦が決定したことがあった。いや、私も素直に良かったと思ったよ。なにしろ平和になればなったで、別の需要というものがまた増えてくれるからな。両国間の交流もできるだろうし、とね。ところが事態はそんな簡単なものではなかった。そこであの双子が出てきたんだ」

三世はその端整な褐色の顔にやや苦渋をにじませた。

「停戦を取りまとめたのは奴らだった。正直、最初私はあれほど憎み合っていた両陣営をどうやって説得したのだろうかと尊敬していたんだ。だがそんな甘いものでないことはすぐにわかった。七海連合が両国に入ってきて、まずやったことは国民に投票させて〝こいつを処刑しろ〟という願書を集めまくることだった。両方の国で大勢の、かつての支配者たちが国民の意思という名の下に粛清《しゅくせい》されていった。その中にはむしろ国民のために尽力した者も少なくはなかった。一応物資の供給などで協力していた私は何度か奴らに進言した。あんな風に恨みをぶつけさせても不毛なだけだ、と。ところがこれに弟の方が答えた。何百人も殺しておいて平然と〝この地に残っている負の感情は一度吹き出させてやらないとね〟とな。……姉の方は結局私とは一言も口を利かなかった。あのぞっとするくらいに綺麗な女は私の見ているところでは〝良し《ディード》〟か〝無駄《ナイン》〟か、二言しか口を利かなかった。もっとも……」

三世はここで首を横に振った。

「それ以外の言葉を使うとき、どんな恐ろしいことになるかを考えると聞かなくて良かったよ」

「それで国の実力者があらかたいなくなってしまったので、各種事業があなたの独占になったというわけですか」

「そういうことですね。もっともすぐに撤退しましたが。今ではあの二つの国は、疲弊しきっていて戦時中よりもひどい貧困がはびこってしまったのでね。なにより皆から気力が根こそぎなくなってしまった」

「……あいつらは魔導師ですから。呪詛や怨念を特別なものとして考えすぎているんですよ」

「でしょうね。人の恨みはすべてが等価だとか言っていたしな。……それではマークウィッスルさん、あなたは？　あなたは何を基準に調停をおこなっているんですか？」

三世はやや上目遣いにEDを見つめてきた。

「私はどちらかというと、その場しのぎですね。ミラル・キラルのように徹底的にはできない。時間が解決してくれる問題と、そうはいかない問題と……その違いを見極めようといつも必死です」

ＥＤは淡々と答えた。

「なるほどね――賭けは極力避けますか」

「向いてないんですよ。レーゼさんのように才能もないのでね」

ここで三世は笑った。

「確かに！　あれだけの才能はそうそうない」

「――どうも」

私はまたばつが悪くなった。そこでそれまで黙っていた少佐がおもむろに、

「本題に入ってよろしいですか」

と切り出した。その口調には、はっきりとは言えないが――なんだか棘《とげ》があった。そして直感的に私は、この人と三世はウマが合わないのではないかと感じた。何故なら……

（たぶん、二人は同じタイプだからだ）

そういうにおいがした。

「どうぞ。ええと、風の騎士、とお呼びするのかな」

「ご自由に。それにあなたに質問をするのは主にこっちのマークウィッスルですので」

言われてＥＤがうなずく。

「そうでしたそうでした。ついお話に夢中になってしまっていました。問題は――」

「竜のことですか。なぜ会いに行ったか、と？」

三世が先回りした。私たちがすこし黙っていると彼はおかしそうに、

「私がロミアザルスに行っていた、ということを気にしている以上、他のことは考えられないでしょう」

ともっともなことを言った。ＥＤはまたうなずいて、あらためて訊く。

「お答えいただけますか」

「大した話じゃない――あの辺の山にはかなり有望な鉱物資源があるので、その採掘許可を貰いに行っていただけです」

「貰えましたか？」

するとご三世は笑った。

「なによりも自然を尊ぶ竜ですよ、初めから無理だろうなと覚悟していましたよ。〝やるならやるが良い、ただしその後どうなるか深く吟味《ぎんみ》してからにせよ〟と、例の頭の中に直接響く声で言われました。それで、私としてはやめようということになった」

「どうしてあなたご自身でわざわざ行かれたのです？　部下をやっても良かったでしょう」

「これは好奇心ですよ――私は単純なところがあってね、強い者には大変に興味がある。正当な理由があって竜と会う機会があれば、誰が部下などに特権を渡したりするものですか！」

得意げに言うと、三世は高い地位にある立場の人間には似つかわしくない人なつっこい笑顔を見せた。私は、やっぱり少佐に似ているなと思った。

「それで竜と会って、どうでした？」

EDは質問を続ける。

三世はちょっと上を振り仰いで、そして間を空けてから答えた。

「私には世の中に対して即物的な見方をする面がある。商売上では汚いこともやるし、賭け事に負けた者に同情や容赦《ようしゃ》をする気もない。現実的な利潤《りじゅん》よりも正しいことなどない、そう思っていた。だが――竜に会って、その考えをすこし改めてみても良いかな、という気になってきた」

「……と、言いますと？」

「もう少し、そう――誇り、というものを重視して生きてみるのもいいかも知れない、と考えるようになった。竜にはそれがある。あれほど毅然と生きている存在はこの世に他にない」

三世はうっとりとした顔になっている。

「私は三代目だ――偉大な祖父に、その祖父の偉大さを貶《おとし》めることなく定着させ、広げることに成功した父を生まれる前から持っていた存在だ。だからどこかで自分の人生は彼らの〝続き〟に過ぎなくて私自身の意味などないといつも思ってきた。だが……竜を前にすると、そんなことにこだわっているのが馬鹿馬鹿しい気になってきたんだ。私の財力であるとか、他の人間を自由に出来る権力などまったく関係なく〝おまえはどう考えているのだ〟とまっすぐにこちらに、圧倒的に直截《ちょくせつ》的に訊ねてくるものがこの世に存在しているということを知って、三代目ではない自分というものを確認できた気がした」

満足そうにうなずく。

「なるほど。で……その感動は竜が不滅の存在であることも理由に入っていますか？」

「どういう意味です、それは？」

「つまり、たとえば――〝竜を殺して自分がその上に立つのだ〟というような願望はありませんか？」

このEDの問いかけに三世は大笑いした。

「竜を殺す？　一体どうやって？」

「たとえ話ですよ。しかし竜を殺す方法をあなたが知っていたとしたら、あなたはそれをしますか？」

「どうでしょうかね――あなたはその言葉の意味を深く考えてお使いになっているのかな？」

「は？」

「竜を殺す方法――そんなものがもしあるとして、そのことの価値を考えてみたことがありますか？」

「価値、ですか」

「そうです。いったいそれにどれだけの軍事的価値があるか、ひいてはそれがどれだけの富を産み出すか、ご想像になれますか。これはとんでもない値段になりますよ。小さな国など二つ三つ買えてしまうぐらいの、ね。そんなものがもしあって、あなたがそれを知っているというのならば、私はぜひ喜んで買い取りたいものですよ。そして——その方法を使って竜を殺すか、と言われるならば、そんなことをしてせっかくの商売の機会を失うなど愚の骨頂と申し上げよう」

——正論である。竜の力を軍事的に転用、ということが可能ならばその国は世界の覇者だ。それを殺せる方法といったら当然そういうことになる。だがこの事件ではそんな兆候はどこにもないのだ。竜はささやかに殺されていて、他のことは何一つ起きていないのだ。

「しかし、その方法が確実なものかどうか試してみなくてはならないでしょう？　それはどうします」

「そんなものはいくらでも別の方法がある。わざわざ竜に敵対する危険を冒す必要がどこにあります？」

「ありませんね、確かに」

EDはため息をついた。

私も心の中で同じようにため息をつく。

この男にはやはり、どう考えても動機がない。わかっていたことだが、あらためてそのことを私たちは痛感していた。

そしてこの三世の指摘は、私たちが未だ解決できていない問題を浮かび上がらせていた。

方法はさておいても、あの竜は一体、何のために殺されなければならなかったのだろう？

他の残る六頭の竜すべてを敵に回す危険を冒してまで、犯人はどうしてわざわざ〝あの竜〟を？

……私には、これらのことはとても解決できぬ巨大な謎としか思えなかった。

少しの沈黙が落ちた後で、いきなり少佐が口を挟んできた。

「しかし、鉱物資源を得るために竜が邪魔だということもある」

「はは！　鉱山の十や二十ではとても追いつきませんよ」

「だが、ひとつの理由にはなる。そして人が行動を起こすとき、そこには必ずしも損得勘定だけではないこともある」

少佐は詰め寄るように言う。

「少なくとも、私にはあなたが〝それ〟ができるというとき、単に他に儲け口があるということで〝そのこと〟を放棄するとは思えないな」

「なるほど——賭けるだろう、と言うことですね。しかし実際のところは竜が死んだりしているわけではないでしょう。だったら私も竜は殺せない、違いますかね？」

「………………」

少佐も黙った。挑発的に言ってみても、やはりこの男に対して疑いを抱かなくてはならない感触はまったく返ってこない。

「ご質問は以上かな？」

三世はとぼけたように両手を広げた。

「最後にひとつだけ」

ＥＤが人差し指を立てながら言った。

「竜と会ったとき……死を覚悟していましたか？」

「もちろんです」

三世は即答した。

「なるほど。ありがとうございました」

「いや、なかなか楽しい時間でした。私の話が停戦協定のお役に立てたなら幸いです」

「大変に参考になりましたよ。特に――竜と会う心構えに関してね」

ＥＤは静かな口調で言った。三世はうなずくと、

「それはさておき――レーゼ・リスカッセさん？」

と私の方を見つめてきた。

「はい？」

「あなた、軍にいられなくなったら是非とも私のところに来ていただきたい。幹部待遇で受け入れますよ。なんだったら私の片腕になってもらってもいい」

「……考えておきます」

「それでは皆さん、さようなら」

と手を振った瞬間、インガ・ムガンドゥ三世の姿がまるで陽炎《かげろう》のようにゆらめいて、そして消え失せた。

「——!?」

私とEDは思わず席から立ち上がったが、少佐だけが冷静に、

「驚くことはない——暗殺を警戒して姿を見せないと話に出ていただろう」

と言った。

「げ、幻覚魔法——ですか? 私たちは幻影を相手に話していたんですか……」

「ヒース、君は気づいていたのか?」

「斬りつけようとしても、気配が返ってこなかったから、見当はついていた」

「……人が悪いね、前もって教えてくれてもよかったろう」

「本人が遠くから投影していたんだろうから、会って話すのと違いはない」

「そりゃそうだが……」

EDは苦笑した。少佐は続けて、

「だがひとつはっきりしているのは、ここでは不用意なことは言わない方がいいということだな。どこで聞かれているかわかったものじゃない」

と私とEDにうなずいてみせた。

「そうですね……」

たとえばそれは、竜が本当に殺されている、というようなことだ。これだけは知られてはならない。

私たちは無言で、船倉の奥の隠し部屋から外に出ていった。おそらくこんな場所がこの水上都市には無数にあるのだろうな、とか考えながら。

――このレーゼの推測の通りに、インガ・ムガンドゥ三世は暗がりの中に潜む一室から彼ら三人の様子を水晶球《すいしょうきゅう》に映し出されたヴィジョンで観察していた。

「……風の騎士に戦地調停士、それに天才的な才女士官か。面白い連中だ」

ニヤリと笑う。その顔は意外にも、さっきの幻影のそれとほぼ同じである。ただひとつ異なるのは、褐色《かっしょく》の肌の上に無数の防御呪文が込められた刺青《いれずみ》がされているということだった。

「奴ら、確かにただならぬ事態を追って旅をしていることは間違いないようだが……しかし」

ここで三世は表情を引き締めた。

「とても信じられんが……しかし本当に、あの暗殺者が連中の来訪前に密告してきた通りに〝竜が殺されて〟いるのか？」

もっともそれが真実であれ、別のことの偽装であれ三世にとっては対処すべき事態がひとつ増えるというだけのことだ。竜に好感はあるので死んだり危機にあったりしているのなら残念ではあるが、彼にとってそういうことは珍しいことではなかった。

「──まあ、いずれにせよロミアザルスでの停戦調停がどうなるのか注目していても損はないな」

三世は水晶球の表面を撫でて、そこに映っているレーゼの顔をかすかになぞるようにした。

「……しかし、本当にこのまま行かせてしまうのは惜しいな」

そう呟く表情は、そのまだ幼さの残る顔にふさわしい素直な響きを伴っていた。

＊

勝利の祝いの酒だ、とさんざん他の連中から勧められるのを逃れて、ゲオルソンはひとり外に出てきていた。

「──はあ……」

酒が入って、酔いが回ってはいるのだが、それでも彼は自分が勝ったにもかかわらず心がどうしようもない空しさにとらわれて仕方がなかった。

あの女に完全にしてやられた、としか思えないのだ。弄《もてあそ》ばれた。それが実感としてあった。

「ちくしょう……」

酔いにまかせて手すりにもたれて、そんな風に愚痴ってみる。

「馬鹿にしやがって……」

と彼がうなだれていた顔を上げると、目の前を連絡船が通り過ぎていくところだった。

それを何気なく見て、ゲオルソンはあっと声なき声を上げた。

そこに、例の三人組が乗っていたからだ。

そしてかっときた。

（——あいつらのせいで、俺は……！）

むしろ得しかしていないのだが、彼としては大切な何かを奪われたのだという怒りしか湧いてこなかった。

彼は軍人時代に身に染みついた構えを反射的に取っていた——敵を前にしたときの、攻撃用呪文詠唱体勢を。

向こうは、自分たちの話に夢中でこっちに気がついていない。それに気がついていたとしても無駄だ。その呪文は連絡船ぐらいならば粉々に吹っ飛ばせる威力があるのだ。曲がりなりにも彼は、かつては一国の防衛線を管理していたこともあるのだから。

（——俺の、俺の積年の……この無念を、この恨みを喰らいやがれっ！）

八つ当たりもいいところだったが、それは彼の心の中の紛れもない本音で、故にそこには何の遠慮も躊躇《ちゅうちょ》もなかった。

彼は一撃を、今にも放とうと狙いをつけた——そのときだった。

三人組のひとり、仮面をつけたままの男が、(しかしその仮面はさっきのそれとは違うような気もしたが)その男が手にはめていた白い絹の上品な手袋を外して、別の指のところを切ってある騎手用のそれに替えた。そのときにゲオルソンは見たのだ。

その男の手の甲にくっきりと刻まれた真っ赤な蠍——〈死の紋章〉を。

「——あ、あれは……!?」

あっという間に酔いが醒め、そして攻撃体勢も殺意も一瞬でどこかに消し飛んでいた。

その恐ろしい古代禁断呪文は、魔法で解除しようとすると四方八方を木っ端微塵に吹っ飛ばす衝撃波と、触れたものすべてを死に至らしめる呪いをまき散らすのだ。ここであの男を魔法攻撃したらたちまちこの水上都市など全滅である。

(な、なんであの男あんなもんをつけられているんだ!?)

彼は、まだまだ自分はとんでもなく甘ちゃんなのだと思い知らされた。あの男は、カジノでも別に、まったく動揺したり疲れたりしている素振りを見せていなかったが、しかしゲオルソンの見るところ、その紋章の色からして変化を始めてから二週間も過ぎていて、故に彼に遺《のこ》された生命はあと半月かそこらしかないはずだった。

(あ、あいつらは……何をしてるんだ? これから何をしようとしているんだ……?)

この時点では旅の途中の本人たちすらそれを知らず、すべてを見ているのは天のみだということを、その天ならぬゲオルソンには知る由《よし》もなかった。

第五章　生ける竜と、死せる竜と

a case of dragonslayer

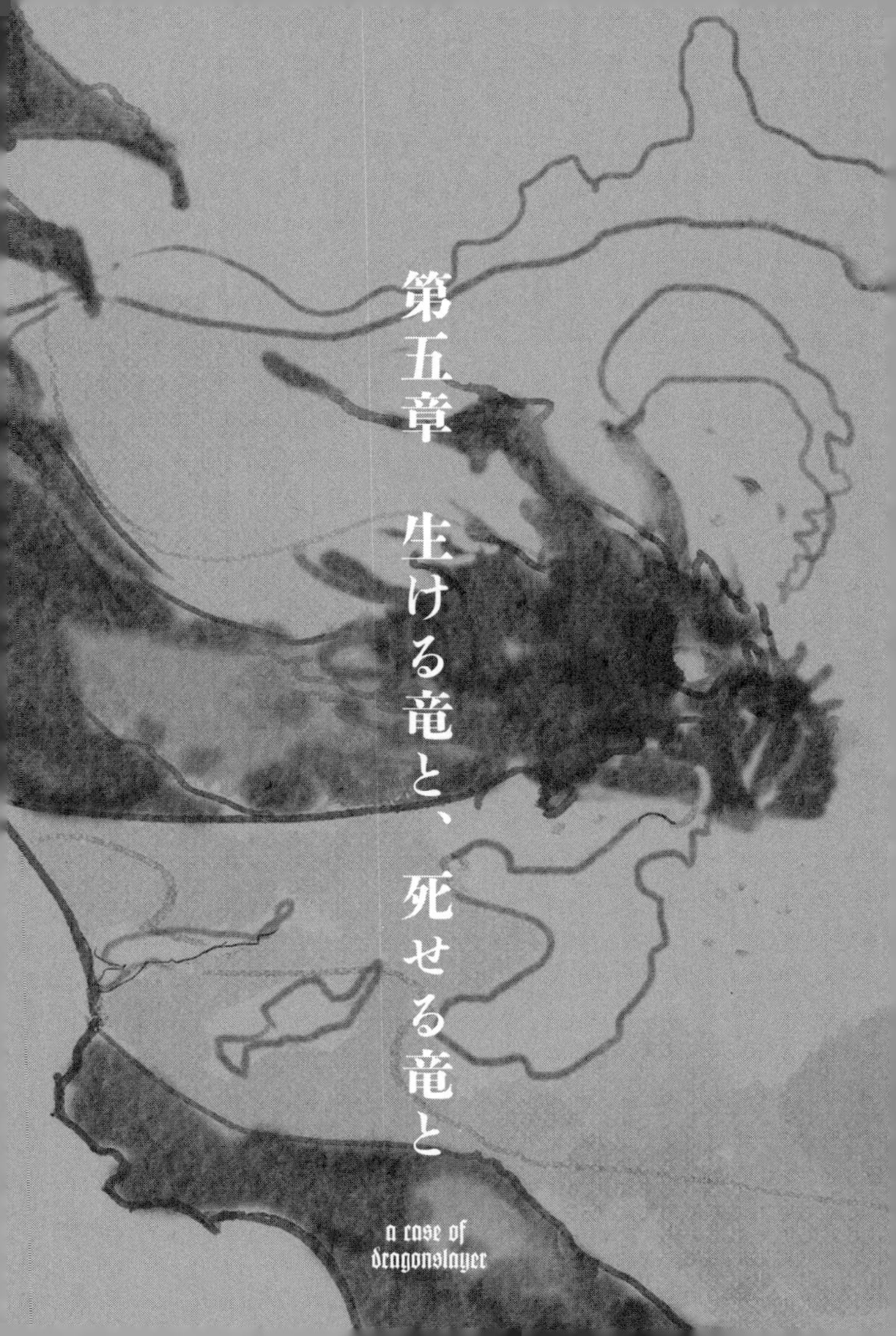

1.

その荒野には名前がない。

人はほとんど寄りつかず、どこの国の領土にも属していない。そのために決まった名称というものが存在していないのだ。大抵の地図の上では、そこは黄色と黒の縞《しま》模様で塗りつぶされていることが多い。その意味するところは——

〝特別危険区域につき、立ち入らないことを忠告する〟

——というものだ。古来よりその土地にはごくわずかな冒険者が挑んだり、決死の覚悟で荷物を運んで一攫千金《いっかくせんきん》を狙う密輸商ぐらいしか通った者はいない。その原始そのままの過酷な自然環境は人のこの地への介入を頑《がん》として拒んでいる。誰ひとりとして、どんなに欲深な王でもこの地を開拓して己の領地として獲得することを断念してきた。

その理由は単純にして明快だ。

ここには竜がいるからである。

＊

もっとも近い土地の七海連合駐留軍基地から、特命特権を持っているEDの申請《しんせい》によって無条件で借りた高速強化鳥に乗って、私たちはその名もなき荒野の上空までやってきて、目的地の少し前で下りた。というか、

「――駄目だ。これ以上はどうやってもこいつ、飛んでいこうとしない」

と手綱《たづな》を握って操縦していた少佐がそこで下ろしたのだ。

「後は歩きだ――少しかかるぞ」

少佐は暴れ気味の強化鳥に積んであった濃縮餌《えさ》を与えてなだめながら私たちに言った。固い岩盤の大地に強化鳥を固定しておくためのフックを打ち込む作業をしながら私とEDはうなずいた。

空はどんよりと曇っている。

空中機動用の防護服を脱いで強化鳥の荷台にしまい込むと、私たちは出発した。

例の、ナーニャとソーニャの母娘から法外な値段で買い取った〈王と裏切り者のための地図〉の、その部分だけの写しを広げて進行方向を確認しながら、剝《む》き出しの岩盤が地面から飛び出して、巨大な棘《とげ》が無数に生えているみたいな大地を進んでいく。

なんとなく無言で、むっつりと、黙々と歩いていく。

そうやって一時間ほど進んだところで、私がなんとなく、

「――ふうっ」

と息をつくと、少佐がこっちの方を振り向いた。

「やはりリスカッセさんは残って待っていた方がいいんじゃありませんか？」

言われて、私はびっくりした。

「な、なんでですか？　大丈夫です。別に疲れたわけじゃありません！」

私の大声に少佐は首を振ると、

「そういうことじゃない――足手まといとかそういうんじゃないんですよ。我々がこれから会うのは、決して人間に対して友好的ではない〝普通の竜〟なんです。危険が多すぎる。殺されても文句が言えないどころか、なんで殺されたのかもわからないまま消されることもあり得るんです」

と言った。

「し、しかしあなた方が会いに行くというのなら、私はついて行かないわけにはいきません！」

私はきっぱりと言った。少佐は私をしばらく見つめていたが、

「……わかりました。あるいはあなたの方が竜と会う資格があるのかも知れない」

と言ってうなずいた。私はほっとした。

私たちは再び歩き出す。

「しかし……竜に仲間が殺されたことを言わないわけには行きませんね」

私は、ずっと気にかかっていたことを言った。

「そうです……そのときどういう反応が返ってくるのか。しかし人間によって知らせないと、竜の恐るべき敵意を引き出して人類すべてが殺されるかも知れない。誰かが行かなくてはならないんです」

少佐は言葉を嚙みしめるように言った。そこでEDが口を挟んできた。

「竜はもう知っているだろうよ」

投げやりな口調である。

私と少佐は彼の方を見る。

「そうでしょう？　竜の絶大な魔力をもってすれば、竜ほどの魔力が突然消失したら気がついていないはずがない。我々にはわからない〝ロミアザルスの竜はいつ死んだのか〟ということもここの竜は知っているに決まっている」

「……でしょうね」

「……だがマークウィッスル、竜がどうやって殺されたか、その原因まで知っていると思うか？」

「犯人を知っているかって？　そんなこと、わかる訳がない。訊いてみないとね。もっとも訊いたからといって答えてくれるかどうかわからないけど」

「……いや、俺の言っているのは必ずしもそういうことではなく」

と言いかけて、少佐は黙り込む。だがその飲み込んだ言葉は私にもわかっていた。そう、口にこそ出してこなかったが、この旅を始める前からずっと考えていたのだ。少佐も同じだったに違いない。

だがEDは不思議そうに、そんな似たような沈黙をしている私たちが理解できないようで、

「なんだい二人とも。気が合うのはわかるけど、僕を仲間外れにすることはないだろう」

「いや、マークウィッスル……おまえは考えてみたことが本当にないのか？」

「何をだい？」

「この世に存在しているもので、竜を殺しうるものがまったく存在しないとしか思えないという事実をだ」

「しかし、現に殺されているんだから、誰かは殺せたんだろう」

「そうだ。ということは……ここから導きだせる事実はひとつしかないと思えないか？もっともそれを言い出したら、ロミアザルスでの停戦協定を実現する条件にはまったく向かないので、今まで触れなかったが――」

「だから、何のことだよ？」

「俺には信じられないが、しかし世の中というのは俺の願望で動いているわけではないから、そうでないとは言い切れないんだ」

「君らしくもないな。もったいぶった言い方はやめて、何のことを言っているのか教えてくれないか」

　EDは本当にわからない様子で訊いてきた。

「だから——竜は何物よりも強大で無敵なんだ。だったら竜を殺せるものはこの世に他にいないだろう」

「他に？　誰の」

「だから——」

　少佐はため息をついて、言った。

「——竜、それ自身だよ」

　EDは、言われてぽかんと口を開けた。

「……どういう意味だいそりゃあ」

「だから、竜にかなう者は竜しかいないだろうと言っているんだよ」

「つまり……ええと」

　EDは仮面をこつこつと指で叩き始めた。

「ヒース、君の言わんとしていることは、要するに——〝竜を殺したのは他の竜ではないか〟——そういうことかい？」

　どうにも飲み込めない、という調子でEDは念を押してきた。

「他に考えられないだろう」

少佐は苦しげな表情で呟いた。竜に深い尊敬の念を抱いてきた彼にとっては、その認識は苦いものであるはずだ。

「ふーん？　そうかねえ？」

EDは、そんな少佐の苦悩などお構いなしといった、例の人を馬鹿にしたようないつもの調子で言い始めた。

「なんで君はそんなことを考えたんだい？　僕にはそっちの方がよくわからないが」

これには少佐が答える前に、私が口を出した。

「だって……他にないでしょう？」

するとEDは私の方を向いて「はん？」と鼻を鳴らした。

「どうしてそんな風に思う？」

「だって……！」

「絶大な魔力を持っている竜がわざわざ鉄棒持ち出して、首筋の後ろの、鱗のわずかな隙間に刺しこんだのかい？」

EDは馬鹿馬鹿しい、という感じで首を横に振った。

「なんのために手間掛けてそんな殺し方をするんだ。それに死体をそのまま洞窟の中に放置しておく理由がどこにあるんだ？　あれじゃまるで〝人間にばれないようにしておきました〟という目的が竜にあるみたいじゃないか。そんなものがあると思うかい？」

「……いや、それは、そうですが」

「だがなマークウィッスル。そもそも竜が殺されているという事実が異常で考えられないことなんだ。それを思えば多少の不可解な現象も……」

「いや、それはまったく逆だ」

　EDはきっぱりと言った。

「事態が異常で不可解としか見えないからこそ、それを解決する道は論理的かつ実際的でなければならない。この世で起きていることなんだ。同じ世界に生きている我々と同じような立場に犯人も立っている。そいつもやっぱり、我々と同じ論理に従って生きているはずなんだ。それを忘れて安易な不条理に逃げては見えるものも見えなくなる」

　EDにしては、それはひどく真摯《しんし》な言葉だった。

「しかし竜は、我々とは同じ立場になど立っていないぞ。遥かに高い位置にいる」

「いや、同じだよ。単に竜が我々よりも優れているというだけだ」

　EDは恐ろしく自信たっぷりに言い切った。だがその内容はというと意味不明である。優れているのに、なんで同じ立場に立っているということになるのか？

「優劣と存在をごっちゃにしているから、そういう〝竜は特別だから、特別なことにしてしまっても良い〟という甘えが生まれるんだ。それでは逆に、殺された竜に対して無礼じゃないのかい」

　その言葉の強い調子に、私はふと気がつく。EDは自信に満ちているのではなく……これは怒っているのではないだろうか。

「言っていることは、なんとなくわからんでもないが……だが俺たちには時間がないということも忘れるなよ」

少佐は、そのEDの怒りを受けとめるように言った。EDは肩をすくめた。

「わかっているよ……竜に会っても何の収穫もなかったら謎を解くだけではない〝他の手段〟も考えなくてはならないんだろう？」

「俺たちの目的は、あくまでも停戦協定を実現させることなんだからな。殺された竜に不実な結果になっても、それはそれで仕方がないかも知れん。真実を摑むのはその後で何十年でもかけてやっても遅くはない」

「……この場合、そうとも言い切れないのが問題なんだよなあ。僕らにはそれだけの猶予が与えられるんだろうか？」

EDはやれやれ、とまた首を振った。

「……？　どういう意味ですか？」

私には少佐の論理はもっともなことだとしか思えなかったので、そう訊いた。

するとEDは困ったような顔をして、

「嘘はついても無駄、ということなので、僕もヒースも正直な意見を言っていたわけですが」

と言った。

「……？」

さっぱり意味が摑めなかったので、私は助けを求めるように少佐の方を見た。すると少佐も腕を組んで、目を閉じて静かに〝なにかを待っている〟表情をしていた。

「……？　？　お二人とも、なんのことです？　なんの話をしているんですか？」

「人事を尽くして天命を待つ、と言いますが……僕らはまだ人事を尽くしているとは言えない。だから天命を待つにあたっては、今一つ頼りないわけです」

EDは苦笑いを浮かべながら、地面に目を落とした。

私もつられて同じように足元を見る。

そして、あれ、と思う。

自分の影がそこにない。

曇り空で地面も暗いのだが、それにしてもまったく見えない。しかし周りの明るさはそんな影すら見えないというほどの暗さではない。

だが自分の足元だけを見ると暗い。そういえば、自分の周りだけが暗くて光が外から来ているような気もする。

まるで室内にいて、窓から外を見ているような位置関係にあるような……しかしここは屋内でなく野外だ。屋根はない。ということは雲かな――と、そこまで考えたときである。

「…………！」

私も、遅まきながらやっと気がついた。

そして周りをおそるおそる見回してみれば、大地がギザギザになっているのでわかりにくいが、確かにその境界線があった。影が落ちているところと、そうでないところと——空にあるそれが落としている巨大な影が大地に〝その絵〟を描いていた。

「…………」

私は唾を飲み込んで、ぎくしゃくとした動作でゆっくりと首を——目線を上に向けた。

眼が合ってしまった。

「————！」

全身が金縛《かなしば》りになってしまった。圧倒的な存在に、レーゼ・リスカッセという個の主体性が吹っ飛ばされてしまったかのようだった。いつからそこにいたのだろう？　あるいは私たちがここに着いてからずっと？

（こ、ここ、これが——これが本物の……！　い、生きている——）

正真正銘の竜が、天空に浮いていて、私たち人間を「…………」と無言で、荘厳にして冷徹な稲妻のごとき鋭い視線で見下ろしていた。

2.

まず少佐が「ふう」と息を吐いて、そして顔を上げて質問した。

「——ひとつ訊ねたい！　答えていただけるだろうか？」

それに対しての返事が、確かに噂通りにまるで頭の中に直接響いてくるかのような鮮明さで私たちの元に届いた。

〝──訊ねるのはこちらが先だ。ヒトよ、何故にこの地にやってきて、我との面会を求めるか？〟

「……それは」

少佐が言いかけたところでEDが口を挟んだ。

「あなたは仲間が死んだことを知っているなら、どうして何の行動も起こしていないんですか？」

この直接的な問いに、竜もためらいも何もない答えを返した。

〝仲間ではない。ただ同じ類別に属する存在というだけだ〟

私たちはすこし息を呑んだ。そして私が声に出して訊く。

「で、では……殺したのはあなたですか？」

思い切った問いかけだったが、竜はあっさりと私を無視した。

〝おまえたちは質問に答えていない。何故に我に会いに来たのだ？〟

EDが答えた。

「──質問をするために、です。そのために旅をしてきました」

〝それは、我におまえが求める答えがあると思っていたからか？〟

「……かも知れない、と思っていました。どうすれば竜が殺せるのか、その答えはあるのではないかと」

〝そんなものに苦労などいらぬ〟

竜は簡単に言った。私たちは絶句したが、竜はすぐに続けた。

〝この世に存在するもので不滅のものなどどこにもない。我とて、我に類するものとて、いずれは存在することをやめる。殺すのなど容易《たやす》い。何故なら我等は既に、生まれ落ちたそのときに皆、死を運命と背負わされていることから殺されているも同然なのだから。殺すのに能力などいらぬ――ただ待ち続ければ、どんな存在でも確実に殺すことが可能だ〟

「……なるほど」

EDはうなずいた。ところがその次に彼が言ったことは私の理解を超えていた。

「あなたは、どうやら知っているらしい。我々がロミアザルスと呼んでいる土地にいた竜が殺された、その原因を」

確信を持って、断言した。私と少佐は思わず竜から目を逸らしてEDの方を見た。仮面の下の表情は、竜の落とす影によって見えない。

〝………………〟

竜は無言だ。それでEDが続けた。

「そうでなくては、あなたが行動を起こしていない――いやあなたがなんとも思っていなくとも、残る五頭の竜が何もしていない説明がつかない。自分に類する存在が消えて、自分に何かの害が及ばないと思わないものなどいない。ただ動くべき時を待っているだけかとも思ったので、旅をしながら半月ほど待ってみたが、それでも動かない理由としては二つしかなかった」

ＥＤははじめて対面する世界最強存在を相手に、遠慮なしに講義している。

「ひとつは竜それ自身がすべて〝死にたがっているのではないのか〟という認識だ。これなら殺されていくのをただ待っているとしてもおかしくはない。だが——これは今あなたに会ってみて、そんなことはないと確信できた」

〝ほう——どうしてそう思った？〟

竜が、ここではじめてＥＤに対して興味を持ったような態度を見せた。

「それはあなたが我々の前に、自分から姿を現したからですよ。殺されるのを待っているのなら、そういう威嚇《いかく》に類することをするとは思えない。それに——今この瞬間にもあなたは平気で私たちを皆殺しにできるし、そのかまえを解いてもいないのだから」

〝そうして欲しいなら、やってみても構わないぞ、ヒトよ〟

竜はどこかせせら笑っているような言い方をした。しかしＥＤは怯《ひる》まない。

「話を聞いてからにしてもらいたいですね。動かない理由はもうひとつ——そして私は正解だと思っていますが——あなたがロミアザルスの竜が死んだ原因を知っていて、かつ、それが自分にまで及ぶ危険は、これは皆無であると悟っているからだ。というよりも、その方法ではロミアザルスの竜しか殺せない、ということを理解している——違いますか？」

ＥＤの言っていることに、私と少佐は目をむいている。この仮面の男は、旅の間ずっと生命が危険だというのに、竜が動くかどうかを確認し続けていて、そしてこんなことを考えていたのか？　他の竜がなぜ動かないか、ということなど、旅を急ぐ気持ちばかりがあった私には思いもよらぬことだった。

ＥＤの声は、そのトーンがだんだん大きくなっていく。

「ではあなた方と、ロミアザルスの竜の違いは何か？　あの竜にだけあって、他の竜には無い要因とは何か？　――こんなものは、考えてみるまでもないことだ！」

彼は激しく身体を揺さぶりながら語る。

〝人間、か？〟

竜はＥＤの言葉を先回りした。ＥＤはうなずいた。

「そうだ……〝人間が近くにいた〟――おそらくはそれがすべての鍵。それ以外に竜が殺された原因も理由もないんだ。だから、たとえばこの場所のようなところでは竜を殺すことは絶対にできないんだ。竜の方から人間の側に歩み寄っていない限り――」

ＥＤは竜を睨みつけるようにして見上げる。

〝……だとしたら、なんだというのだ？〟

竜の声に動揺はない。

〝人間の方に歩み寄ろうとしていた竜が一体この世から消滅した――それがヒトよ、おまえたちの世界と何の関係があるのだ〟

「あるんですよ——実に関係があるんです」

対して、EDはやや落ち着かない態度で首を何度も振った。

「そちらには人間のことなど大して意味はないが、我々からは竜の存在が死活問題なのです。竜が如何《いか》にして殺されたのか、それを証明しない限り何千何万という人間の運命が不当にねじ曲げられることになってしまうのです」

この言葉に竜は冷ややかな返答をした。

〝人間世界で話をまとめるのが至難だというのならば、他の竜に殺されたことにすればよいだろう〟

「しかしそれは真実ではない！」

いきなりEDは大声で怒鳴った。

「竜に殺されたはずがないんだ！　あれをやったのは人間なんです！」

〝ではなぜ、おまえ達がロミアザルスと呼ぶ地の竜は殺されてしまったのだと思う？〟

「あの竜が人間のことを好きだったからだ！」

EDの声は金切り声になっている。

「だから人間と接触しすぎて、それで殺されてしまった——だがそんなことは、断じて許してはおけない！　それでは——それでは人間が……あまりにもおぞましい存在ということになってしまう……」

EDの、奥歯を嚙みしめるぎりぎりという音が聞こえてきそうな気がした。

〃人間はおぞましい生き物ではないというのか？〃
竜の声は、その冷たさはまるで変わらない。
〃おまえの、その右手に刻まれた刻印……それをつけたのも人間だろう。おまえはそれをおぞましいとは思わないのか？〃
「こんなものは些細《ささい》なことです。僕だって、多くのおぞましいことを何度も見てきた。そして、それはほとんどが人間の手になるものだった。だがそれをなくそうと願うのも人間だった。だから僕は――」
とＥＤが言いかけたそのときである。
〃なくそうと願うのか？　それはこういうことか？〃
竜がそう言った、その瞬間である。
ＥＤの右手が、がくん、と大きく独りでに跳ねた。手袋が弾け飛び、その下の紋章が露《あらわ》になり、そしてまばゆく発光したかと思うと、それは爆発した。

ぼん、

……という音がした。ＥＤの右腕の、肘から先が木っ端微塵に砕け散ったのだった。

「――っ！」

ＥＤの顔が苦痛に歪んで、たまらず膝を落としてくずおれる。腕の、ささくれだった切り口から血がぼたぼたと地面に落ちていく。

〝おぞましいものが、ひとつなくなったぞ〟

天より竜の、氷雨《ひさめ》のような声が降ってきた。

絶対に解除できないはずの〈死の紋章〉の呪文が、竜によっていともたやすく、容赦なく消滅させられてしまったのだ……そして同時にそれが刻み込まれていたEDの右腕も
……

「ぐ、ぐぐぐっ……！」

EDの喉からは肉体を無理矢理に捻じ切られた激痛の呻きが洩れるのみだった。

「――何をする！」

少佐が顔を青ざめさせて叫んだ。

〝おぞましいものをなくしたいと言ったのはその者だ〟

竜は静かな声で言った。

「し、しかしこれはあまりに強引だ！」

〝では強引に命を絶たれた竜は、そのような抗議を受け入れる余裕があったのか？〟

言われて、少佐がぐっ、と言葉を飲み込む。そして私は――

「……あ、ああ」

――どうしたらよいのかわからず、茫然となっていて、そしてEDの方によろよろと近寄ってその傷の手当てをしなければ、と手を伸ばしかけた。

だがそれを遮るようにEDが立ち上がった。

「……そちらの言うとおりだ。ヒース、僕らに文句を言う資格はない」

かすれ声で、しかしはっきりとした意志を持って彼は言った。

「マ、マークウィッスル……」

少佐のかける声を無視して、EDは真っ青な顔を空に――竜に向けた。

「だが……少しだけ安心した」

〝……何がだ?〟

「竜というのは非情の存在かも知れないと思ったが……やはりちゃんとした〝怒り〟も持っているらしい……仲間を殺された恨み、それが腕ひとつで多少なりとも償《つぐな》いになるのなら安いものだ」

ぼそぼそと呟きながらも、その押さえている右腕の切り口からは血がだらだらと流れ出ているのだ。

〝………………〟

竜に反応はない。

「そして確信した――今こそ僕は、あなたに会いに来た、その本当の質問をすることができる」

〝――なんのことだ〟

「あなたがた竜が、どうして報復のためにおぞましき人間どもを攻撃しないのか――その理由は今はまだ訊けない。謎を解いていない今はまだ……人間にそれを訊く資格はない」

ぜいぜい、と息を切らしながら、小声で囁いているのだが、なぜかその声は風の吹いている荒野の空間でも私たちの耳にはっきり聞こえた。私は、その声の増幅が竜の魔力の一環だということに遅まきながら気づいた。

（竜は、ＥＤの言葉を聞こうとしている……？）

その影響が私たちにも及んでいるのだ。

「だが……だがこれだけは教えてほしい。もしかしたら、我々人間にとって真に恐ろしいのはあなたがた生きている竜ではなく――死んでいるあの竜の存在ではないのか？」

ＥＤは、私にはまるで意味不明のことを言い出した。

そして竜の回答も理解を超えたものだった。

〝――それを脅威と見るかどうか、人間の価値はそこにあるのかも知れぬ〟

静かな声には、やはり動揺も何もない。その返事を聞いてＥＤはうなずいた。

「だとしたら――待っていてほしい。あなたがたもまだ知らないはずの、竜が殺されたその方法を解き明かして、必ず知らせに来ます。そう……僕にはまだ信じられないんだ。竜は本当に、踏みにじられるように、ただ殺されただけなのか？　と……」

〝……それはあやつの死とともに、永遠に失われた心だろう〟

「……やはり、あなたがたはあの〝死〟に絶望しているんですね。だがその判断は僕が謎を解いてからにしていただきたい」

〝それは我に対しての交渉か？　ヒトよ〟

「そうです……僕は戦地調停士ですから。嚙み合わないはずの心と心をひとつにするのが仕事です」

その言葉を、腕を切断されて、文字通りに身を千切《ちぎ》られるような激痛に襲われているはずのＥＤはひどく――ひどく誇らしげに言った。私にはそう聞こえた。

〝………………〟

竜はしばし無言だった。

「と、とにかく止血だ！　リスカッセさん！」

少佐がＥＤの、今にも倒れそうな身体を抱きかかえた。

「は、はい！」

私はあわてて腰に下げていた袋から包帯と薬を取り出して怪我の処置をしようとした。

だがそれはできなかった。

私と少佐は、いきなり目に見えない衝撃波に吹っ飛ばされて、ＥＤから引き離された。

「――わっ⁉」

竜の魔力だった。とてもではないがまったく抵抗できずに私たちは地面の上をごろごろと転がって、そして停まった後も立ち上がれない。

「ぐぐ……？」

見えない力が、私たちの身体を上から押さえつけているような、自分の身体が鉄の塊《かたまり》に変わってしまったような、とにかく、指一本とて動かせなかった。

「マ、マークウィッスル……！」

少佐の絞り出すような声が聞こえてきた。喋れるのは彼の驚異的な能力を表していたが、その風の騎士でも動くことはできないようだった。

竜の、圧倒的な力を私は我が身で知った。例えばこの能力を軍隊に使ったなら、兵士たちや装甲馬や強化鳥や魔力武装艦隊や、軍隊を構成するあらゆるものどもは一歩も動けず、どこにも侵攻することもできないまま——そこで餓死《がし》して果てるだろう。世界中のどんな軍隊が束になってもかなわない、これが、生きている竜の魔力——。

「………」

動けない私たちの方には目もくれず、ＥＤはまだ竜を見上げ続けている。

その、ある意味で透明なＥＤの視線に対して、竜はやっと口を開いた。

〝……謎を、解けるというのか？〟

「はい」

〝そのことを死んだ竜は望んでいると思うか？〟

「それはなんとも言えない。だが……だが僕は、竜が死んだことが後の世界に悪影響を及ぼすということには耐えられない」

〝………〟

「僕らは旅をしてきて——竜と会った者たちの話を聞いてきた。ほぼ全員が例外なく、竜まま竜がこの精神が豊かになったと言い、そのことに誇りが持てると言った——竜がこのまま消滅しただけになってしまえば、それらの気持ちが、人がそういう気持ちを持つことそれ自体が嘘ということになってしまう……」

EDは、その目はもう焦点が虚ろになっている。

「僕はそんなのは……嫌だ。二度とごめんだ……！」

そしてよろけて、とうとう地面に倒れ込んだ。

そして、私は確かに見たように思った……竜の目がその際にわずかに細められたのを。それがいかなる意味の表情だったのか、それはわからない。だが竜はここで気絶したEDに代わって、私と少佐の方を向いて訊ねてきた。

〝この者は、過去に何かあったのか？〟

「……え？」

〝この者は〈二度と〉という言葉を使ったが……それはつまり〈かつて同じようなことがあった〉という意味ではないのか？〟

言われて、私ははっとした。そして少佐の方ではかすかに息を呑む気配がした。

「……それは」

〝それはこの者が仮面を着けていることと関係があるのか？〟

「……いかに友人とはいえ、私の口から勝手にそのことを言うことはできない。だが、この男は一度、自分が属していた世界を失っているんだ。だから……」

〝何かが消え失せる、そのことに関してはこの上なく真剣、そういうことか〟

竜の声には納得の響きがあった。

私には……さっきから何がなんだかさっぱりわからない……。

そして額から眼に汗が流れ込んできたので、それを何気なく手でぬぐって、そして気がつく。

（……あれ？）

いつのまにか、身体が自由になっていた！

私は飛び起きた。少佐も同時に立ち上がる。

EDの方に駆け寄って、そして私と少佐は我が眼を疑った。

EDは……その倒れた身体はまだ意識を取り戻していないが、しかし……その右腕が、確かに木っ端微塵に砕け散ったはずのそれが何事もなかったかのようにまた付いていたのだ。

「げ、幻覚だったの……？」

「いや、地面にこぼれ落ちた大量の血がそのままだ……確かに一度は吹っ飛ばした。それを魔法で治した……いや〝戻した〟んだ」

少佐がゆっくりとした、しかし確実な動作でEDの身体を抱き起こした。

〝その者に伝えるがいい――〟

上から降ってきた竜の声に私たちは顔を上げた。

だが、そこにはもう竜の姿はどこにもなかった。現れたときと同じようにいつのまにか消えている。そして声だけが、その場にまだ響いているのだった。

〝誓ってみせたからには、必ず謎を解いてみせろ、と──その者が望んでいる〈交渉〉はそれからだ、とな──〟

その声もどんどん遠くなっていく。

「ま、待ってくれ！」

少佐が叫んだが、しかし気配は薄れていき、そして完全に消えた。

「…………」

私たちは絶句して、どんよりと曇った空を見上げるだけだったが、やがて私がなんとか頭を戻そうと言葉を探して、言った。

「で、でも……竜というのは、噂よりも慈悲深いのですね。仲間を殺されたというのに、ちゃんとEDの腕も治してくれたし……」

「いや──そうでもない」

少佐が押し殺したような声で言った。え、と私が彼の顔を覗き込むと、彼はうなずいて、そしてEDの右腕を手に取って私の方にかざして見せた。

「……あ」

私は声を漏らしていた。そこには、確かに元に戻った右手と、そしてやっぱり元のままに〈死の紋章〉がしっかりと刻まれていたのだ。

「い、一度は消したと言っていたのに……」

「やはり竜は我々人間に情けをかけてくれたわけではない——単に、この件に関して判断を一時保留しただけだ」

少佐の深刻な声は、荒野の中で風の音に紛れ込んでいて聞き取るのが困難だった。さっきまでのEDのかすれ声まで聞こえていた空間は既にここにはない。

竜は、こうして私たちの旅に現れて、そして使命にさらなる重さを加えただけで謎を解く役にはまったく立たずに、姿を隠してしまった——。

3.

名もなき荒野で竜が実に三十年ぶりに空を飛行している姿が目撃されたという情報を聞いて、普段は難所の水先案内人をしているアーナスは大急ぎでその現場に向かった。しかし彼が到着したときにはすでに竜の姿は影も形もなく、世界に存在するすべての竜をその目で直接視認するという彼の二十年来の夢はまたしても阻《はば》まれた。

「くそっ、確かな情報だと思ったんだがな」

彼はその縦にも横にも大きな身体を揺さぶらせて悔しがった。

「アーナス、あんたもついてないね」

馴染《なじ》みの酒場兼食堂の主人にそう言って笑われた。

「あんたはここにもう十回も来ているのに、たいていあんたが帰った後で竜の噂が広まるんだよな」

「まったく、ときどき竜は俺のことをとっくにご存じで、からかって遊んでいるんじゃないかと思うこともあるよ」

彼はカウンター席でヒーキ酒を舐めながら愚痴った。

「しかし大したもんだよな。もう全部で五頭だろう？　そんなに多くの竜を見た人間は歴史上あんたが初めてじゃないのか？」

これまた馴染みになってしまっている土地の常連客がアーナスの肩を叩いてきた。

「あんたのような人間を本物の冒険者って言うんだろうな」

「よせよ。俺は世界冒険者協会にも入っていないもぐりだぞ」

アーナスが苦笑しながら首を振ると、その男はムキになって言った。

「あんな協会なんぞ、金持ちのドラ息子が高い入会金を払って名前だけの冒険者を気取るためのもんじゃねえか。冒険者ってのはあんたみてえに自分で稼いだ金をつぎ込んで、身の危険を顧《かえり》みずに探検に行くような男のことを言うんだよ」

「いや、協会にも素晴らしい人間はいるよ。あんまりそんな風に言うもんじゃない」

アーナスは笑いながらヒーキ酒に口を付けた。するとまた肩をばんばん叩かれた。

「あんたこそ男の中の男だよアーナス！」

「ありがとよ」

そのとき酒場の奥の方から他の客が、

「すいません、ネミ鳥肝臓《かんぞう》の蒸し焼きをもう一皿ください！」

という声が聞こえてきた。その声がなんだか妙に楽しげだったのでアーナスはちらとそっちの方を見た。

するとその席には仮面を着けた男と若い女と、そしてもうひとり引き締まった身体をした男が座っていた。どこか軍人のようだが、一般的な軍人のイメージからは外れた、自由さのある雰囲気を持っていた。

「………？」

アーナスはおや、と思った。仮面の男にではない。仮面を着けている者など辺境のこの地では珍しくないし、誰もそんなことを詮索《せんさく》したりしない。彼が目を留めたのはもうひとりの軍人もどき風の男の方だった。どこかで見たような気がしたのだ。

店の主人が注文の料理を席に持っていく。

「しっかしあんたもコレばっかりよく喰うね。もう三皿目だぞ」

「いや、貧血気味でしてね。たくさん喰って血を造らないといけないんですよ」

仮面の男がおどけた調子で答えている。

「それにここの料理は実にうまいしね。身につけるにしても、どうせならうまいものを喰った方がいい」

「世辞《せじ》言っても勘定はまからないぜ」

主人もそんなことを言いながら自分の料理をうまそうにたくさん食べてもらえて喜んでいた。

なんとなく彼は、へえ、と感心した。男たちは一見飾らない格好をしているが、しかしおそらくかなりの地位や責任ある立場の人間だろうと、これは彼の長年の経験によって培《つちか》われた人物観察眼で見極めていたのだが、しかし料理を食べているその様子に嘘はなく、本気でおいしいと思っているのがわかったからだ。金がかかっていればいい、という〝偉い人〟にありがちの偏狭さが全くない。

だから主人がカウンターに戻ってきたときに訊いてみた。

「あそこの連中は誰だい?」

「いや、さっき来たばかりの初めて見る客だよ」

「それにしちゃなんか馴染んでるじゃないか」

「旅慣れてんじゃないのか。ああ、そう言えばさっき名もなき荒野を歩いていたらどうの、とか言っていたようだぞ」

「なんだって?」

アーナスの目の色が変わった。

「すると彼ら、竜を見ているのか?」

「そりゃわからんが——」

と主人が言いかけたときには、もうアーナスは席を立って三人のところに向かって歩き出していた。

仮面の男が料理にむさぼりついていて、他の二人がそれを半ばあきれ顔で見ているところにアーナスは、

「ああ、失礼だが」

と声をかけた。

「なんだい？」

軍人もどきが顔を上げた。

「おたくら、名前のない荒野を歩いていたんだって？　話を聞かせてくれないかな」

「ああ、かまわんよ」

男は空いている席を示してうなずいた。

「ありがとう。俺の名前は——」

「アーナス・プラントだろう？　竜探しのアーナスといえば有名人だからな。知ってるよ」

にやりと笑って男は言った。

「光栄だな。ではおたくの名は？」

「ヒースロゥ・クリストフだ」

そう名乗ったのでアーナスは驚いた。

「……じゃあ、あんたが〝風の騎士《ヒース・クリフ》〟なのか？」

「そういう呼ばれ方もするな」

「会えて光栄だ」

アーナスが手を差し出すと、ヒースロゥは握手を返してきた。

「聞きたい話というのは当然、竜のことだろう？」

「そうだ。荒野を歩いているときに、なにか変わったことはなかったかな。何でもいいんだ。些細なことでいい」

アーナスがそう言ったとき、ヒースロゥの横に座っていた若い女が「ふう」と吐息《といき》をついた。

ん、とアーナスが彼女の方を見ると、ヒースロゥが、

「ああ、紹介がまだだった。こちらはレーゼ・リスカッセさんだ。そしてそっちの仮面がエドワース・T・マークウィッスル」

「……よろしく」

レーゼという女はやや固めの表情でぎこちなく会釈してきた。エドワースという仮面の方は料理から顔も上げないで「どうも」と言っただけである。

「どうぞよろしく」

アーナスは頭を下げた。そしてヒースロゥの方に向き直って、

「それで竜の話なんだが――」

と意気込んで訊いたが、ヒースロゥは首を横に振った。

「残念ながら特に変わったことはなかったよ。空は曇っていたし、その上を飛んでいたとしても我々からは見えなかった」

つれない返事にもアーナスはめげずに、ねばってあれこれ細かい質問をしてみたが、しかしヒースロゥはやはり「何もないな」と言うだけだった。

「そうか……」

アーナスはがっくりきた。

「期待させて悪かったな」

ヒースロゥがそんな彼の落胆を見かねてか慰めてくれた。

「いや、いつものことだ。もう慣れっこだよ」

アーナスは力無く微笑みながら頭を振った。そのとき、レーゼがおずおずと言った調子で口を挟んできた。

「でも……どうしてそこまでして竜にこだわるのですか？　失礼ですが、あなたほどの方になればもっと社会的にも……」

この言葉にアーナスは肩をすくめて両手を軽く広げてみせた。

「いやいや、お嬢さん。それは価値観の相違というものだよ。俺にとっては胸に勲章《くんしょう》をつけたりするよりも、竜の姿を一目見たときの身体に電撃を受けるようなあの感覚、その方がより深いものなんだ」

「……でも、日常的には色々ときついことも多いのではないですか？」

「いや、その辺は俺は鈍感にできているらしくてね。全然苦にならんのさ」

彼はニヤリとして、レーゼにウインクした。

「竜、ですか……」

「そうだ、興味があるなら一度ロミアザルスという場所に行ってみるといい。あそこの竜は人に大変に寛容でな。土地の人間が管理している許可証さえあればすぐに会えるぞ。もっとも結構な額の金が必要だが」

「……ロミアザルス、ですか」

レーゼはなんとなくうなだれて、気後《きおく》れしたような表情で、でもそれでも質問はしてきた。

「あの、あなたはそこの竜にお会いになっているんですか」

「ああ。もう五回ほどね。簡単に会えてしまうので冒険とはもう言えないんだが、会うのが楽しくてね。つい余裕があると行ってしまうんだ」

アーナスは目を細めて、愉《たの》しげな顔になる。

「ほんの五ヵ月ほど前にも行ったよ。相変わらずこっちの話を聞いているんだかいないんだか、俺にはとても理解のできない高尚なことばかり言われてな。でも、うん、そうだな……人生に勇気が湧いてくるんだな、竜と会うと」

「……そう、ですか」

レーゼはうつむいたまま呟いた。

……私はもうそれ以上このアーナスさんの話を聞いているのが辛くなってきた。

旅に出る前に、少佐がこの容疑者のひとりのことを知ったときに、

「……この人は探したり訪ねたりする必要はない。竜の噂を流してやれば、三日以内にどこからでも向こうから飛んでくる」

と言っていた。そしてその通りに、私たちが竜に会いに行く前にそういう情報操作を七海連合に頼んでおいたのだ。しかし――

（しかし、この人のはずがない……）

このアーナスさんは成功や栄光を投げ捨ててまで人生を竜に捧げているようなものだ。容疑者などとはとても言えない。完全に被害者の立場にある。ロミアザルスの竜が殺された、などと知ったらこの人はどれほど悲しむことだろう？

EDの真似で言うならば「彼が竜を殺しているのならば、もっと早くやっているに決まっているよ。それに竜に何かあったとしたら一番に疑われるのは何度も会っている自分だということもわからないはずがない。それで直前にまでノコノコと現れるはずなどないさ」というところだろうか。まったく、私のつたない推理力でもその程度のことは歴然としていた。

そのEDはといえば、これまでは竜と会ったことのある人間には貪欲《どんよく》に質問をしていたのに、このアーナスさんを相手には何も訊こうとせずに料理をパクついているだけだ。ま

だ元気がないのだろうか。腕が元に戻ったとはいえ、あのときの怪我《けが》と失血のショック自体までは快復していないのかも知れない。

少佐とアーナスさんはなおも話している。

「ところでプラントさん、あんたこれから予定はあるのか？」

少佐の問いにアーナスさんは苦笑いをしながら首を振った。

「いや、仕事の予約はこっちに来る前に全部断っちまったんで、あと半年ぐらいは暇になった。この辺をふらふらしようかとも思うが、先立つものがなくて、どこか鉱山にでも雇ってもらおうかと思ってる」

「それなら俺たちの案内を引き受けてくれないか？」

「あんたたちをか？　風の騎士には難所の案内なんぞいらんだろう」

「それがただの横断ではなく、そこで人を捜さなくてはならないんだ。しかも場所は〝バットログの森〟なんだよ」

「なんだって？　あんなところに人が住んでいるっていうのか？」

「そうなんだ。名前はラルサロフというらしいが、詳しい素性《すじょう》はよくわからない。だが俺たち三人はその男にどうしても会わなくてはならない用事があるんだ」

そう——その〝ラルサロフ〟なる者こそが、この事件の五人目の容疑者であり、そして背景がまったくわからない、ある意味でもっとも怪しい人物なのである。ある貿易会社の一員だとロミアザルスでは名乗っていたが、そんな会社は実在しないことが調査でわかっている。

住所も本当かどうか怪しいものだが、逆に怪しすぎてその場所にとりあえず行ってみないことには仕方がない感じなのだ。

「ふうむ……事情がありそうだな」

「引き受けてくれるか？」

「役に立てるなら、喜んで。バットログなら三度ほど通ったこともあるしな」

「ありがとう。助かるよ」

少佐とアーナスさんはまた握手した。

ここでEDが料理から顔を上げた。

「ええと、アーナスさん」

「なんだ？」

「すべての竜と会った後で、あなたは何をするつもりなんですか」

なんだか、とても無礼な質問のような気がしたので私は彼をたしなめようと思った。だがそれよりも先に、アーナスがあっさりと答えた。

「いや、もう一度またもう一回ずつ会うつもりだが。そう——」

ニヤリと笑った。

「今度は見るだけじゃなくて、友達になれたらなと思うからな」

「なるほど」

ＥＤは納得したようにうなずいた。そして頭を下げた。

「僕はヒースやレーゼさんのような玄人《くろうと》ではないので、一番迷惑を掛けてしまうと思いますが、案内をよろしくお願いします」

その、このひねくれ者に似合わぬ素直な様子に私と少佐は少し面食らったが、すぐに悟る。

この男は、言葉に出せないが、それでもアーナスに竜の死を詫《わ》びているのだ、と――。

「ああ、任せてくれ」

そんなことは夢にも知らないアーナスさんは頼もしげな笑顔を見せて親指を立ててみせた。

こうして私たちの、バットログの森への道行きは始まった。このときはまだ、難所への侵入に緊張こそしていたが、それでも私たちはまだまだ甘かった。

これが、私たちが旅を始めて以来ずっとつきまとってきた死の影との決戦地への入場であり、呪われた地獄に至る道だということなど、予想だにしていなかったのだ――

「ありがとうございましたァ！」

酒場兼食堂の主人は笑顔で、気前良く料理をたくさん注文した三人組の客とアーナスが出ていくのを見送った。

そのとき、同時にひとりの客が席を立って、勘定をカウンターの上に置いて出ていった。その足取りがしっかりしていたので主人はあれ、と思った。その客は酒をさんざん呑んでいたので、てっきり酔いつぶれているのかと思っていたのだ。

たしか顔色は青かったような——いや赤かったたっけ？　何故かどうにも、印象が薄かったのかなんだかわからないがどういう顔をしていたのかはっきりと思い出せなかった。

（まあ、別にどうでもいいか）

主人は客がカウンターの上に置いていった金に手を伸ばした。その瞬間にどこかで、

〝……毒〟

〝すべては毒になる……〟

——という声がした。

*

……通報を受けた辺境警備隊がその店に入ったときには既に店内にいたすべての人間が、客も主人も無差別に殺されて、無数の死体が転がっている状態になっていた。

「うっ……！」

隊員のひとりが、その店内に充満した異臭に鼻を押さえた。

「な、なんですかこりゃあ……」

死体はすべて口から夥《おびただ》しい吐血か、食べていたものを吐き出して死んでいた。喉《のど》を掻《か》き

むしりながら死んだと思《おぼ》しき者もいる。

「呪殺だ……」

隊長がぼそりと呟いた。

「この死に方は戦場で使われるような呪殺地雷の一種にそっくりだ。それは仕掛けに触れた者と、その周囲にいる者たちを無差別に殺すように組まれた呪文なんだ」

「な、なんだってそんなものが、こんなどうでもいいような店で使われなきゃならんのですか⁉　ここに一番近い戦場だって、この区域から国を三つほど越えなきゃならないんですよ？」

「それはわからんが……しかしここが戦場から遠いというのは正しくない。世界というのは国境やらなんやらで区切られているようだが、実際はもっと曖昧だし……戦っている連中にとっては、どんなところまで来ようが、そこもまた自分たちの戦争の延長であり、戦場のひとつには違いないんだ」

「じ、じゃあ……」

隊員たちは喉をぐびりと鳴らした。

「ここで戦ったんでしょうか……それとも」

「この店の人間たちは、おそらくただ巻き込まれただけだ……ここで起きた何事かを外に知られないようにするため、ただそれだけのためだけに根こそぎにされたんだ……！」

隊長は歯軋《はぎし》りした。

「誰がやったか知らないが、そいつは何十人、いや何百人だろうと人を殺すことなどなんとも思っていない奴だ。どこにいても、いつでも殺戮《さつりく》のための準備を怠《おこた》らない。……もしかすると、こいつは──」

だが隊長は、その後の言葉を飲み込んだ。その名前はほとんど伝説的に過ぎて、若い隊員たちには現実的に聞こえないだろうと思ったのだ。

彼は酒場を調査するように部下たちに指示を飛ばした。だが数時間かかっても手がかりらしき物は何も発見できなかったので、隊長はむごたらしい死体をきちんと安置するために運び出す許可を出さざるを得なかった。

カウンターに置かれた金もそのままだったが、それはもうとっくに凶器である性質を失っていたので誰にも気づかれることはなかった。こうしてこの惨劇の続きは、その場の誰も知らぬうちに遠く離れたバットログの森へと移動した。

第六章　暗殺者の森

a case of dragonslayer

1.

アーナスさんが船頭をつとめてくれたそのボートはびっくりするぐらいの速さで河を遡《さかのぼ》っていき、そして私たちの周りを、徐々にその森の異様な景観が誘い込むように取り囲みはじめた。

「……なんですかあれは？」

私は川縁に生えている、螺旋《らせん》階段のようにねじくれて伸びている樹木を見て声を上げていた。

「おそらく植物自身が重力呪文を備えているんだろうよ。自重で潰《つぶ》れたりせずに、横にも縦にも伸び続けることができるというわけだ。この辺では珍しくないよ」

アーナスさんに解説されて、私は「へーっ」と感心した。その樹木だけではない、ここにいるのはそういう奇妙な生き物たちばかりだ。

およそ三百年ほど前だというが、まだ現代ほど魔法技術が一般に普及する形では発達していず、天才的な生まれ持った才能のみで無制限の魔法を使いこなしていた一部の者たちのみが大魔導師と呼ばれたりして絶大な権勢と、そして激しい争いを展開していたいわゆる〝大規模魔導時代《ギーガ・メーギ・ゴラス》〟に、ここバットログはまだ荒野であったと言われている。そしてこの地でオリセ・クォルトとリ・カーズという二人の超絶的な能力の持ち主である魔女二人が己の生命と世界の命運を賭けて激突したというのだ。その結果この地には夥しい魔法呪文の汚染《おせん》が生じ、そして爆発的に魔法の属性を持つ生命が大量発生したのである。

そのためにこの森は他の場所とはまるで異なる世界のようになっている。生態系から生物学的常識まで、すべてがあまりにも違いすぎるのだ。

その森の中を私たちは進む。

謎の訪問者がロミアザルスに記していった住所の表記を元に、アーナスさんが見当をつけた場所に行くためにはボートで河を移動するだけでは充分ではなかった。途中で船から下りて、私たちは上陸した。

木々の隙間を通り抜けるため飛翔呪文を発達させ翼の退化した鳥やら、寄ってくる外敵から身を守るために電撃を常に放出している花などを避けながら、私たちは前進した。

行進の先頭がアーナスさん、次がＥＤ、私、そして少佐が最後尾だ。

「しかし、まさに秘境という感じですね」

ＥＤがアーナスさんに話しかけると、彼は笑って、

「そこらに生えている木の実なんかを軽々しく口に入れるなよ。特殊呪文が生成されている物ばかりだから〝呪われる〟ぞ」

と教えた。EDはうなずいて、そして訊いた。

「用心しましょう。ねえアーナスさん、食べ物にも事欠くこんなところに住みたがる人間の心理を想像できますか？」

「よほどのひねくれ者か、外の世界を嫌い抜いているか、修行でもしているのか……まあ、俺だったらやめとくがな」

　EDとアーナスさんは仲良く笑い合ったりしている。

　意外なことに、体力面や経験のなさで心配されたEDではなく、しんがりの少佐がやや遅れがちだった。私が振り向くと、ひとり離れたところに立っていたりして、私が声をかけると小走りで追いついてくる。

「どうかしたんですか？」

「いや……なんでもありません」

　と言いながらも少佐の顔はなんだかやや険しいのだ。そこに戦士の本能を感じて、私は彼に囁いた。

「……まさか、何者かが私たちを尾《つ》けてきている？」

「……わからない。その気配がするような、しないような……こういう異常な場所なので警戒しすぎているのかも知れないし」

　少佐は首を振った。

「……アーナスは何も感じていないようだし、おそらくは神経質すぎるとは思うんですが」

「警戒するに越したことはありません。わたしも注意してみます」

「……ええ」

少佐はまだ腑《ふ》に落ちない顔をしている。

そうやって、私たちはこの異境の森の奥へと踏み込んでいった。


——そして二時間ほど経った頃である。

予想外なことに我々が目指していた、その地点にはちゃんと家らしき丸太小屋が建っていた。組み上げに使った木材は皆この辺の物のようで、奇妙な形にねじれてはいるが、それでもちゃんとした建物になっている。

「——本当にあるとはな」

いつもは変わった物には飛びつくEDまでも、警戒の色を隠さない。

「しかし、人の気配はないな。はるばる来たが、あんたらには残念ながら空き家じゃないのか?」

事情を知らないアーナスさんはどこか呑気である。

「空き家なら、まだいいんだが——」

少佐が他の者たちから一歩、前に出た。

慎重に過ぎることはない。もしかすると、ここに我々を呼び寄せた者は〝竜を殺した者〟かも知れないからだ。

「リスカッセさん、アーナスさんとマークウィッスルを頼みます」

「はい」

私は臨戦態勢になり、EDとアーナスさんをガードするように構えた。

「何をする気だ？」

アーナスさんは目をぱちぱちさせている。

「ただドアをノックしてみるだけですよ」

少佐は簡潔に答えて、そして丸太小屋の扉の前に立った。壁に沿って身を隠す、ということは敢《あ》えてしない。壁そのものに罠、ということも充分考えられるからだ。

だが、少佐がノックをしても何の異状もなかった。

「……とりあえず」

と少佐が私たちの方を振り向いたそのときである。

ぎいい——と、その何年も開けられた形跡などなさそうな扉がひとりでに開いた。

少佐が飛び退《の》き、私は腰の短剣を抜きはらっている。だが、扉は開いただけで、それ以上何も起きない。

「………」

だが——少し経つと、そこでやはり奇妙なことが生じていることが明らかになっていく。それは匂いである。開けられたドアから、なんというか——いい匂いがしてくるのだ。

「これは……レミ茶を淹れるときの匂いか？」

アーナスさんが言葉に出した。そんなことは私たちにもわかっている。問題なのは、それがEDの大好物で旅の間もずっと愛飲していたものだということだ。

（こ、こいつは……？）

私たちが息を詰めていると、とうとう小屋の中から声がかけられてきた。

「……どうしました皆さん？　せっかくのお客様ですから、お茶を淹れて待っていたのですよ」

それは歌うような、妙に高音の伸びが印象的な声だった。私と少佐は構えを崩さない。

「――ここの住所を記していった人ですか？」

EDが訊いた。

「左様でございます」

やけに耳触りのいい、歌手みたいなものの言い方だった。

「何故こんなところにわざわざ住んでいるんです？」

すると、笑い声が返ってきた。

「あなた方はそんなことを訊くために、わざわざこんなところまで来たんじゃないんでしょう？」

「……どういう意味だ？」

また笑い声が響く。

そして、そいつは手にティーポットを持って、ドアのところに姿を現した。痩せこけた男だった。手足は棒のように細く、肩幅だけが冗談のように広いが、ちっともがっしりしているという印象はなく、なんだかヤジロベエみたいな体型だった。

顔は彫りが深く、北方の血が入っていることを表していた。だがその男のこの場所での異常は服装に尽きた。

こんなうっそうと奇怪な自然が生い茂り、人里から隔絶された場所だというのに、そいつは白銀の、綺麗にプレスされた礼服を着ているのだ。

（こいつが……？）

そいつは私たち四人に、順番に頭を下げて礼をしてみせた。

「はじめまして。ラルサロフ・Rです」

そいつは自ら名乗った。

「それは本名ですか？」

EDが質問すると、ラルサロフは、

「………」

と、いきなり顔を強張《こわば》らせたかと思うと、手にしていたポットを地面に叩きつけた。湯気が立ちのぼるが、熱湯が足にかかったはずのラルサロフはそのことにはまったく反応しない。

そして全身を震わせて、突然に怒鳴ったのである。

「——人が名乗ってんのに、テメエだけ質問すんじゃねえッ！」

それはひどい金切り声だった。私たちは少しあっけに取られた。

そしてなおもぶつぶつ言っていたが、やがて首を痙攣させるように何度かうなずいて、

「……まあいい。どうせこっちはそっちのこたあ何でも知っているんだからな」

とひとりで勝手に納得した。

「……どこから尾《つ》けてきたんだ？」

「答える必要はない」

「例の〝戦争〟の関係者なのか？」

「答える必要はない」

「軍属にはとても見えないが、金で雇われているのか？」

「答える必要はない」

ラルサロフの返事はまったく同じトーンで、録音されているものを繰り返しているような感じがした。

「いったい何を……」

とEDがさらに質問しようとしたとき、ラルサロフは唐突にげたげたと大笑いしはじめた。

「——いい加減にしろやこの愚図《ぐず》が！　いつもの質問の方はどうしたんだよ？」

「――――」

EDが口ごもると、ラルサロフはなおも続けた。

「ぜェんぶ知ってんだよ俺ァよ――おめえが訊きたいことってのは、つまりはこうだ……〝あんたは竜を殺したのか？〟ってな」

その言葉が出た瞬間、後ろでアーナスさんが息を呑む気配が伝わってきた。

「――なんだって？　それはどういう意味だ？」

「あ？　意味だと？」

ラルサロフはせせら笑った。

「そいつらはロミアザルスから来た。そういうことだろうよ。だが本当の意味はもうそんなトコにゃねえな――それはテメエら全員が、ここで残らずくたばるということだ！」

ラルサロフが叫んだ、その瞬間に少佐の脚が地面を蹴っていた。

一瞬で飛び込み、その剣でラルサロフの脳天から胴体までまっぷたつ――と思ったその瞬間、いきなり私、レーゼ・リスカッセの意識が蠟燭《ろうそく》の火を、ふっ、と吹き消されたように闇の中に引きずり込まれた。

「――――！」

ヒースロゥはそれを斬った瞬間に己のミスを悟った。

殺気も本物で、間合いも危険域に入っていたので先制攻撃という戦法を選択せざるを得なかったのだが、だがその彼の判断力こそが敵のつけ込む罠だったのだ。

それはさっきのティーポットだった。斬った直後、今までラルサロフだった物体は敵が殺気を反射させていたその呪符装置に変わってしまっていた。

(湯気に自分の姿を投影させて——ということは奴は、既に！)

と振り向いた、だがその彼の前で小屋の扉がばたん、とひとりでに閉じる。

そして彼を他の者から引き離して閉じこめた小屋全体がぶるぶると生き物のように震え出す。いや〝ように〟ではなかった。それは今や生き物そのものになっていた。まだまだ彼はここバットログを甘く見ていたのだ。

それは樹木に擬態して獲物を捕らえる肉食獣だったのだ——それを巧みにカムフラージュし、ラルサロフが罠として使った——小屋は四角く蜷局《とぐろ》を巻いていた魔大蛇だったのである。


「……！」


EDがレーゼの方を振り向いたとき、すべてはもう終わっていた。

背後より首筋に一撃を受けたレーゼはそのまま地面に倒れ込み、そしてアーナスはその背中を深々と斬られて、血飛沫《ちしぶき》を上げて崩れ落ちた。

その向こうにはラルサロフが立っている。

「よお、戦地調停士——」

殺し屋は静かに言った。

「おまえにはチトつきあってもらうぞ」

「……なんだと?」

「風の騎士が罠にかかっている間にここから離れる——そしておまえらの目的を話してもらう……」

そしてラルサロフは倒れたレーゼを足で、さながらボールを蹴り上げるように高々と放り上げたかと思うと、肩の上にその気絶した身体を載せた。ぴたり、と手にした短剣を彼女の脇腹に当てる。動作はあっという間で、速度だけならこの殺し屋が風の騎士に匹敵する能力を持っていることは明らかだった。

「嫌とは言わせん。この女の命が惜しければな」

「…………」

EDは無言で奥歯を嚙みしめた。

＊

(——なんなんだ、いったい……?)

どんどん身体が冷たく、そして重くなっていく感覚の中でアーナスは今さっき聞いたばかりの言葉だけを頭の中で反芻《はんすう》していた。

〝竜を殺した〟

〝竜を殺した〟

〝竜を……〟

いったいなんのことだろう？

どういう意味なんだ？

既に視力はない。周囲は真っ暗だ。そのなかでも彼は自分の苦痛も状況も、まったく認知していなかった。何が起こったのかすらわかっていなかった。彼を捉えているのは竜が……竜がどうしたというのだろう？

〝ロミアザルスから来た〟

〝竜を殺した〟

あれはいったい何を言っていたのだ？

訳がわからない。竜をどうにかすることなど誰にもできるはずがないのに、それなのに、よりによって……竜をどうしたって？

（殺すって……殺すってことは……殺されたってことで……殺されたってことは……死ん……死……）

彼の頭はそれ以上のことを何も考えられずに、そのままどんどん意識が薄れていく。

（なんのことだ……）

（なんのことだ……）

（なんのことだ……）

（なん……）

――こうして、生涯をかけて竜を追い求め、世界中の専門家からその努力と誠実さに敬意を払われていた孤高の冒険家アーナス・プラントは混迷の中でその人生をむなしく閉じた。


その死体からほんの少しだけしか離れていない場所で、丸太小屋そっくりのそれがのたうちながら暴れていたのが一瞬、びくっ、とその動きを停めたかと思うと、次の瞬間バラバラになって四方八方に飛び散った。人の腕より太い牙を持つ頭部も空中でくるくる回って、地面に落ちた。ずるっ、とそれが二つに割れる。

その魔大蛇の断末魔の、霧のように周囲に広がっていく血飛沫の中心にいるのは、剣を両手に構えたヒースロゥ・クリストフだった。

「……ふうっ！」

彼は大きく息を吐くと、剣を振ってこびりついていた血糊《ちのり》を落とす。そしてすぐに外に出てきた。そこにはもう動いている者はいない。とっくに二人を連れ去り、逃げた後だった。

「………………」

ヒースロゥは地面に倒れているアーナスの死体を見てその眉を悲しげに寄せたが、すぐに顔を上げて走り出した。

〝戦場〟では誰にも、死んだ者のために立ち停まっている余裕などないのだった。

2.

……私が目覚めたとき、もう事態は取り返しのつかないところにまで進展してしまっていた。

「う、うう……？」

全身が痺《しび》れたようになってしまっていて、思うように動かせず、目もよく見えない。

「やっと目ェ覚ましたか——」

声の方に顔を向ける。するとそこにはさっきのラルサロフという男が倒木に腰を下ろしてこっちを見ていた。私は、どうやら地面に横たわっているらしい。まだ場所は森の中だ。そして私は縛られている。周囲には呪文による結界が張られているようで、薄い緑色が空間を覆っていた。外部から隠れているのだ。

「おまえがのんびり寝てやがるもんだから、ほれ、そっちの仮面ときたらよ——」

指さしたので、私はなんとか首を回して視線を動かすと、そこで叫びそうになった。

そこにはＥＤがいた。私と同じように縛り上げられている。

だが、その彼の全身には細かい切り傷や生々しい青痣《あおあざ》がいたるところにつけられて、ボ口屑《くず》のようになって倒れているのだった。

「な、なんてことを……！」

「その野郎〝死の紋章〟なんて物騒なもん付けてやがるから、拷問《ごうもん》には苦労したぜ。呪文で苦痛を与えられねーし、指とか耳とか切るのもヤベエから、そういうジワジワ系のやり方しかできなかった。とんだ手間だった」

ラルサロフは淡々と、まるで平然とした口調で言った。

私はそんな言葉に反応している余裕などない。必死でEDの名を呼んだ。するとまだ着いたままの仮面の下の目が開いた。

「……聞こえてますよ、レーゼさん」

そして彼は弱々しく微笑んでみせた。

「そちらのおっしゃるように、僕を不用意に傷つけすぎると呪文が暴発する危険があるのでね。重傷は負わせられないんですよ」

ぼそぼそと小さいが、しかしはっきりとした意志がある声だった。私はほっとした。

「そんな必要もねーよ」

ラルサロフがせせら笑いながら言った。

「即死させるには影響ねえし、それにどうせこの場所に放っぽっとけば、獣に喰われて死ぬんだからな。そいつが爆発する頃にはもう俺はとっくに森から出ているからよ」

「ED……大丈夫なの？」

私はＥＤの顔をよく見た。なんということだろう、ラルサロフは彼に仮面を着けたままで棒か何かで何度も殴りつけたらしい。そのため彼の頬には仮面の縁で切った痕《あと》があった。

「いくら言っても信じてくれないので、苦労しましたよ」

ＥＤは苦笑するような顔をして見せたが、それはとても痛々しい。

「当たり前だ！」

突然、ラルサロフが怒鳴った。

「竜が殺されて、そのための調査の旅だと？　ふざけるんじゃねえ！」

ラルサロフは立ち上がると、倒れているＥＤの脇腹を蹴りつけた。

「何をするのよ！」

私の叫びも、しかしこの男の耳には入っていないようだった。

「竜をどうやったら殺せるって言うんだ！　あんなとんでもねえモノを仕留める方法なんぞあるわけねえだろうが！」

「……と、こうなんですよ。こちらどうにも頭が固くてね――」

ＥＤは呻きながらも、私にウインクしてきた。彼の意志の強さはなんとなく想像は付いていたが、ここまで来ての憎まれ口にはさすがに……私は絶句するしかない。

「いったい本当の目的は何なんだ！　停戦協定とか言っていたが、七海連合には他に何か目的があったのか？　調印式は偽装なのか？」

ラルサロフはEDの襟首《えりくび》を掴んで吊し上げた。ところがここでEDが、

「……あなたは、竜と会っている。ロミアザルスに潜伏する偽装のためか、竜という脅威を確認するためかはわからないが、とにかく一度は会っている……」

なんと、拷問されている最中に逆に質問をはじめた。

「そのときどんな気持ちがしました？　あなたは暗殺者で、おそらく竜にはあなたが何人……いや何百人かな？　とにかく大勢を殺していることは見抜かれたでしょう？　呪詛がくっついているはずですからね——」

「やかましい！」

ラルサロフはまたEDを地面に叩きつけて、顔面を仮面ごと蹴りつけた。

「テメエの演技につきあっている暇はねーんだよ！」

「ところが、こっちも必死だ」

EDは口元からだらだらと血を流しながらも喋るのをやめない。

「竜と会った人間に会って、そこから何としても手掛かりを掴まないと……あなたが殺したアーナスさんにも合わす顔がなくなる」

「黙れ馬鹿！」

何度も何度も蹴りまくる。私は何度もやめろと叫んでいた。

「——けっ！」

やがてラルサロフは肩を上下させながらEDから離れた。

「ふざけやがって……くそったれが」

そして懐から一本の煙管《キセル》を取り出すと、火をつけて乱暴にすぱすぱと吸い始めた。

その煙管に刻まれた装飾を見て、私ははっと息を呑んだ。

その私の様子に気がついたらしい。ラルサロフは振り向いて、そしてニヤリと笑った。

「ほう、わかったのか?」

そして煙管を持ち上げてみせる。それは紛れもなく、かつて暗殺王朝と呼ばれた一族の紋章の入った専用品であった。今ではザイラス侯爵家にその血統の一部が伝わるのみだという、その滅び去った王国の名前は……

「……〝レーリヒ〟?」

こいつはあの歴史上の、伝説的な暗殺者一族の関係者なのか?

するとラルサロフは満足そうににたにたと笑った。

「こいつの価値がすぐにわかるとは、おまえもなかなかの者のようだな、女?」

「……ザイラス侯爵家がこの事件に介入しているの?」

「あんな分家筋と一緒にするな!」

また怒鳴った。

「俺はレーリヒの正統なる神聖王朝の血筋に連なる者なんだ!」

「……そんなはずあるわけないわ。レーリヒ王家の者は女子供に至るまで革命政府によって処刑されたのよ」

私の言葉に、ラルサロフはせせら笑いを返してきた。

「そいつは表向きの話だよ。レーリヒの栄光の血は決して絶《た》えることはないのさ。王朝の最後の王レクマス・レーリヒには七十人も妻がいたことはおまえも知っているだろう。だが実際にはさらに他の女にも手を付けていたのさ。使用人の女にもな」

得意げに言った。私はなんとなく、嫌な予感がしてきた。

「そう、あの馬鹿げた革命の中でも、レクマス王の精を受けて身ごもっていた女がちゃんと逃げ延びていたんだよ。それが俺の先祖だ。この煙管はその証として王から譲り受けたものなんだそうだ。これほどの証拠はあるまい？」

ラルサロフは高らかに笑った。

「娼婦《しょうふ》の息子として生まれた俺はそのことを知らずに育ったが、しかし俺を暗殺者として育ててくれた親方が、死に際にその秘密を教えてくれたって訳だ！　それ以来俺はこの仕事を誇りにし、そして栄光のレーリヒの業《わざ》と芸術を現代にも甦《よみがえ》らせようとしている！俺は歴史ある血統の継承者なのさ！」

ラルサロフはげたげたとタガが外れたように笑った。

「そ、そんな……」

そんなものは嘘に決まっている。煙管は本当に革命のどさくさで女の使用人が持ち出したのかも知れないが、王の血統云々はその泥棒が闇商人にでも売りつけるときに使った方便に過ぎないぐらいはすぐにわかる……と、私は思ったが言葉にするのはやめた。そんなことを言ったら、この男は狂乱して見境がなくなるに違いなかったからだ。そういう眼をしていた。

ラルサロフはそんな私の表情の変化など眼もくれずにうっとりと一人で喋り続けている。

「王朝の再興——そのためには金がいる。だから今はその目的と実益を兼ねて雇われ仕事もしているというわけだ。まあ愚民の所業などには興味などないが、依頼されたことを果たさないなどとは王の誇りが許さないのでな。それを妨害する者は何者であろうと排除する——それが風の騎士であろうとも、だ」

言われて、私はやはり安堵《あんど》を抑えきれない。

アーナスさんは殺されて、私とEDは囚われの身だが、少佐はおそらく、今もこいつを捜して接近中のはずだからだ。

私たちは危険なはずのバットログの森から未だに出ていない——これはつまり、今この男は下手に動くと少佐に発見されるという状況にあるということだった。

「クリストフ少佐に勝てると思うの？　今では風の騎士はレーリヒの暗殺者よりも世界に勇名を轟《とどろ》かせている存在よ。いくらあなたでも彼は恐ろしいはずだわ」

「怖くなんかない！」

ラルサロフは甲高《かんだか》い声でがなった。

「確かに奴は、攻撃すべき急所がないところから、下手すれば一国の軍を相手にするよりも殺《や》りにくい存在ではある……だがおまえらをずっと観察していて、俺は奴に既に、致命的な弱みがあることを発見している！」

「そんなものないわよ」

「ところがあるんだな、これが」

ラルサロフはひひひひひと嫌らしく笑った。

「それはおまえだよ、レーゼ・リスカッセ」

「……え？」

「あの男はおまえに惚れている……だからおまえをわざわざ拉致《らち》して来てやったんだよ。人質——いやこの場合はもっと積極的に〝風の騎士に対抗する武器〟としてな」

「……え？」

私は、こいつは何を勘違いしているのだろうと思った。少佐が私を、なんだって？

「……そんなことあるわけないわ」

「おまえは奴のことをなんとも思ってないかも知れないが、向こうはどうしたってそうなんだよ、残念ながら。だいたいそうでなきゃ、なんでこの俺様が女一匹ごときを生かしておいてやってると思うんだ？」

私は——私は少佐のことをなんとも思ってないなんてことはない。それどころか私は彼のことを——だがそれでもこいつの言っていることはよくわからない。

「——私のことなんか、少佐はやむを得ない犠牲として無視するわよ」

「それはこっちの男の方だよ」

ラルサロフはＥＤの方に顎《あご》をしゃくってみせた。

「俺の仕事は停戦協定をぶち壊しにすること……だから当然、この戦地調停士は生かしておけない。それぐらいの予測は風の騎士にもついている。だがおまえは？　部外者のカッタータの軍人だ。はっきり言って俺には生きてようが死んでようがどうでもいい存在だな。だから奴は、おまえのことを助けられるかも知れないという可能性を無視できない……その証拠に、その証拠に」

「その証拠に、ヒースはまだこの森から出ていないんですよ、レーゼさん」

いきなりＥＤが口を挟んできた。

「もし任務のことだけを優先するなら、とっくに外に出ている……僕らのことなんか無視して、停戦協定の妨害者がいるということを、一刻も早く七海連合に報《しら》せなきゃなりませんからね。だから――」

「誰が、テメエが説明していいと言った！」

ラルサロフがまたＥＤを蹴りつけた。

少佐は言っていた……ＥＤこそこれからの世界に必要な人材なのだと。ここで彼が殺されるのを黙って見逃せば、私は少佐に合わせる顔がなくなる。それ以前に、私が少佐の足かせとなって武器として使われてしまうなどということは、なんとしても避けなくてはならない。そのためには……

（私が、私さえいなくなれば——）

そう考えたときである。

ＥＤが蹴られながらも私に視線を据《す》えて、言った。

「……だからレーゼさん、軽はずみなことは控えてください。あなたのことはヒースが必ず助けてくれる。僕のことに気を取られて生命を危険にさらすことは避けるんです」

「うるせえって言ってんだよ！」

ＥＤはさんざんに痛めつけられる。

私は——もう、どうしたらいいのかわからない……。

そのとき、結界の外から〝どーん〟という大きな音が響いてきた。

ちっ、と舌打ちしてラルサロフもＥＤから顔を上げる。

血まみれのＥＤがニヤリと笑いながら言った。

「……ほら、来た」

「え……」

私は、ここで私たちを覆っている結界が、こっちの音は外に漏れず、向こうの音はよりよく響くように調整されたものであることに気づいた。その外の音が、何かと何かが激突している様子を伝えてくるのだ。

「ヒースは、あの魔大蛇を殺したことで、森の他の生物達から〝外敵〟と認識されてしまった……だからまわりの生きものたちは皆、ヒースが急に動いたりするだけで、即、危険の兆候と見なして襲ってくる……それらと戦いながらも、彼は確実にこっちに接近してきている。戦士の鋭い感性が、我々の気配とラルサロフの殺気を追ってきている。これは結界では隠すことができないのですよ」

ＥＤの言葉にも、ラルサロフはもう蹴りつけたりはしない。完全に、迫ってくる敵に対してのみ精神を集中させているようだ。この切り替えの早さこそ、この男が暗殺者として一級である証拠だった。

「………」

私は、どうしよう……と絶望のただ中にあった。ところがそんなときである。

ＥＤが、私の方を見て口をぱくぱくと動かしている。それはＥＤの方を見ていないラルサロフには気づかれていない。

（……！）

私ははっとなる。ＥＤは、無音対話術の要領で私に何かを伝えようとしているのだ。

〝……音を出してくれ〟

そう言っていた。

〝こっちの出す音が奴の耳に届かないように、その注意を逸らせ〟

その指示の意味はよくわからなかったが、しかし私ははっきりと悟った。

ＥＤは、戦うつもりなのだ。

黙して死ぬのを待ってもいないし、ただ意地になってラルサロフに挑発的な態度をとり続けていたわけでもない。彼には策がある。そのためのチャンスをじっと待っていたのだ。

私は——このときになってようやく、少佐が何故あれほどまでにこのエドワース・シーズワークス・マークウィッスルを高く買っているのかその理由を知ったような気になった。

この男はこうとやると決めたらあきらめないのだ、絶対に。そのためには自分の苦痛などなんとも思わないのである。

私も、気がついたときにはためらうことなく彼の言うままに行動に移っていた。

「——うわあああああああっ！」

絶叫を喉から無理矢理に絞り出していた。

ん、とラルサロフが私の方を見る。私は必死にさらに大声を出す。

「ここです！　少佐！　私はここに！　ここにいます！　助けて！　早く助けて！」

自分でもこんな声がよく出るものだと思いながらも怒鳴りまくる。

「けっ」

ラルサロフがこっちを心底馬鹿にしたような眼で見つめてきた。

「そんな風に喚《わめ》いたって、外には聞こえてねーんだよ」

「わあああ！　死にたくない！　死にたくないよお！　助けてぇ！」

私はかまわず叫び続ける。じたばたと縛られた身体を跳ね回らせる。

「おい、いい加減にしろ！　いくら人質と言ったって一発殴るぐらいはできるんだぞ！」

ラルサロフは私の襟首を摑んで吊り上げた。私はなおもばたばたしながら大声を上げ続けたが、ラルサロフに喉を三本の指で摑まれると、途端に声が出せなくなった。ツボを突く特殊な技を使われてしまったらしい。

（お願い、間に合っていて——）

私が天にそう祈ったその瞬間、

——かちっ、

……という音が私とラルサロフの背後から聞こえた。

私と暗殺者は、同時に振り向いた……だがそこに見たものの意味は、両者の間では決定的に異なっていただろう。

EDがそこにいた。

一体どうやったのか、その足元には縛り目もそのままな戒《いまし》めのロープが外れて地面に落ちている。関節を外して、抜けて、そしてまた塡《は》めたのだ……そのための私の囮《おとり》の必要性だった。

だが問題はその、EDの予想外の芸当そのものにはなかった。彼が手にして、そしてこっちに向けているその筒先にあった。それは彼の手の中にすっぽりと入る程度の小ささで、一体それが何なのか、知らない者には見当もつかないだろう。だが私は知っていた。この旅の途中でそれと出会っていて、一度びっくりさせられていたのだ。ナーニャ女史に教えてもらった、それの名前は、確か――

（――ピストルアーム！）

今のかちりという音は、EDがその界面干渉学研究対象物の撃鉄を起こした音だったのだ。

ラルサロフにはそれが何なのか、明らかにわかっていなかった。だがそれでもこの暗殺者はとっさに反応し、決断していた。

私を突き飛ばして身軽になるのと同時に手首に仕込んでいたナイフをEDの方にためらうことなく投げつけていた。彼は言っていた――〝どうせ戦地調停士は殺す〟――突発的な状況にその時期を早めたのだ。

だが、このときここで起こっていたのはそんな熟練した判断力でどうにかできるような通常の事態ではなかった。それは別の世界からやってきた物がもたらした非常識極まる瞬間だったのだ。

炸裂音が轟いた。

それはほとんど同時だった。

EDの手にしていたそれが火を噴《ふ》いて、そしてラルサロフの――その、何百人と殺しているという暗殺者の、その頭部がまるでスイカのように、ぱん、と弾け散った。

そして同時に、EDの顔面にナイフが突き刺さった。

「————っ！」

私は、声の出ない喉で、それでも絶叫した。

だがEDは倒れずに、そのままピストルアームをかまえた姿勢のまま、さらに撃った。

頭が半分吹っ飛ばされているラルサロフの死体が、さらに撃ち抜かれてくるくると回転する。そして死体は六回の射撃を受けた後で、やっと地面に崩れ落ちた。

そこで、顔面にナイフが突き立ったままのEDの、その仮面が割れてナイフと一緒に地面に落ちた。

——その下の顔の致命的なところまで、切っ先がぎりぎりで届いていなかったのだった。皮一枚が裂けているだけだった。

ラルサロフは、なまじ暗殺者として訓練を積みすぎていたがために、反射的に眉間を狙ってしまったのである。それがこの勝負を分けたのだった。普通の戦士であれば胸を狙ったろうし、あるいは一般的な装甲騎兵であればピストルアームの弾丸は魔法防御で跳ね返されていた。攻撃のみに先鋭化しすぎた暗殺者であること、それ自体がラルサロフの生命を奪ったのである。

「あ……」

私はほっとして、しかしそこに考えられないものも同時に見ていた。EDの素顔、初めて見るそこには刺青《いれずみ》が彫られていたのだ。左眼を囲むように描かれている、その蛇のような特徴的な模様は――。

（あれは……まさか〝オピオン〟なの？）

「…………」

EDはピストルアームを操作して、そしてまた弾丸らしき物を再装塡すると、ぴくりとも動かないラルサロフの死体めがけて、さらに撃ち込んだ。

死体はびくんびくんと反動で跳ねたが、それ以上の反応はなかった。確実に死んでいて、幻影ではなかった。

「――よかったな、ラルサロフ」

素顔のEDは、ぞっとするような冷たい声で言った。

「このピストルアームは、旧レーリヒ領内で発見された物だ。故郷の物で殺されれば本望だろう。しかし――」

EDは、どこか忌々《いまいま》しそうな声で呟いた。

「やっぱり、兵器としか思えないか……」

そして、なおも手の中の殺傷道具を見つめている。

私はなんだか全身の力が抜けて、茫然となっていた。

運命の皮肉――

そうとしか言いようがない。ラルサロフが暗殺者をやっていたのはレーリヒ王朝に対しての歪んだ誇りのためであり、そしてEDの生命を救った仮面を作ったのは、そのレーリヒの血筋に連なるナーニャ女史なのだ。

この奇妙な因縁には、どのような意味を見いだせばよいのだろうか……私には見当もつかなかった。

そのとき、背後でがさりと大きな音がしたので振り向くと、そこに少佐が立っていた。結界は術者のラルサロフが死んだのでいつのまにか解けていたのだ。

「——無事でしたか⁉」

少佐は剣を鞘《さや》に納めると、私のもとに駆け寄ってきた。

しかし私は、さっきラルサロフにツボを突かれた後遺症で口が利けない。あうあう、と口を動かすだけだ。すると少佐はすぐに私の頭を優しく摑んで、そして指先で喉をまさぐるようにした。すると私の喉から自然に、ふたたび声が出ていた。

「し、少佐。私たちは——」

「遅れて申し訳ありません。しかし、無事でよかった……」

そして少佐は私の身体をあちこちさすって、損傷がないか確かめてくれて、そして縛っていた戒《いまし》めを丁寧に解いてくれた。なんだかその途中では抱きしめられているような感じもした。私はしかし、そのことに照れている余裕もない。

「わ、私よりも、EDの方が——」

仮面が取れた彼は、膝をついて、ピストルアームを握りしめたまま死体を前にぶつぶつ言っていた。

「……あいつが殺したんですね」

「は、はい」

私が情けない思いで弱々しく返事をすると、少佐の顔が苦渋《くじゅう》に歪んだ。

「…………くそっ」

彼が何を考えているのか、私にはわかっていた。

それは、本来は殺人とかそういう汚れた事は自分がやらなくてはならない仕事のはずなのに——そう思っているのだ。それは私も同じだった。戦闘訓練を受けている私こそが、本当はラルサロフと戦わなくてはならなかったのだ……。

「……なにが、風の騎士だ……！」

少佐は吐き捨てるように言うと、立ち上がってEDの方に歩み寄った。だがEDは彼の方を見ようともせずに、なおもぶつぶつ言っている。

「おい、マークウィッスル」

少佐が声をかけた。彼はもう〝死の紋章〟のあるEDは致命傷も重傷も負っていないということを悟っているようで、私に見せたような気遣いはしない。

「ぐずぐずしてはいられない……すぐにこの森から出て、戻らないと」

「……なんなんだろう？」

EDは応えずに、独り言を言い続けている。

「頭に何かが引っかかっている……なんなんだ、これは？　僕はいったい何を気にかけているんだ？」

訳のわからないことをさかんに言い続けている。

「おい、マークウィッスル――」

「……なあヒース、何かがあるんだ。ここには、今の事態には何かがあったんだ。僕らは何かを掴みかけているんだ。この森に来たのは無駄じゃなかった。僕らは明らかに、竜がどうして殺されたのかその重要な取っ掛かりを――」

少佐の方を見ないで、何かに取り憑かれたように言いつのる。そんな彼に少佐はとうとう大声を出した。

「――脱出するんだ！　エドワース！　もう時間切れだ！」

びくっ、としてEDは顔を上げた。

「……どういう意味だ？」

「どうもこうもない！　ラルサロフを雇った黒幕が、戦争終結を望まない妨害者がいるとわかった時点で、停戦協定はその敵との戦いに変わってしまったんだよ！　もう悠長に謎を解いている余裕はないんだ！」

少佐は大声を出しながら、なんだか泣いているみたいに見えた。

「………………」

EDは、そんな少佐をぼんやりと見上げるだけだった。

3.

私たちが、あらかじめ仕込んでおいた発信呪符のおかげでなんとかボートに戻ってきたときには既に日が暮れていた。

アーナスさんの遺体を収容することはできなかった。戦闘のせいで場所がわからなくなってしまっていたし、そして……そもそもこんな森の中でも迷わないで進めたのはアーナスさんがいたからこそなのだ。彼がいなくなった今では、私たちには無事に脱出するだけで精一杯だった。

(このバットログの森すべてが、これからはあなたの墓標だと思うようにします。どうか安らかに……)

私は、ボートが川縁を離れるときに心の中でそう祈った。

ラルサロフの死体からは、雇い主を示すような証拠は何一つ発見できなかった。そもそも個人的な物すらほとんど持っておらず、人を殺すための道具ばかり持っていた。それはあの男のわびしい生涯を連想させたが、私には同情する気は起きなかった。

私たちはむっつりと押し黙ったまま、溯行《そこう》して来た河のルートを戻っていく。

「……やっぱり駄目だ」

身体中に包帯を巻いたEDが押し殺したように呟いた。

「このままこの謎を放り出して停戦協定はできない！　旅を続けるべきだ！」

「そんなことをしていたら取り返しがつかなくなる。既に手遅れの感もある。我々は、敵の存在に気づくのが遅すぎたかも知れないんだぞ」

「だからこそ、問答無用で停戦協定を実現するためにも、竜の死の謎を解き明かさなくてはならないいんだよ」

「それができるという保証があるのか？　今でも戦場では一触即発の状態が続いていて、後方の民間人は飢えと恐怖に耐えているんだぞ！」

「しかしヒース！」

「もうロミアザルスから協定の場所を移してでも、とにかく両陣営を交渉の席に着かせなくてはならないんだ。そのぐらいはおまえにもわかるだろう！」

二人はそれまでの仲の良さが嘘のように、とげとげしい調子で怒鳴りあっていた。

「だがあと一歩なんだよ！　もう必要な手掛かりは全部揃っている！　その手応えがあるんだ！　あと少しでこの事件は解決できるんだよ！」

「……戦場ではあと一歩のところで何百何千という人間が死ぬんだ」

少佐は絞り出すような声で言った。EDはこれにきっぱりとした口調で返した。

「だがみんな、その一歩を目指して必死に進んでいるんじゃないか。僕がここでそれを放棄することは、死んでいった彼らに対しての裏切りにしかならない」

「………………」

少佐は返事をしなかった。

話を横で聞いていただけの私にもわかっていた……この二人はここで、決定的な断絶に直面してしまったのである。どちらも譲ることのできない、そういう状態に陥《おちい》ってしまったのだ。

ボートは河を下って、外の世界に私たちを連れだしていく。だがそうやって戻ってきた私たちはもう、かつての私たちではなくなっていたのだった。

*

「では、さよならだ」

七海連合の軍基地に至る分岐路で、少佐はEDに告げた。

「あと一週間しかないからな。それまでにロミアザルスに出頭するのを忘れるなよ。そうしないと死の紋章は解除されないぞ」

「わかっているよ」

EDは静かに返事した。少佐はうなずいて、そしてEDの横に立つ私を見つめた。

「リスカッセさん、マークウィッスルを頼みます。こいつがごねたら、気絶させてでも連れ帰ってきてください」

「わかりました」

私は、どうしても旅の続行を主張するＥＤに付き合うことにしたのだった。少佐にはこれから停戦協定のための仕事がある。ＥＤを守る仕事は私がやるしかない。それに、皮肉なことにラルサロフが優秀な暗殺者で、追跡者であったことが逆に他の襲撃者がいないということも示していた。仮にいたとしても、もうラルサロフがそいつらを片づけてしまってくれていたはずだからだ。あとは私の能力でも充分だった。

「彼のことは私の生命に代えてもロミアザルスに送り届けます」

「……お願いします」

少佐は私をじっと見つめて、そして私も彼を見つめ返した。

私は瞬間、この旅のことを思い返していた。

楽しかった——心底そう思う。

辛いことや苦しいこと、悲しいこともあったが、それでも私は少佐とＥＤと、三人でしてきた旅は楽しかったと思う。

少佐も同じことを考えている、私は直感でそう感じていた。私たちは少し長めの握手を交わした。

そして少佐はＥＤの方を向いた。

「なあマークウィッスル……こんなことを今さら言うのもなんだが——謎を解けることを祈っているよ」

「こっちも、そちらの健闘を祈るよ」

二人はなんとなく、かるくうなずきあったが、それだけでお互いに背を向けた。無言で離れていく。

私は少しの間、その場に立ち停まって少佐の背中を見つめていたが、やがてEDの後を追って小走りに追いかけていった。

事件に、残る容疑者はあと一人。

第七章 〝犯人〟

a case of
dragonslayer

特に軍事訓練を受けたことなどないはずのエドワース・シーズワークス・マークウィッスルがどうして全身の骨格関節を外して縄抜け、などという芸当ができたのかという疑問には、彼の素顔に彫られている蛇のような刺青にその解答がある。

1.

それは〝オピオンの刻印〟と呼ばれているある誓いのしるしである。それは数百年前に故郷を失った難民たちが世界中をあちこち放浪し、様々な国で迫害されたり追放されたりを繰り返した後に「自分たちはもはや祖国を求めずに、国家という存在からの圧力も認めずに、自分たちで助け合い生きてゆく」と誓ったときに、その証として己に刻んだものがその発端といわれている。

その世界全体に喧嘩を売った難民たちそれ自体はやがて散り散りばらばらになり、彼らの共同体の夢は塵《ちり》と消えた形になったが、しかしその誓いだけはどういう訳か一部で生き続けた。

一部の行商人や国を渡り歩く旅芸人といった連中の中で、この刻印を入れる者というのが後を絶たなかったのだ。彼らは自らを〝オピオンの子供たち〟と名乗って、その周囲の現実に流されることのない不屈の精神を（といっても元になったもの自体は現実に屈してしまったわけだが）それを自己証明の拠《よ》り所としたのだ。

この連中は当初の難民連中のような確固たる形を持っているわけではなく、不定形の流れ者の集まりであったが、それ故に元のものよりもずっとしたたかであった。あるところでいきなり結束して大勢力になったかと思うと、次の日にはもう解散して跡形もなくなったりしていた。世界各国の権力者たちはこの捉え所のない集団にはほとほと手を焼いていたという。


……だがこの〝オピオンの子供たち〟は、その団結力もしたたかさも柔軟さも及ばない圧倒的な暴力の前に滅びてしまう。

ヒギリザンサーン火山の大噴火の影響で、世界中が五年にも及ぶ大凶作に見舞われた暗黒の時代にはいくつもの国や民族が滅びた。そしてそんな中で「生き延びるためには他者を喰らうしかないのだ！」と強硬な主張をして、他国に侵略行為を繰り返した独裁者がいた。国民からは圧倒的な支持を得て、そしてこの勢力は七つの国を併合して当時の世界の頂点に立った。

そしてこの独裁者が特に目の敵にし、発見次第皆殺しにすることを命じた相手が〝オピオンの子供たち〟だったのだ。

豊かな世界であれば、世界が飢えと焦燥と戦争に満ちあふれていなければあるいはこのような暴挙は起きなかったかも知れない。しかしその当時は世界中が狂っていた。オピオン狩りと称して、刻印を身に持つ者を、その独裁者に支配されてすらいない国の人間たちまでもがなぶり殺しにした。

……独裁者は結局、頂点に立ったそのわずか半年後に腹心の部下に暗殺され、国家は解体し、現代ではその跡形もない。強いて言うなら七海連合がその勢力に近いが、これはもともと大凶作の際の国際相互扶助《ふじょ》条約が元になっている。

オピオンの子供たちは、今では人々が自ら狂って殺戮に走ったその忌まわしい記憶とともに封印されて、どこにも見られない存在となってしまった。嫌なことからは人は目を逸らしたいものだからだ。

……EDがその素顔を、オピオンの刻印を仮面で隠すのもそれが原因だ。それを見ると、人はおぞましいもの、忌まわしいものを連想してしまうのである。大凶作が起きたのは昔の話で、まだ生まれていない私などには直接の記憶はない。EDも生まれたのは噴火の後で、影響下に世界が揺れていたときも小さな子供であったはずだ。EDがはたして直接オピオンに連なる血筋の者かどうかはわからない。あの狂乱と殺戮の時期に妊娠している余裕のある女性がいたとは考えにくいからだ。彼の名字〝シーズワークス・マークウィッスル〟は、言われてみればかつての東方帝国貴族のようでもある。あるいは彼は、あの時期に断絶した無数の名家のひとつの、その唯一の生き残りなのかも知れない。一族は皆滅ぼされて、天涯孤独となって、敵に追われていたときに旅芸人一座にでも匿《かくま》われて、そして育てられた経験があったのだろう。縄抜けなどの芸を練習したのはそのときに違いない。

生まれたときには既に虐殺《ぎゃくさつ》ははじまっていて、その中で逃げるように生きてきて、遂にそれが彼を残して滅び去ったときに少年は何を思ったのだろう。

だが彼は、そのときに明らかに何かを誓ったのだ。

だから現在ではさほど難しくない消去手術も受けずに、刻印を顔に刻み続けている。いやもしかすると時期的に見て、彼がその刻印を我が身に刻んだのは狂乱が去って、すべてが終わったとされた後だったのかも知れない。そう考える方が自然だ。当時は幼児だったのだから、顔などという成長の変化が大きいところに刺青がされるはずがない。

（そこまでして……）

そこまでして、彼は何を背負ったのだろうか。だが今の彼はもう、状況に流されてすべてを奪い去られた無力な少年ではない。

彼は今、その自らの悲劇の繰り返しを防ぐために行動する戦地調停士になっているのだから。

＊

「広い街道ですね……」

私たちはロミアザルスの記録に残されている、最後の容疑者マーマジャール・ティクタムが住んでいるという村に、近くで借りた貨物運搬用の強化馬の背に揺られながら向かっていた。

村のある場所はヒギリザンサーン火山の麓《ふもと》だ。そこは、かつての大凶作の原因となった噴火を起こした山である。今では落ち着いているが、それでもここは呪われた場所として、あまり外からの来訪者のいない場所である。

「しかし……誰とも行き合いませんね」

私たち以外に、村に向かう人影は皆無だ。かつては火山を鎮めるために多くの魔導師たちや技術者が行き交ったとされる道は、すっかり役割を終えて寂しげにただ延びているだけだった。

「…………」

壊れた仮面の代わりに怪我の治療のための包帯を巻いたままのEDは、私が話しかけても返事をしない。ひたすらに考え込んでいる。

私たちが少佐と別れてから、ずっとこうだ。

たぶんその頭脳はめまぐるしく動いていて、とんでもなく色々な可能性を考えているのだろう。しかし今のところ、その成果はまったく現れていない。

（無理もないけど……）

私としても、少佐が正しいとしか思えないのは事実だ。ＥＤの気のすむようにさせるのに反対ではないが（何と言っても実際に停戦協定の交渉に立つ役目はまだ彼のものなのだから）しかし竜が殺されたという事態に、我々に与えられた時間はあまりにも少なすぎた。

おそらく、いやほぼ確実に我々が会おうとしている容疑者は犯人ではあり得ないだろう。

そもそもロミアザルスの監視体制は、確かに呪文を突破して犯行現場の洞窟内に入り込むのは不可能だが、それを管理している人間の方はだいぶ杜撰《ずさん》な印象があった。おそらく犯人は、あの「赤ん坊の大火傷の治療で手を離せない」とか言っていた医者の管理人のところから密《ひそ》かに結界解除呪符を盗み出したに違いない。そして犯行後こっそりと戻しておいたのだ。だから記録にも残っていなくて当然である。

それはなかば承知ではあった。そもそもＥＤは一貫して「竜に会った人間にその印象を訊く」という姿勢を崩していなかった。あくまでもひらめきのためのヒントを集めていたのだ。

だが、それもここで終わりだ。面会すべき人間はあと一人しかいないのである。

「……おかしい、そんなはずはない、ここは絶対にそうでなくてはおかしい……」

EDはずっとぶつぶつ言い続けていて、これだけ見ていると完全な精神破綻《はたん》者である。

私はため息をついて、強化馬をEDのそれも誘導しながら歩を進めさせる。

こーん、こーん、と遠くから鐘を撞《つ》いているような音がさっきから響いている。それ以外の音といえば風が街道筋の針葉樹を揺らす音ぐらいだった。

「………………」

私はなんとなくその鐘の音をぼんやりと聞いていた。するとEDが急にはっきりとした口調で言った。

「レーゼさん、あなたはヒースの味方ですよね?」

「え?」

私は戸惑ったが、EDはさらに訊いてくる。

「味方ですすよね?」

「……はい、それは、もちろん」

私は、それは間違いなかったので、一応うなずいた。するとEDは、

「僕はねレーゼさん……ヒースを世界の王にしたいんですよ」

と思い詰めたような表情で、ぼそぼそと言った。

「……それはどういう意味です?」

「あいつなら、なれると思うんですよ……上に立っても人を踏みつけず、理想はあっても同時に即物的で、ひどい現実を前にしても自棄《やけ》にならずに対応できる世界の、その最初の王に……あるいはそれは王というものの消滅を意味するのかも知れないが……あいつなら、そういうものになれるはずなんです」

何を言っているのか例によってよくわからないが、しかし少佐が王様というのは、個人的には納得できる見解だったので私は「そうですね」と首肯した。

「そのためにはここで退くわけにはいかない……こんなところで、ヒースに汚点を作るわけにはいかないんですよ……」

ＥＤは私の返事を聞いていたのかいないのか、また一人でぶつぶつ言い始めた。

私も口を閉じる。

こーん、こーん、という音だけが辺りに響いていた。村に近づくにつれて、音も大きくなっていく。

村に入ってみると、意外なことにそこは喧噪に満ちていた。確かに人口は少ないのだが、そこで人々が何事か、ひとつの作業に従事して大忙しに働いていたのだ。

「……なんでしょうかこれ？」

私の見るところ、彼らは用水路のようなものを整備しているようだ。だがそれを通す水らしきものや、その水の流れる先であるはずの畑が見当たらない。その終点には何やら大きなすり鉢状の窪《くぼ》みしかなく、その周りの草木は残らず引っこ抜かれているのだ。

「あ、あの——ティクタムさんにお会いしたいのですが」

私は手近な人にそう訊いた。しかし彼は、

「あーん？　うるさい後だ後！」

と、とりつく島もない。何人かに当たってみたが皆同じだった。しかし十人目に「ティクタムさんは今どちらに？」と訊いてみると、彼は勘違いしたらしく、

「まだ山の上だ！　早く下りるように伝えてきてくれ！」

と仲間に使う言い方で答えてくれた。

「山の上……？」

例の休火山の上、ということだろうか。とにかく私たちはそこに向かってみた。そしてわかったのだが、用水路みたいなものはその山の上から下に向かって延びているのだった。

私とEDはそれを辿《たど》って上に向かう。だんだん人が少なくなり、やがて皆無となった。しかし目指す人物は見当たらない。

そして、例のこーん、こーんという音は私たちが登っていくにつれて大きくなっていく。鐘の音ではあり得ない。こんなところに鐘撞き場があるわけがなかった。ではこの音はいったい？

（……とんでもなく大きな石と石をぶつけ合っているみたいな音だけど……）

私のこの予想は半分だけ当たっていたが、大筋では事態は私の想像の範疇《はんちゅう》を遥かに越えていた。

山の中腹よりもやや下のあたりに、終点はあった。私はそこに到達して、絶句していた。

「……あれは、何?」

そこには山に突き刺さったみたいになっている一際《ひときわ》大きな岩があった。そして例の音はその岩から鳴り響いていた。

鳴っているのは岩だったが、鳴らしているのは岩ではなく、その頂上に立っているちっぽけな影だった。

「……人、なの?」

そう、一人の男が岩の上で、腰撓《こしだ》めにかまえて、拳《こぶし》を――それは見たところ、素手《すで》にしか見えない――生身の拳を岩に打ちつけているのである。

その度に岩は、めりっ、と山に差し込まれていき、こーん、という甲高く、そして重たい音が辺りに鳴り響く。

(な、何やってるのよこれは――?)

私が茫然としていると、突然足元から振動が伝わってきた。

そして私は我に返った。

「………………!」

そうだ、ここは火山なのだ。しかもかつて世界を暗黒に叩き落とした大噴火をしたこともある山なのである。この地での地鳴りは、それはすなわち――

「――ま、まずい！」

私たちは深く山に入りすぎていた。今からでは逃げる場所がない！

するとそのとき、岩の上にいた男が拳を打ちつけるのをやめて、上体を起こした。辺りを見回して、そしてうなずくと、彼は私たちの方に振り向いた。

「――動くな！　今からでは逃げられんぞ！」

いきなり言われた。その声のびりびりと来る迫力に、私たちは射すくめられた。

そして男は私たちの方に、まるで掌底を叩き込むような動作をした。すると私たちは彼から遥か遠くに離れているにもかかわらず、衝撃波にも似た何かに弾かれて宙に舞っていた。

「――!?」

異様なのは、飛ばされながらも私たちに何の痛みもないということだった。それはなんというか……〝気〟が私たちを浮かした、そんな感じがした。

そして空中から男を見ると、彼もまた岩を蹴って宙に舞い上がって――私たちの方に迫ってきていた。

抵抗する間もなく、私とＥＤは彼の両脇に抱えられて、さらに空高く飛んでいた。

そのとき、眼下の山腹がいきなり裂けて、そして溶岩が噴出した。

その裂け目の中心にあるのは、さっき男が山に打ち込んでいた岩だ。あれを楔《くさび》にして、山に穴を開けたのである。

そして、ああ、今こそわかった。その流れ出た溶岩は自然の大噴火とは比べものにならぬ穏やかさで山腹を流れ落ちていく。しかもその経路はさっきの用水路に沿って、確実に誘導されていく。四方の森に引火したりすることなく、その夥しい熱を静かに、大地と空気に放出していくのみだ。

「――すごい……！」

私は空の上で、おもわずそう呟いていた。

すると私を抱えたままの男は私を見て、にっ、と笑ってみせた。

この男は、たったひとりの力のみで火山の危険な噴火口に大岩を打ち込み、それによって近隣の人々を大惨事から救ったのだ。なんという業《わざ》だろうか。こんな芸当は風の騎士にだって不可能だろう。人間離れどころではなく、生き物離れしている。

まさに……正に噂通り。あらゆる国からの招聘《しょうへい》を断り、己の道のみを進んでいった彼のことを世の力ある者は皆こう呼んでいる――何の権威的裏付けもいらぬ、それを呼ぶにはただその一言があればよし――〝戦士〟と。

〝其《そ》は戦士の中の戦士なり〟

それがこの男――事件最後の容疑者マーマジャール・ティクタムに与えられた称号なのだった。

2.

私とEDは、マージャールに抱えられたまま、溶岩流が流れ落ちていく箇所からやや離れたところに着地した。驚いたことに、この跳躍にあたってこの戦士はまったく飛翔呪文に類するものを使用せずにその膂力《りょりょく》のみで実現させたのである。だから着陸もかなり荒っぽく、私は腰が外れるかと思った。そして手を離された途端、私とEDはへなへなとその場に崩れ落ちた。

「――大丈夫かな？　お嬢さんがた」

マージャールはその赤く日焼けした顔に悪戯《いたずら》っぽい笑みを浮かべてウインクしてきた。

深い皺が何本も刻まれたその顔は、彼が私たちの倍以上の年齢を経てきていることを表していて、しかも……まったく衰えるどころか未だ全盛であることを鋭い眼光が証明していた。

「……ど、どうもありがとうございました」

私はふらふらしながらも、なんとか立ち上がってEDに手を伸ばした。彼も私の手を摑んで立ち上がる。しかし彼は疲れ切ったようにうなだれている。

「やれやれ……こんなことなら下で待っていればよかったですね」

私がぼやくと、マーマジャールが「ん？」と眉をひそめた。

「君たちはただの旅行者じゃないのか？」

「ええ、我々はあなたに会いに来たんですよ。戦士マーマジャール」

私が言うと、マーマジャールは苦笑した。

「その〝戦士〟ってのはやめてくれないか。そんなものはとっくに廃業したのでね」

「しかし、おそらくは未だにあなたが世界最強の存在であることは変わっていませんよ。戦闘力のことだけでいえば、風の騎士すらあなたの前ではまだまだ子供同然でしょう」

私は素直に思ったことを言った。マーマジャールはこれに、かすかに「ふむ」と言っただけで否定も肯定もせずに、逆に訊いてきた。

「しかし、君たちはそういう闘争に興味があるようには見えないが？」

「ええ。用件は別にあります。しかしまったく無関係というわけでもないのです」

「というと？」

「あなたが一年ほど前に、ロミアザルスという場所を訪れたときの話を聞かせてもらえないかと思いまして。そしてあなたのそのお力から見て、竜にいかなる印象を持たれたのかというような……」

「何故そのようなことを訊く？」

私の言葉の途中で、マーマジャールが鋭い調子で訊き返してきた。

「それは――」

「竜が殺されたからですよ」

いきなりEDが核心を突いた発言をした。私はびっくりした。そのことは秘密で、すでに私たちの話を盗み聞きしていたラルサロフを除けばこれまで誰にも言っていなかったのに——。

しかし私以上に、マーマジャールが驚いていた。

「……それはどういう意味だ⁉」

「言葉通りの意味です」

EDはほとんど投げやりにしか聞こえない調子で言った。

「…………」

マーマジャールは私の方を向く。仕方ないので、私もうなずいた。

「そうなんです……本当のことなんです」

「……話を聞かせてもらおうか」

戦士は押し殺した調子で呟いた。


村に戻ったマーマジャールは村人たちからの大きな歓声を受けたが、彼はかるく「いや、成功してよかった」と返事をする程度で、祝いの席には参加せずに自分の小屋に私たちを連れてきた。

「なにぶん男やもめなのでろくなものがないが、勘弁してくれ」

と言って私たちに薬草茶らしきものを出してくれた。

「……どうもすみません」

私は恐縮しきって頭を下げた。

小屋は普通のもので、その質素さはこの人が村から尊敬はされていてもそれ以上のものは受けようとしていないことを無言で語っていた。

「それで——竜の件だが」

向かい合って材木を組んだだけのテーブルについてすぐに、マージャールは話を切りだしてきた。

「は、はい。えーと——」

私はEDをちらりと見るが、彼はぶつぶつとまた一人の世界にこもり始めていて話をする気がまったくなさそうなので、仕方なく私が全部説明することにした。

どこまで話していいのかわからなかったので、とにかく竜が殺されたこと、その首筋に刺さっていた鉄の棒のことなどを言うと、マージャールは腕を組んで呻いた。

「——考えられない」

「私たちもそう思うのですが……」

「刺殺だと？　凶器には特別な魔力でもかかっていたのか？」

「いえ、それが、まったく……」

「そもそもなんで君らは竜の死を調べなくてはならない羽目になったんだ？」

「それは停戦協定のためです」

私は、事態の背景についても説明した。どうせこの戦士が本気で興味を持てば、隠し通せることなど何もないと思ったからだ。敵に回す危険を冒すわけにもいかなかったし、それに……むしろ誠実に対処すればこの人は味方になってくれる、そう感じていたからだ。

「……戦争か」

マーマジャールはその単語を聞くとため息をついた。

「竜はそれに巻き込まれた形になったわけか？」

「……それはわかりませんが、しかし時期が一致しすぎていますので、おそらくは」

「……あの竜が、そんなことで……」

マーマジャールの顔に悲痛な色が浮かんだ。やはり彼も、これまでの容疑者と同様に竜と会って深い感銘を受けた一人なのだろう。

「あの……ひとつ伺ってよろしいですか？　ティクタムさん、あなたはどうして竜にお会いになったんですか？」

「それは――」

「そんなものは決まっている」

いきなりＥＤが口を挟んできた。

「火山の噴火の兆候を摑んだこの人は、その正確な時期を知るために竜にそのことを質問しに行ったんだ。たぶん竜はこんな風に答えたに違いない。〝その正確な時期は、流動する溶岩が対象である以上特定はできぬ。だがそれを誘導し制御することならある程度は可能だ〟とね。で、この人はその教えの通りに、わざと噴火を早めてその規模を小さくすることに成功したというわけだ」

……すらすらと、まるで暗唱している言葉を並べたみたいに早口で言った。

「――君はまるでその場にいたかのようだな」

マーマジャールは感嘆の吐息を洩らした。大当たりらしい。

「あなたは竜に会いに行った人間の中で、唯一まっとうな理由があった人間だ。功名心でも好奇心でも憧憬《どうけい》でもない。ただ対等に質問をしに行っただけだ。竜にとってはあなたとの面会はさぞ楽しかったでしょうね」

EDは言い当てても、そのことを誇るでもなく、むしろ悲しげな口調であった。

「……そういうものかな」

マーマジャールも寂しげに首を振った。

私たちはしばし沈黙に包まれた。

EDが目の前のカップを摑んで、出されていたお茶をおもむろに飲んだ。するとそこで彼は、

「……こいつはうまいですね」

と意外そうに言った。

「この茶で煎《せん》じてある薬草は体内の循環を良くする働きがある。それがうまいということ

は君が今、ひどく疲れているということを示しているな」

「なるほど……疲れていますか」

EDは自嘲的に「へっ」と笑った。

そしてまた黙り込む。確かに、どう見てもEDは疲れ切っていた。無理もない。痛めつけられた身体が回復する間もなく旅を続行し、解けぬとしか思えぬ謎と戦い続けているのだ。彼が消耗《しょうもう》しきっているのは否定しようがない。

私は、彼の代わりに色々と質問を試みる。

「……竜は、以前の大噴火を止めなかったことについては何か言っていましたか？」

「いや、それは訊かなかった。だがあれだけの大噴火で世界が闇に包まれたのに、わずか五年で世界が回復したのは竜の力もあったのではないかと個人的には思う。あのときは、ほんとうにひどかった……」

彼は遠い目をした。考えてみればこの戦士は年代的にはその時期に青春を過ごしていたはずだと私は思い至る。

「あれは何者かの、世界すべてを吹き飛ばそうとした恐ろしい呪いのせいだ、という説もありますね。竜はそれを止めようとしたのでしょうか？　だが規模を抑えるだけで精一杯だったとか？」

「いずれにせよ、竜でも力の及ばぬことがあるということだな……そして殺されもするわけだ」

マーマジャールは目を閉じて、腕を組んだ。そしてぽつりと言った。

「ぶしつけに質問してもいいかな」

私はなんとなく、その態度に言い様のない迫力を感じて気圧《けお》されつつ、

「……どうぞ」

と言っていた。マーマジャールは目を開けて、私とうなだれているEDの方を見据えてきた。そしてずばり訊いてきた。

「君らには犯人を突きとめる余裕はないのではないか？」

「……それは」

私は口ごもる。EDは顔を上げもしない。

「そうなのだろう？　君らはもう、他の手段について考えはじめている……だがそれは当初の計画よりも危険性が高く、戦争終結どころかさらなる争乱を呼ぶ可能性があるのではないか？」

「……それは――」

まるで賢者に不明を諭《さと》されている弟子のような心境だった。反論の余地などどこにもない。

「……現在、その危険性が高いことは事実です。ですが私たちも努力して――」

「往々にして、人の努力は事態をより深刻にしてしまうこともある。君らは一刻も早くロミアザルスに戻らなくてはならないのではないか」

少佐と同じことを言う。私は、しかし必死で反論する。

「ですが、ロミアザルスで協定をおこなうためには竜を殺した犯人のことを明らかにしなくては意味がないのです」

「では君はいかなる人間であれば竜を殺害できると思うかな」

「そ、それは……」

「竜を殺すぐらいだ。その者はとんでもない力を持っていなくてはならないぞ。そのような者に君らは旅をしてきて出会えたのか？」

「それは……」

私はどう答えればいいのか迷う。ＥＤは相変わらずこっちの話を聞いているのかいないのか、反応を見せない。

「たとえば……竜を殺すのには単に力さえあればよいと言うことにすると、君らが出会った者の中で、誰が一番強かったかな？」

「……あなたです。財力、権力ではもっと上の者もいましたが、彼らには竜は殺せませんん」

「なるほど――」

ここでマーマジャールはくすくすと笑った。

「ではもう答えは明らかではないのかな」

「は？」

「君の目の前にいる人間こそがもっとも竜を殺した犯人の条件に近い。少なくともそういうことにしても人から文句は言われにくい」

彼は微笑みながら簡単に言ったので、私は意味を飲み込むのに少しの時間を要した。

だが――

「……え？」

「犯人に辿りついたな。おめでとう」

マージャールはさわやかに言った。

それは――彼は〝自分が犯人役になる〟と言っている、そういう意味に他ならなかった。

「――そんな馬鹿な！」

私は叫んで立ち上がった。

「だって――だってあなたは犯人じゃありません！」

竜に会った最も明確な理由を持っている人間が、竜を殺す必要性は他の誰よりも低いのだ。

「犯人が誰か、ということを突きとめるのと戦争に巻き込まれている人々の生命を救うのと、殺された竜が生きていたらどちらを優先したと思うね？」

そんなことを言われる。でもＥＤはぶつぶつ小声で「……生命？　生命ね……」とか呟いているだけだ。私は困惑の極《きわ》みにある。

「で、でも――」

「動機ならあるぞ。私は自分こそ世界最強という鼻持ちならない歪んだ自負に取り憑《つ》かれていて、故に竜を殺した。おそらく私のことを〝戦士〟とか呼んでいる世界はこれで納得するだろう」

「ど、どうやってあなたが竜を殺したと言うんですか？　方法は⁉」

「〝それは奥義故に、殺されても言えぬ〟」

芝居がかった口調で、悪戯っぽく言われてしまう。私は意味もなく両手を振り回す。

「そんな――そんなことはできません！」

そう、それはひょっとすると、竜が死んでしまうのと同じくらいに、世界にとって大きな損失ではないのか？　私にはそうとしか思えない。

「他に道があるのかな。それに私には家族がいない。死んでも悲しむ者はいない」

「だって――だってこの村の人たちはどうするんです？　みんなあなたを慕《した》っているんですよ」

「ここでの私の役割は終わったよ」

彼は静かに言う。

「そんな――そんなことは……」

「いや、私としてはこのような機会をずっと待っていたのかも知れない」

私をなだめるように彼は言葉を続けた。

「私は確かに、若い頃は強さに憧《あこが》れた。力がすべてという世界に生きていた。世界に名を轟かせることを生き甲斐《がい》にしていた時期もあった。それが今叶《かな》うわけだ」

「で、でもそれは悪名です！」

竜を卑怯な手で暗殺した者の名は、その誇りは地に落ちてしまうだろう。彼の名は度外れたおぞましき妄執の象徴となって世に広まるに違いない。

「いや、それでもいいのさ。名が広まることには違いない。若い頃の夢とはさかさまになってしまったがな」

彼はおどけたように言った。

私は……私はこのような絶対的とも言うべき意志の強さの前に、反論する言葉を失っていた。

だが、このときとんでもないことが起きた。

私の横のEDが、その肩が小刻みに震えはじめた。私はどうしたのかと思ったが、やがてその彼の口元からかすかに、

「……くくく」

という声が洩れはじめたのを聞いて耳を疑った。

彼は笑っているのである。

しかも、その声はどんどん大きくなっていく。

「……くくく、ふふふ、ふふ、ふふははははははははっ！　――なんて愚か者だ。

そうとも、こんな馬鹿は見たことがない……！」

げらげらと、身を反《そ》り返らせて笑っている。

私は一瞬、彼が狂ったのかと思った。だがそうではなく――これはマージャールのことを言っているのではないかと思い当たった。

「とんだ道化だ！　底なしのおめでたい間抜けだな！　まったくこんな――」

「……！」

いくら彼が疲れ切っていて、しかもこれまでの重圧から解放されたとはいえこのような無礼が許されるはずもなかった。私はカッとなり、彼の頬《ほお》を反射的に思いっきり叩いていた。

EDは抵抗もせずに、そのまま吹っ飛ばされた。だが床に転びながらも、彼はまだ笑っているのだ。

私が情けなさに胸をいっぱいにしながらもう一発殴りつけようとしたところで、しかしその手を握りしめて止める者がいる。

マージャールだった。

「やめたまえ。彼は抵抗していない」

「し、しかし……！」

「無抵抗の者を力のある者が一方的にいたぶるのは、どのような理由があれ私の前では許さない」

断固とした口調である。だが、それ故に私は悲しさでたまらない気持ちになる。こんな人が無実の罪でまざまざと処刑されるなど、そんなことがあってよいはずがない！

「で、でもティクタムさん――」

私が言おうとした、その瞬間であった。

「いやマーマジャールさん！　それにも時と場合がある！　物事には常に例外が存在するのです！」

いきなりEDが叫んだのだ。

「それは〝モノのわかっていない子供をしつけるとき〟だ！　そのときには一発はたいてやることも教育上必要なのです。ましてこの場合だ！　この僕のような愚か者は二三発殴られた方がいいんですよ！」

笑いながら言った。

私とマーマジャールは二人揃って目が点になる。

「――なんだと？」

「なんですって？」

「いや、僕はとんでもない馬鹿でした！　こんなに簡単なことだったのか！　〝さかさま〟だ！　まったく、たったそれだけのことだったのか！」

げらげらげらげらと底が抜けたように笑い続ける。

「…………」

私は茫然と、この彼の狂態を見ている。

なんて言ったのだ。今、この男は、なんて……？

「……簡単なこと、って——それはED、つまりあなたは」

声が震え出す。

「こ、この事件を——犯人がわかったの?!」

私の問いに、EDは訝《いぶか》しげな顔をした。

「〝犯人〟？　そんなものはどうでもいい。そんなものは最初からわかっていた。問題だったのは方法でした。それが——ああ、まったくこんなに簡単なことだったとは！」

一人で興奮して喋りまくっているが、私には何がなんだかさっぱりわからない。

犯人は最初からわかっていた、だって？

……なんなのだそれは！　いったい何を言っているのだろうこの男は？

「方法って——殺害方法のことですか？　それは何だったんです？」

「〝さかさま〟ですよ！」

「だから、何のことかと——」

しかし私が訊いても彼は答えず、なおも喋り続けた。

「僕らは事態をさかさまに見ていたんです！　竜は刺殺されたんじゃなかったんですよ！

我々はそろって全部あべこべに取り違えていたんです！」

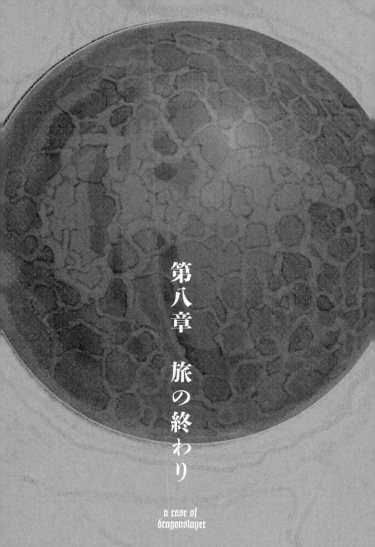

第八章　旅の終わり

a case of
dragonslayer

1.

旅の途中で、ＥＤは私にこんなことを言ったことがある。

「〝霧の中のひとつの真実〟というのを知っていますか、レーゼさん？　それは僕が研究している界面干渉学の、ひとつのサンプルなんですが。本の題名らしいんです。もっとも解析には確証もないし、それが題名なのか謳《うた》い文句なのかもわからないんですがね。もしかすると作者名なのかも知れない。とにかくそういう本があるんです。これはその不思議な文章で、界面干渉対象物がイカサマではなく、実在する別の世界から来ているものという証拠のひとつとして数えられているんです。異世界で書かれた本というわけですね。

　その中に〝人間にとって最大の快楽とは未来を視《み》る瞬間にある。そのとき人は世界すら征服したような気がするものだ。逆に最大の恐怖は、自分のしていること、してきたことがすべて未来に何の関係もないと知ったときだ〟という一節があるんです。しかしこの説に従うなら、人間のほとんどは常に最大の恐怖にさらされて生きていることになる。にもかかわらず人は生きている。何故でしょうね?

僕が思うに、人間にとっての最大の悪夢とはそういう恐怖にすら馴れてしまう適応能力を持っていることじゃないかと思うんです。それを受け入れてしまったら生きている意味すらないのに、にもかかわらず人はそれを平気で受け入れていってしまう。タフなのも考えものだという気がしませんか? 終わりのない悪夢の中でも、いつしか人は厚顔無恥《こうがんむち》になっていくんです。

なんとなくですが、この事件はそういう悪夢の領域に属しているような気がする。自分で自分の最も大切なことを踏みにじっていることに馴れきってしまったことから生じた犯罪——そんな気がするんですよ、僕にはね」

……どういうつもりでEDがそのときこんなことを言ったのか、その後でも私は確認していない。だが彼は結局、まったく四方の見えない絶対的な謎という霧のなかで摑んだはずの真実を、最終的には彼の普段の仕事の一部に……交渉の道具として使うことに決めたのだった。彼もまた、そういう意味では、悪夢の世界に馴れきってしまっている存在のひとつなのかも知れない。

それに終わりがあるのか、私は知らない。

＊

ロミアザルスは山脈の谷間に位置する、僻地の独立都市である。もっとも都市というよりも、村落と言った方がよいほどのささやかな規模しかない。にもかかわらずここが他からの侵略を許さない理由は、この地に竜がいるからである。

その、この都市の絶対性を維持しているはずの、竜の棲む洞窟の前に今、数人の男たちが集まっていた。

「……どういうことだ？」

「確かに聞いたのか？」

「ま、間違いない！　いつもの〝あの声〟だった！」

全員、それなりに歳の行った男たちばかりである。彼らは既にこの事件に姿を見せている。ロミアザルスの議会を構成している面々であった。

「……とにかく、そろそろあの仮面の戦地調停士たちが戻ってくる頃でもある。確認せぬわけにはいくまい」

ロミアザルス頭首である老魔導師が深刻な口調で言った。

「だ、だが確かに——それにあの連中だって間違いなく死んでいるって言っていたのに」

「だから、何事もないことを確認すればよいのだ！」

老魔導師が動揺しきっている他の者たちを一喝した。

「……だ、だが誰が行くのだ？」

「全員で行けばよい！」

しばらく彼らは揉《も》めていたが、やがて渋々と皆で洞《ほら》の中に足を踏み入れていく。

そこは闇の中だ。明かりを放つ呪符を持った先頭の老魔導師の近辺だけは明るいが、他は暗いために彼らは光を求めてひとかたまりになって、よたよたと前進する。

洞窟内には彼らの足音以外、何の音もない。

「……ほら見ろ！　やっぱり何の兆候もないではないか！」

「……い、いやしかし確かに聞いたような気がしたんですが」

彼らはまだ頼りなげに、しかし幾分かの落ち着きも取り戻して、さらに奥へと進んでいく。

その果てにあるものは、無論のこと竜の横たわって動かぬ死体である。それは戦地調停士たちがこの場から離れて旅立ったときと寸分変わらぬ姿勢のままだ。

「――これでわかっただろう」

老魔導師が一同の方を誇らしげな顔をして振り返った。

「竜は確実に死んでいるのだ！　これは間違いない！　唸り声が聞こえたなどと言うのは罪悪感から来る妄想だ！」

「……で、でも」

一人がそれでも不安げにおずおずと言う。

「こ、これで良かったんでしょうか？　七海連合はほんとうに我々のことを保障してくれるんでしょうかね？　そうでなかったら、竜を……」

彼はぶるるっ、と身震いした。

「……我々は、やっぱり早まってしまったのではないか？　いかに先祖代々受け継がれてきた方法であったとしても、実行するのはまずかったのではないか？」

「もしも知られたら……我々はおしまいだぞ」

「だからこそあの間抜けな戦地調停士に〝犯人〟を捕まえさせるのだろう！　それですべては終わりだ。誰にもわかりはせぬ！」

弱気な皆に老魔導師は苛立って大声を張り上げた。

「し、しかし……他の竜は？」

「いつまでもびくびくするでない！　現にこうやって竜は──」

老魔導師は竜の死体の後ろに回り込み、凶器が突き出たところを指差そうとして、そしてそこで凍りついた。

首の後ろの急所の、鱗と鱗の隙間から突き出ていた鉄棒状のそれが、なんだか赤くなっているのだ。

赤みはどんどん増していく。

「……え？」

老魔導師が絶句しているうちにも、それは赤からオレンジに、そして黄色に白に変わっていって——光になって、そしてじゅっという音と共に蒸発した。

そしてその場にいた彼ら全員の耳に、それぞれの頭の中に直接響いてくる声が、まさに大砲のように轟いた。

〝——この愚か者どもが！〟

そして次の瞬間、それまで微動だにしていなかった死体の眼がぎろりと動いて人間たちを睨みつけた。

そして巨体が、ゆっくりとその首を持ち上げていく。

〝汝等がごとき卑劣千万なる輩《やから》の業《わざ》で、この竜を殺すことができると本気で考えていたのか？〟

また声が轟いた。

悲鳴が上がった。すべての者が叫んでいた。もはや彼らは何も取り繕《つくろ》うこともせずに逃げ出していた。

洞窟は、彼らが走っていくそのすぐ後ろからどんどん上が崩れて埋まっていく。

「ひ、ひえええええっ！」

「あ、あわわわわっ！」

大国とも対等に交渉してきた独立都市の、その要人たちとは誰にも信じられない無様《ぶざま》さで、彼らは尻に火をつけられたように走って逃げ続けた。

そして彼らが洞窟の外に転がり出ると、その頭上には巨大な影が浮かんでいた。

竜が、とっくにそこで待ち受けていたのだ。

「…………」

足がすくんで動けなくなった彼らに、その声が天より響いてくる。

〝……誓いを守ったからな。こちらもとりあえず言うことを聞いてやったぞ〟

その言葉の意味がわからず、顔を上げた彼らは、そこでふたたび驚愕に凍りつく。

そこにいたのは竜だけではなかった。

洞窟の入り口に待機していた軍隊が、彼らを完全に包囲していたのだ。その黒地に赤のラインが入っている軍服は世界中で知られている。その兵士たちの軍はどこの国にも属さず、どこの国にも現れるのだ。

「……し、七海連合軍……！」

硬直している彼らの前に、軍の指揮官が一歩前に出てきた。黒と赤のマントを身にまとった、その男を彼らはもちろん知っていた。

一ヵ月前にこの地から旅立っていった男だった。

「——か、風の騎士……」

老魔導師が、茫然としてその綽名《あだな》を呼んだ。

呼ばれたヒースロゥ・クリストフはゆっくりと老人に近づいていく。

そして静かに告げた。

「なにか申し開きをすることはあるか？」

「あ、い、いやそれは──」

しかし老人は言葉の先を言うことができなかった。次の瞬間、ヒースロゥの剣が老魔導師の頭から腰まで一気に両断していた。

「…………！」

頭首を失った他の者たちは声なき声を上げることしかできない。

「──責任は！」

ヒースロゥは彼らに強い声で問いかけた。

「責任は誰にあったか、もはやこれ以上の追及はしない！　ただし──」

彼はちらり、と空の竜を見る。

「──この地の、竜の権威が落ちることはなくなった！　故に先日の契約は未だに生きているとみてよろしいか？　この地での停戦協定会議の開催に反対の者はいるか？」

誰ひとりとして、これに反論する者はいなかった。

それを見届けたかのように、ここで空に浮かんでいた竜は身をひるがえすと空の彼方に飛んでいって、そして姿を消した。

ロミアザルスの要《かなめ》であった洞窟はもはや埋もれて存在していない。だが、この地に竜がいるという伝説がある限り、ここを竜の住処《すみか》としてもそれに逆らう気のある者はもはやいないだろう。

……少佐たちが洞窟の方に出向いている間に、七海連合の派遣軍はロミアザルスの占領を終えていた。と言っても誰も逆らわなかったので、血は流れずにすんだ。やはり彼らも、竜を殺したことには深い後悔の念を持っていたのだろう。

そして私とEDは、二人で問題の場所に向かっていた。

扉を開けて、そこに入る。

都市議会の談合に使われているという薄暗いホールだ。私たちは一ヵ月前に、ここで議会の者たちから糾弾を受けていたのだった。しかしあれから本当に四週間と少ししか経っていないのだろうか？　私にはそれが、なんだか何年も前のことのように思えた。

「……しかし、よく〝名前のない荒野〟の竜が言うことを聞いてくれましたね」

ぽつりと呟いていた。

「あんな死体と入れ替わる演技をしてくれるなんて……一体どんな交渉をしたんですか？」

そう、謎を解いた直後にEDはすぐさま取って返して、竜のいる荒野に舞い戻ったのである。そして両者だけで何かを話し合い、そして「すべてはうまく行きます」と言って、少佐と軍に合流してロミアザルスに直行したのだ。

「まあ、あれは我々に対しての協力ではなく、本当に死んだ竜に対しての、せめてもの弔《とむら》いなんですよ。僕はその機会を彼に与えただけです」

EDは、その顔には包帯の上からまた新しい仮面を着けている。最初に会ったときの、あのふざけた印象のままである。

本物の死体は、処置を引き受けてくれた竜によると〝世界に溶け込ませて、運命《さだめ》のあるべきところに帰す〟のだと言っていた。意味はわからないが、とにかくあの洞窟からは跡形もなくなったことは確からしい。

私はため息をついた。

「……それにしてもED、いったいあなたはいつから犯人がわかっていたのです？」

「だから最初からですよ。説明したでしょう？」

彼はとぼけたように言う。

「……はあ。ですが、まだ私にはぴんと来なくて——」

そう、確かに説明は受けたのだ……私はそのときのことを思い出していた。

＊

「——犯人なんかは、それはロミアザルスの人間に決まっているじゃありませんか」

やっと高笑いをやめたEDはあっさりとそう言った。私とマージャールはこの言葉に啞然とした。

「ど――どういうことです？」

「……村の人間が手を下したというのか？　どうしてそう思ったのだ？」

私たちの問いにEDは淡々と答えた。

「まず、犯行現場の問題がある。結界で封じられていたから誰にも入れないということになっていましたが、その結界を作ったのは誰ですか？」

「……それはロミアザルスの者でしょう」

「そうです。どう考えても結界を越えて中に入れる者はいないのならば、その本人が一番怪しいに決まっている。しかも結界を越えて入ることはできなかったと言っているのもロミアザルスの人間だけなのです。密室状況だと言っていましたが、それを支えていたのは証言ひとつだけだったのです。これに対しての反証はと言うと、実にこれがない。なにひとつなかったのです」

EDは当然だろう、という調子で話しているが、しかし私は……そんな可能性のことは考えてみたこともなかった。竜が殺された、ということに動揺しきっていて、密室状況の方はどこかで判断を棚上げにしていたのだ。

「………」

不明を恥じるしかない。EDはそんな私にかまわず説明を続ける。

「ロミアザルスの人間たちが、竜が殺されたと知っても誰ひとり〝内部の者で手引きした者がいるのでは〟と言い出さなかったところから容疑は決定的になった。これで犯人の目星はついた。あとはそれを確認するだけです。だから他の容疑者の、その容疑をいちいち晴らして回ったわけです」

「で、でも動機は？」

　私はそれでも訊いていた。

「竜の存在こそがあの村を支えていたわけでしょう？　それなのに自分たちで竜を殺すのですか？」

「支えられていたからこそ、殺したのですよ」

　ＥＤは静かに言った。

「あの村の者たちは、竜の存在が自分たちのすべてだと知っていた。それは逆に言えば竜が許さないことは何一つ自分たちではできないということです。絶対的な依存であるが故に、それは逆転したときには極端になるのです。こういう例は歴史にいくらでもあります。完全な支配体制を布《し》いていた国が、その完全さ故に消え去るときは一瞬で、それを支えていたはずの国民や被支配国に滅ぼされるという話は枚挙にいとまがない」

「……そ、そういえば有望な鉱物資源があの辺にはあるが、竜がいるから採掘ができないと、あの海賊頭領の三代目も言っていましたね」

「金が目当てだったのか？」

「まあ、それも理由のひとつではあったんでしょう。あの三代目が竜を訪ねた理由も村の連中は知らないはずがなかったのに、教えてくれなかったしね。でもそれすらもおそらくは要因のひとつに過ぎないでしょう。これはずっとずっと昔から考えられていたはずの犯罪です。方法を考案した奴は、たぶんあの村ができた当初の、それこそ何百年か前の人間ではないかと思う。その方法だけが村の中に伝えられ続けていたんです」

「……どうしてそれがわかるのです？」

「そもそも、どうして竜の側に平気で村人たちが住んでいたのか——竜の方から無闇に人を襲うことなどないのは、これは色々な人から話を聞き、実際に竜と会った今なら我々にもわかります。だがそれは結果論だ。最初から、絶対的な能力を持っている竜の側に住み着こうなんて思い立つ人間がいるわけがない。冒険者アーナスですら竜の許《もと》を訪れはすれど、その近くに住もうとはしなかった。でも村の創始者たちはここに住むことにした。何故だと思いますか？」

この言葉に、マーマジャールがため息混じりに訊いた。

「……それは、つまり村を作った目的、そういうものが明確にあった、と言いたいのか、君は？」

「戦士のあなたならば〝その目的〟の見当はつくんじゃありませんか？」

「……殺すために住み着いていたというのか？」

その言葉に私はぎくりとした。ＥＤはうなずいた。

「そう考えると無理がない。何代にもわたって、彼らはずっと竜を殺す機会を窺い続けてきた。竜を油断させるために」

「し、しかしなんで竜を殺そうと思ったんですか？」

「それに答えるには、一ヵ月程度ではとても時間が足りない。何百年も前の、ロミアザルスの先祖の、その出自を調べるには何年もかかるでしょう。しかしこれは、その手口が正々堂々としたものでない、そういう名誉や正当性に拘《こだわ》っていないところから見て、なりふり構わない復讐《ふくしゅう》行為ではないかと思う。竜は強大な力を持っているが故に、何かをしたときに巻き添えが出ることもある。それで死んだ者たちのための報復、そんな気がします。でもこれには確証はないし、第一もう村の人間たちはそんな当初の目的なんか忘れていると思いますが。良くも悪くも、ロミアザルスが竜のおかげである程度の権益を得ていたことは確かだし、そういうことは人を簡単に骨抜きにしますからね。ましてや何代も昔の話だ」

「……しかしそれでも連中は竜を殺した。何故だ？」

「条件が揃ったからですよ。鉱物資源のアテ、世界に対しての七海連合の保障、村は竜なしでもより大きな利益を得られる目処《めど》がついたんです。そういう、どうにでもできる中途半端なところで、昔の村人たちの怨念が息を吹き返した。いつまでも竜に頼っているつもりか、今が絶好の機会だぞ。なあに損などしないさ——と、その過去からの声は今の村人たちの耳元で囁いたのですよ」

「…………」

私は――どう考えたらいいのかわからなかった。

世の中には原因があって、結果がある。

悪いこと、良くないこと、そういうものはその原因を作らなければいいという考え方もある。

だがこれは？

この事件の原因は、もはや遠く昔のことで我々にはどうすることもできなかった。

しかしその結果が起きてしまうのは今なのだ。

そしてこのことを原因として、未来にはやはり何かが起きるのだろうか。しかしそれは、そのときの人々にとっては手遅れなのだ。

いつまでもこんなことが続く？

ほんとうにそれしかないのだろうか？

私にはわからなくなってきた。

「如何に絶大な魔力でも、防御するのが間に合わないほどの一瞬の隙――その油断をつくるためだけに竜の側で何百年も生活し世代を越えてまで待っていた、その村自体が巨大なる仕掛けだった、そこまではわかる」

マージャールはまだ納得できないといった調子で訊いた。

「だがそれで、いったいどうやって竜の首筋に鉄棒を刺すことができるというのだ？　閉じている鱗をどうやって開いたのだ？　それに、いくら隙をつくれたところでそんな攻撃は一瞬ではできないぞ」

「そうなんです。まさに、それがわからなかったからこそ、僕としてもどうすることもできなかったんです。あなたが教えてくださるまでね、マーマジャールさん」

「私が？」

「あなたが答えを言っていたのです。すべては逆様《さかさま》だったのです」

ＥＤはうなずいてみせた。

「あなたは〝火薬《パウダー》〟というものをご存じですか？」

「……いや？　知らないが」

「それは界面干渉学的な物体でして、ピストルアームという武器の攻撃力の基幹を成すものです。それは少量でも大きな反応をし、筒の中で爆発させれば推進力にもなります。凶器には魔力的常識では一瞬、判断のつかないこの武器が使われたのですよ。僕も暗殺者相手に使ってみていながら、気がつくのが遅れたのは迂闊《うかつ》としか言いようがない。なまじ身近にあったので気がつかなかったのです」

「……火薬《パウダー》か。魔力に頼らず、故にとっさには竜に感知もされないそいつで鉄棒を高速射出したのか？　しかしそれだけでは固い鱗を突破できた理由にはならないぞ。跳ね返されるのがオチだろう」

「…………あ」

私はこれらの話を茫然として聞いていた。ほとんど何も考えられなかったからだ。だが
このとき、私は突然にすべての断片が塡《はま》るのがわかった。眩暈《めまい》のように、嵐のように私に
その認識が襲いかかったかのようだった。

「――――あーっ！」

叫んでしまっていた。

「そ、そうか……！　それでさ、さ、さかさまなのですね！」

マーマジャールが私の大声にびっくりして振り向いた。しかし私はそれにかまわず、さ
っきのEDみたいに一人で喋りだしてしまっていた。

「さかさまだったんです……竜は首筋を刺されたんじゃあなかった……さかさまに、口の
中から喉を撃ち抜かれて、その先端が後ろに飛び出していたんですね……！」

EDがうなずく。

「鱗を突破する必要なんてなかったんだ。隙間を狙ったわけでもなかった。鱗はただ向こ
う側から押し上げられたに過ぎなかったのです。竜を凌ぐほどの超高度技術なんてなかっ
た。乱暴な力任せの一発でしかなかったんだ。村の人々には気を許している竜が口を開け
た一瞬、その口の中という急所を狙った卑劣な奇襲戦法が真実だったのです」

「しかし、そんなことがあり得るのか……？」

彼はやはり納得できないようだった。

「あの竜が、そんなことで……？」

「そうですね。僕も人間以上の存在である竜にそんな隙ができるものだろうかと考えました。それで生きている竜にも会いに行った。もっともこのときは僕には犯行方法そのものはまだわかっていなかったわけですが。そして、そこで竜は、仲間が殺されたことに対して、その犯人にあまり興味がなさそうなことしか言わなかった。これで僕はなんとなく感触を摑んだのです。竜を殺した本当のものは――〝絶望〟ではないか、と」

「絶望……どういう意味ですか？」

「いや……私にはなんとなくわかる」

マーマジャールは首を振った。

「それは……親しくなれたと思っていた村の人間にそんなことをされるとは、というほんの一瞬の逡巡《しゅんじゅん》――そういうことか？」

「おそらくは」

ＥＤは神妙にうなずいた。

私は困惑した。

「ち、ちょっと待ってください……そ、それはつまり」

私はまた頭がぐるぐると回り始める。

「竜は反撃できたのに、ただおとなしく殺されたと言うんですか？　そんな――それじゃあこの事件は結局――」

ＥＤは私の動揺に、静かに鉄槌《てっつい》を下した。

「そう、自殺に等しい」

私は言葉を失った。ＥＤは言葉を続ける。

「信頼していた村人にそんなことをされるなんて、と竜はそのとき一瞬思ってしまった。過去の自分に復讐されるようなことがあったのか、と気づいてしまった。そこで彼は――あきらめてしまったのです。絶大な魔力も使うことなく、ただ死を受け入れてしまった。それが推測できたからこそ、他の竜は殊更《ことさら》に人間への報復をしなかったんです。竜を殺したのは――そう、この可能性はあなたもヒースも言っていましたね――竜自身だと。あの言葉を聞いたとき、僕は、君らは僕よりも真実に到達しているのかと思ってびっくりしたが、よく聞いてみるとそうじゃなかった。他の竜が、という意味だった。僕はなんと馬鹿なことを言うのだろうと、あのときは本当に腹が立った」

……そういえばそんなこともあった。

「――それでは確かに、他の竜にはまったく通用しないはずだ……」

マーマジャールが苦い顔で言った。

「竜がむざむざと殺された理由は、その竜が特別に人間のことが好きだったからということだからな……」

「あなたにも当然殺せない。しかしそれはあなたにとって恥ではない。竜を殺せないことは戦士として誇りにはなっても、なんら名を貶《おとし》めることにはならないのです」

EDの言葉に、しかしマーマジャールは答えずに首を何度も振った。

「……なんということだ。まったくなんということだ……！」

「だが、竜がこの犯人たちに報復するつもりがない以上、人間である僕らにもその資格はない。むしろここではマーマジャールさんがさっき提案していた道を採るしかない。戦争を終わらせるためには、この事件を無理矢理にでも終わらせてしまう方が先です。犯人のことをうやむやにしてしまって、ね」

「……どうするんです」

私が訊くと、EDは肩をすくめて答えた。

「竜は死んでいない、そういうことにするしかないでしょう。幸いアテもあるし」

2.

……そして私たちはその作業を終えて、こうしてロミアザルスに戻ってきている。

薄暗い都市議会のホールで、私とEDは二人きりでただ〝その時〟を待っている。

しかし――私は全然すっきりしていなかった。

長い一ヵ月だった。

絶対に解明不可能と思えた謎に挑戦して、世界中の凄い人間たちに苦労して面会して、何度も袋小路にはまりこんで、それでも続けてきたこの三十日の旅は、私の人生でも特別なことだった。大袈裟《おおげさ》でも何でもなくその後の世界の運命がかかっていたし、私自身もこの旅を経験したことで自分の中で何かが確実に変わったと思う。

だが……EDは、私の横にいるこの男は——。

「………」

私はちょっと恨めしげな眼で彼の横顔を見る。

どうして最初から犯人がわかっていたのに私たちに教えてくれなかったのか、と訊いたらこの男はいともあっさり答えたものである。

「そりゃあ何者かに監視されているに決まっているると思っていたからです。我々が喋ったことはそいつに筒抜けのはずですからね。それに、犯人のことはある意味でどうでもよかった。最初から一貫して問題だったのは、生きている竜に身代わりを頼む交渉条件に、竜が如何《いか》に殺されたのかという謎を解いていないとお話にならないということだったのです。だからそっちはほっといたんですよ。とにかく停戦交渉を無事に行うためには、竜は絶対に生きていることにしてもらわなきゃならなかったので」

……要するに、私と少佐にとっては特別な旅であり、異常な体験であったのだが、この男にとっては今回の事件の解決もまた戦地調停士としての〝いつもの仕事〟でしかなかったのである。

考えてみれば、一月《ひとつき》も一緒に旅をしてきて、生死の境を共にくぐり抜けた仲だというのに、私はこの男のことをほとんど何も知らない。少佐のことは、なんとなく安心と共に理解できたように思うが、この男はまるで手掛かりがない。凄絶《せいぜつ》な過去があるらしいが、それが今の彼に影を落としているのかどうかもわからない。そして異常なほどの意地っ張りであるかと思えばとんでもなく移り気だし、仮面に代表される趣味も、これは完全に理解の外だ。因縁の過去がある刺青を隠すのはわからないでもないが、なにもあんな仮面をわざわざ着けることもないだろう。逆に目立ってしょうがないじゃないかと、冷静に戻った今では考えてしまう。

何考えているんだろう、この男は……。

「………」

私が見つめていると、ん、とEDはこっちの方を向いた。

「なんですかレーゼさん?」

「い、いえその……なんだかやっぱり納得いかないなあ、と思って」

私はなんか気まずかったのでとっさに適当なことを言う。

「本当に、竜があきらめたり自殺したりするものなのかなあ、という気がするんですが」

するとEDは口をつぐんで、私をじっと見つめてきた。

「………」

なにか私に引け目があるような、悪いことをした子供が母親にそのことを言おうとして言えないときのような、そんな眼だった。

「な、なんですか？」

「あのですね、レーゼさん……」

彼は困ったように訊いてきた。

「あなた……ヒースの味方ですよね？」

「え？」

前にもそんなことを訊かれた。

「あいつがまずいことになりそうだったら、助けてくれる友達ですよね？　今回のことが終わっても、あなたたちはこのまま別れたっきりにはならないと思いますが」

「……は、はい。まあ……そのつもりです。それはそうですが」

「あいつの性格は、この旅でよくわかったでしょう。あの月紫姫を救うためにいきなりとんでもないことをする、ああいう激情の持ち主だということが」

「激情って……あれは正義感というものではないのですか？」

「まあ、僕からすりゃどっちも同じです。で……実に今回の事件で一番困ったのは、あいつのああいう性格だったんです」

「……どういうことです？」

私は彼が何を言おうとしているのか見当がつかなかった。

「僕はあいつを王にしたい」

その言葉も、前に聞いたことがある。

「そのためには、あいつにはつまらないところで停まってもらうわけにはいかない。風の騎士は竜を殺された今回の、この事件を解決しましたがそれっきりでした、では困るんです」

「……？」

「犯人を明確にして、そしてあいつがそれを成敗《せいばい》すると、ちと大袈裟なことになりかねない……なにしろ村全体が犯人なんだから。共犯者を全員殺したら虐殺です。ましてやあいつは女子供は殺せないから、遺族が残る。そいつらはあいつを恨んで、世界中に悪名を広めるに決まっている。そんなことになっては困るんですよ」

ＥＤは薄い笑いを浮かべながら喋る。

「だから、最初からこの事件は解決することはできなかった。そのつもりで旅に出たんですよ」

「……で、でもそんな皆殺しにしたりするんですか？　捕まえて、裁きを受けさせればいいと少佐だって思いますよ、きっと」

「……それはまあ、まともな事件であればそうだったでしょうがね」

ＥＤは唇の端をゆがめた。

「そうですよ。ましてや竜はほとんど自殺だったんですから。そりゃ殺害方法は誉められたものじゃなかったけど……」

と私が言いかけたところで、EDは「へっ」と鼻を鳴らすように笑った。

そして、そのまましばらく笑っている。

「へ、へへへっ……ふふふ……くく……」

尋常でない笑い方だったので、私はとうとう訊いた。

「……何がおかしいんですか？」

「レーゼさん……あなた本当に竜が自殺したんだと思ってるんですか？」

「え？」

「あの僕の、出来損ないの言い訳を頭から信じ込んでいるんですか？」

EDはにたりと笑いながら言った。

……なんのことだ？

今、この男はなんて言ったのだ？

「そ、それはどういう……」

「だから、竜は自殺したりなんかしないと言っているんですよ。あなたも生きている竜に会ったでしょう？　あんなにも圧倒的な存在が、ほんの一瞬であってもおめおめとあきらめたりするものですか」

「……？　？」

だって……だってそう言ったのはこいつ本人ではないか？

「我々は事態をさかさまに見ていた」

EDは、またまた前に言ったことを繰り返した。

「竜ほどの存在が殺されてしまった、なんと衝撃的なことだ、と、そういう視点でばかりこの事件を考えてしまっていた。竜は無惨に殺された、と、被害者を完全に受動的な立場で考えてしまっていたのです」

EDは仮面をこつこつと、人差し指で叩きはじめた。

「だが事実はまったく逆だった。竜は殺されたのではなかったのだ。その逆です。竜は我が身を顧《かえり》みなかっただけで、決してただ暴力の前に屈したわけではなかったのです」

「……な、何を言っているんですか？　だって現に竜は死んでいるし、犯人は村の人間だし、犯行方法もわかっているじゃありませんか！」

「しかし、肝心のことを僕は言っていないことに気がつきませんか？」

EDは仮面を叩く指を止めない。

「村の人間が全員で策を用いた、それは確かだろうが……一体どんな人間が直接、竜に手を下したのか？　口を開けた一瞬の、その隙をついて攻撃というが、相手は竜だ。そんなものを見極められた人間は……すなわち実行犯は一体どんな奴だったのか？　僕はそのことについては一言も言っていない」

「………！」

私は絶句した。その通りだったからだ。この村に、あの戦士マーマジャールや風の騎士を凌ぐような、そんな凄い使い手がいるなどという話はこれまで一度も出てきていない。

「実は、そのことについては我々は旅に出る前から、竜の死体を目撃する前から知っていたんですよ。とっくにその話は聞いていたんです」

ＥＤは仮面を叩く指を止めない。

「あなたも覚えているはずですよ。僕らが竜に面会したいと管理人に言ったときのことを。彼は医者も兼ねている人だった。最初は断られましたよね。何と言って断られたか、覚えていますか？」

「……え？　いや、それは――」

たしか患者の治療中だと――そしてその患者は大火傷を負っていて危ないと――

……火傷？

「火傷って……ま、まさか！」

「火薬と関係ある、ということに気がつかなかったのはうかつでしたね、まったく」

「だ、だって……だってその患者って……あのとき医者は確かに……」

私はそこで、はっと気がついた。

「そ、それじゃあ……竜は？　もしかして――」

「そうです。この村にはその風習があると僕もあなたも知っていた。赤ん坊を竜の口の中に入れて安全を祈願するという、ね……」

ＥＤの言葉が終わらないうちに私は叫んでいた。

「……犯人は、犯人は赤ちゃんだったんですか⁉」

　私の叫びに、EDは静かに答えた。

「正確には凶器のひとつ、と考えた方がいいでしょうね。本人に殺意なんかあるわけがない。もちろんその風習を含めて、何百年もかけて準備されていたものなんでしょう。だから竜は自分の身を守らなかったんです。その代わりに——」

「だ、弾筒を持たされた赤ちゃんを——守ったんですか……？」

「反撃しないことでね。赤ん坊は爆発の影響で火傷まで負っている。それ以上何かしたら必ず死んでいたでしょう。竜はそれを避けるために、あえて攻撃を受けたのです」

「………………」

　私は愕然としていて、EDの言葉もろくに頭に入ってこなかった。

「わかるでしょう？　赤ん坊を卑劣なる一撃のための道具にする、こんな考えをあのヒースが認めるわけがない。彼の気性ならばこんなことを実行しようとした者たち、そのすべてを成敗せずにはいられないでしょう。だからこのことだけは何としてもうやむやにするしかなかったんですよ」

　こつ、こつ、とEDが仮面を指で叩く音だけが、静かなホールでやけに大きく聞こえた。

「……で、でもそんな。竜は何千年も生きていて、人間なんてせいぜい数十年しか生きないのに……」

「竜が守ったのはその子だけではなかったのかも知れない。竜はそこで未来を守ったのではないかと思います。たとえ己が何千年か何万年か、長い生涯を経てきたとしても、それよりもこれからどうなるかわからない可能性の方が価値がある、そういう意志を世界に示したのではないかと思うんです、僕は。そしてこういう意志こそ、僕が旅をして、色々な人から竜の印象を聞いて、心の中で確信していながら殺害方法がわからなかったためにその矛盾《むじゅん》に苦しめられていた原因だったのです」

「…………」

私は……私は声もない。

死んだ竜は人間にそこまでしてくれた。

だが人間に、そんなことをしてもらえるほどの価値があるのだろうか？

私は名前のない荒野でのEDと竜の対話を思い出していた。あのときEDはこんなことを言っていた。

〝死んだ竜の方が、生きている竜よりも人間にとって大きな脅威だ〟

……と。まさにその通りだ。

それだけの希望を持ってもらえるほど、人間というものに意義があることをこれからの世界に示さなくてはならないからだ。だがそんなことができるのだろうか？　過大な期待など害にしかならない。

我々は争ってばかりで、迷い続けていて、しかもその迷宮の入り口すらまともに見つけられないというのに……。

こつ、こつ、という音がやんだ。

「……そろそろ時間だ」

EDはその右手を持ち上げて胸の前にかざした。

するとそれが合図だったように、その手の甲に刻まれていた死の紋章がぼうっと赤く輝きはじめた。

呪文をかけられたときと同じ場所に立って、その頭上の同じ位置に月が来たのだ。旅の前に言われた〝戻ってくれれば解除される〟という、その条件が満たされたのである。

じゅっ、とそれは小さな音を立てて、いとも簡単に消え失せた。

「旅は終わった」

EDはかすかに微笑みながら言った。

そのとき、表の方からがやがやと大勢の人が接近する気配が聞こえてきた。

「ヒースたちが戻ってきたようだ。僕らも行きましょう」

EDは私にうなずきかけてきた。

茫然としていた私は我に返って、

「は、はい！」

と返事した。仮面の男は口元をやや引き締めて言った。

「竜に関わる、不思議で、しかし力強い確かな意志に満ちたこの事件は終わりました。これから先に待っているのは、神経のすり減る交渉の繰り返しに、相手の愚かさに対して多少の忍耐が必要な停戦交渉と戦後処理の仕事です」

そして彼は歩き出し、ホールの大扉を開いて喧噪に満ちた外の世界へと向かって行った。

"a case of dragonslayer" closed.

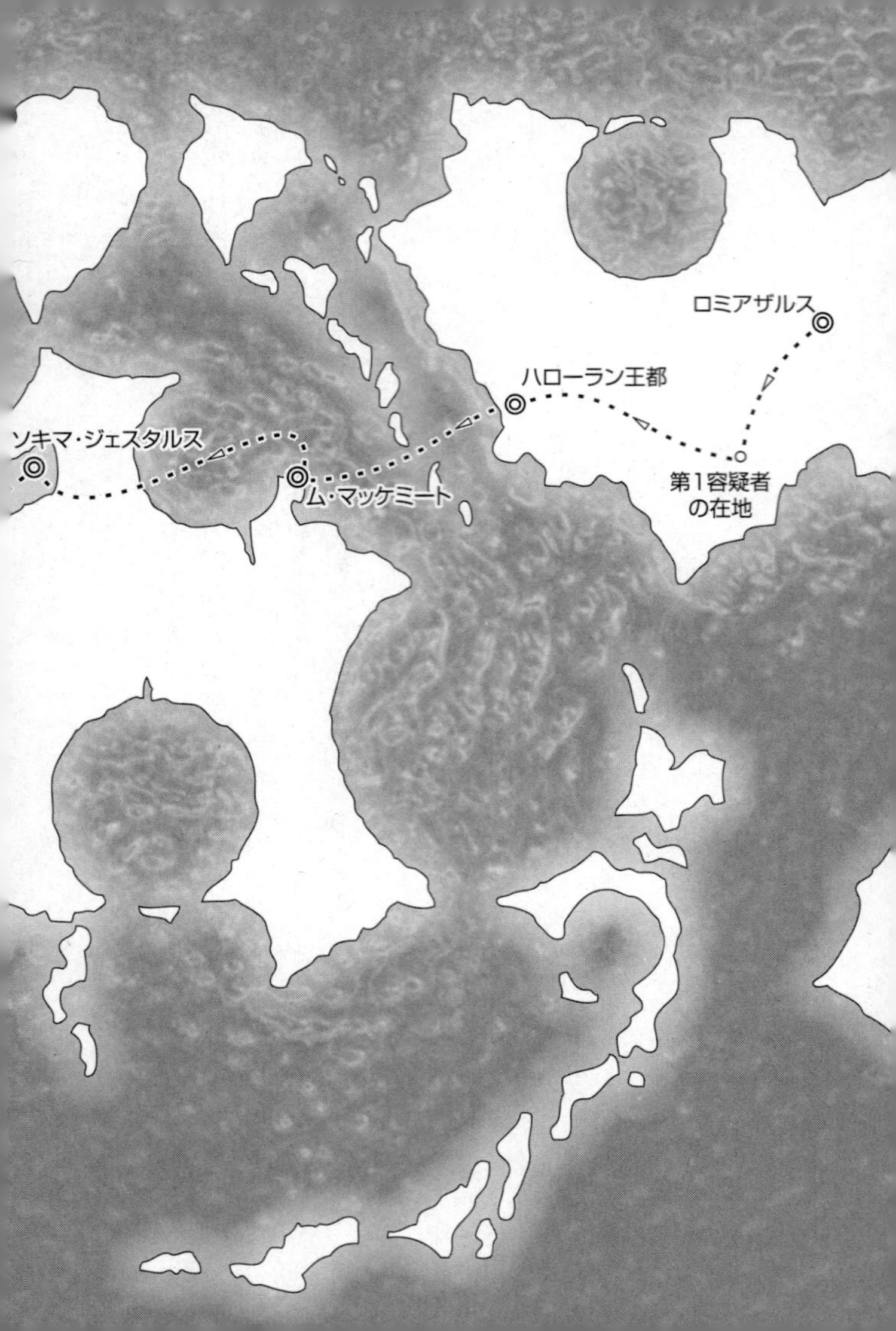
ロミアザルス
ハローラン王都
ソキマ・ジェスタルス
ム・マッケミート
第1容疑者
の在地

マークウィッスルたちの経路

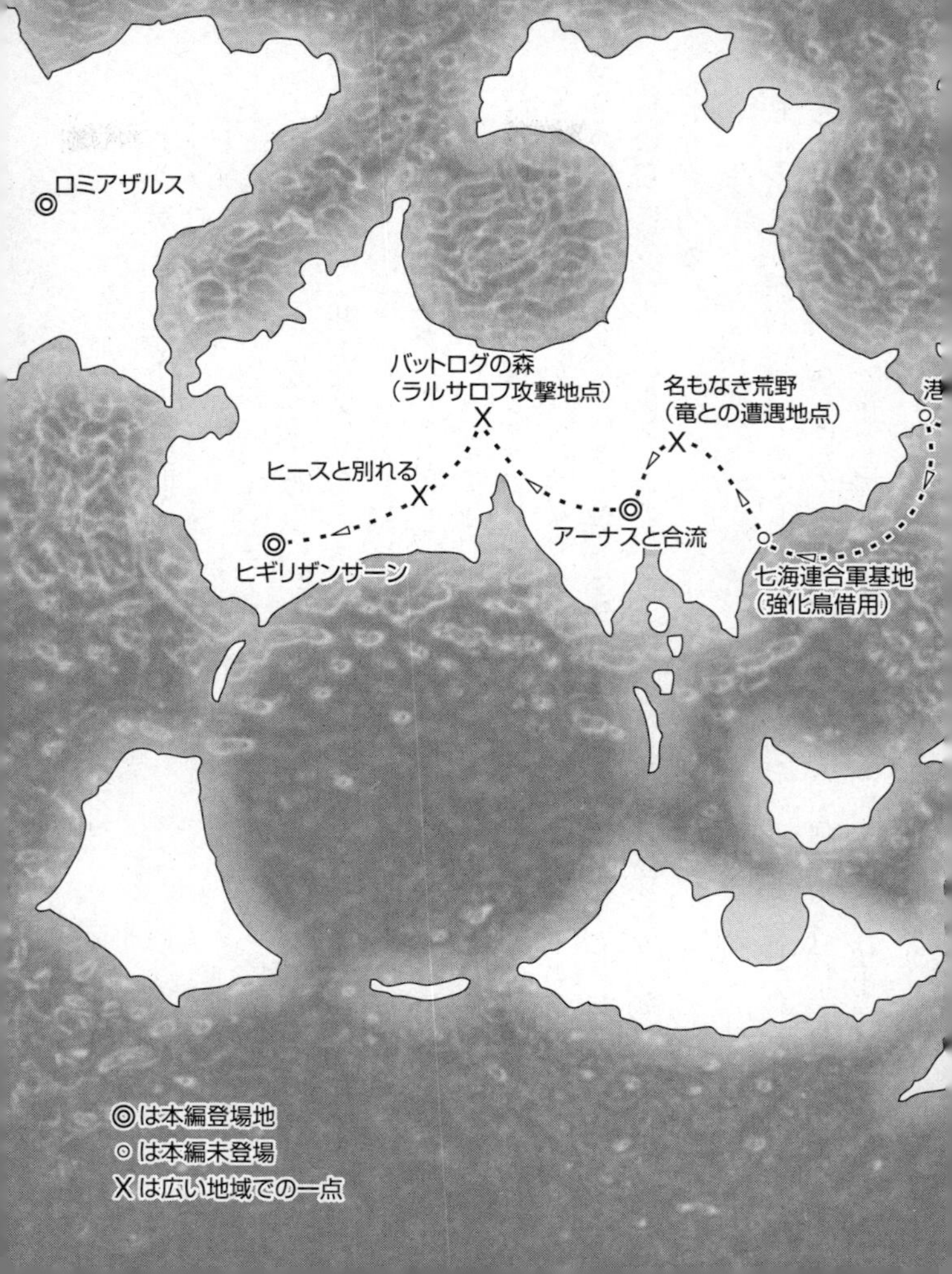

あとがき——旅と仮面と

たとえばあなたが外国を旅していて、とんだ赤っ恥をかいてしまったとする——そのときあなたは「まあ、ここは外国だし。実際の日常生活ではないんだし。母国に帰れば本当の人生に戻るんだし。大したことはないさ。しょせんは異境のことだ」とか考えてしまうかも知れない。あるいは外国だからと日常生活では考えられないような振る舞いをわざとして、そして帰ってきたときには「おや、そんなことがありましたっけ」という顔ですましてそのまま日常に戻るとする。伊丹十三《いたみじゅうぞう》氏の随筆『ヨーロッパ退屈日記』ではこういう態度は意味がないと断じている。正確にこういう表現かどうかは自信がないのだが、とにかくたとえ外国であっても、そこでの生活が仮《かり》のものだという気持ちに逃げてはいけない、人生から降りてはいけないのだという。本当の生活も仮の生活もないのだ、現実には変わりがないのだ、というのである。

私はあんまり旅行というものをしたことのない人間なので、そう言われても正直ぴんと来ないのだが、なんとなくわかるような気もする。何故なら私は会社に勤めていたり学校に通っていたりしているとき、たいてい「いや、これは本当の自分の生活ではない、自分には趣味もあるし、目標もある。これは仮の生活だ」とか考えてしまっていたからである。その結果どうなったかというと、そこでは結局、何にもならなかった。私はこれまでに何冊か本も出版したりしていて、文筆業としてはそれなりに成立しているところまで来れたが、ここまで来るのには会社を辞めてそういうものに真剣に向き合って、そこで何年かあがいた後であった。やっぱり人生から降りていると、そういう回り道をしなくてはならないのである。会社にまともな気持ちで勤めていれば、辞めずにいたとしても目標を失いそうになることなく作家になれただろう。逃げていたから逆に追いつめられる羽目になるのだ。その結果、もう私は自分が会社でどんな仕事をしていたのか細かく思い出せない。人生をいくらか捨てたような感触しか残っていない。実にもったいない話だ。

旅をしている。その間は人は日常のしがらみから解放されている、そういう見方もある。人が生活していく過程で仮面を着けないで素顔でまかり通ることなど滅多にない。たいてい人はいつでも演技をしている。それでは重っ苦しくてしょうがない。だからせめてそういうものを脱ぎ捨てる場所として異境があってもいいじゃないか、とかいう意見は、それはそれで有効のように見えるが、しかしよく考えてみれば、それではいつもの重っ苦しい生活とやらはいつまで経ってもそのまんまである。外に不満を吐き捨てて、それでスッキリできればそりゃいいだろうが、しかし本当にそういう風にいくだろうか？　だいたい無人の荒野を行く訳でもあるまいし、旅先にだって人間はいるのだ。一人の人間の、他人に対する姿勢なんかはそうそうバリエーションがあるわけじゃないから、そこでまったく違った態度をとり続けるわけにもいくまい。それをするなら、逆に被《かぶ》っている仮面をより極端なものにするだけだ。ここからここまでが自分の生活で、後は関係ないということに決めつけてしまうと、本当の生活というものはなんだか、ずいぶんと小さいものにしかならないように思う。

たぶん、私たちはどこかで決定的に間違っている。これはすべてを見ることができず、すべてをすることのできない我々には避けられないことではないかと思う。ほんとうに正しい立場というものがもしあるならば、そこから見れば我々はひどく滑稽《こっけい》な仮面を着けているのがわかるだろう。私たちが旅に憧《あこが》れ、そしてそこで何者かと出会いたいと願うのは、きっとそこで自分の仮面を脱ぎたいのではなく、どういう仮面を自分が知らず被っているのかを知りたいからではないだろうか。この作品『殺竜事件』は旅の物語であり、そして我々から見れば行くことの叶《かな》わない異境の物語だ。我々の世界に竜はいないし、存在しない竜が殺されることもないし、あからさまにわかりやすく仮面を着けて戦争現象を嘲《あざけ》る道化師《どうけし》もいない。これは嘘の物語だ。だから私はこの世界を旅するように描こうと努めた。ここは異境だ、だがこの異境に行くにあたって人生から降りてはいけないいけないと自分に言い聞かせ続けたりして。しかし結局、私は自分の意見などいつしか無視して、作者より賢明なこの物語の登場人物たちの道行きを追いかけるだけになってしまった。だが、これも避けられないことかも知れない。おそらく私たちは一人残らず間違っていて、全員が旅の途中で、その行き先をいつしか貼りついてしまっている仮面越しに、必死に探している最中なのだろうから。

BGM medley from “ABBEY ROAD” by The BEATLES

解説——魔法とはなにか

「ねえお母様、エドワースはどうして界面干渉学に興味を持ったのかしら？」

「あらあらソーニャ、あなたは彼のことが気になるのかしら」

「べ、別にそういうわけじゃないけど。でも不思議なのよ。あいつって七海連合の役人でしょ。それに子供の頃は風の騎士と同じ学校だったっていうし。かなり正統派な高等教育しか受けていないみたいじゃない。いつ〝異世界〟がどうのこうのなんて学問に興味を持ったのかなあ、って」

「彼の生い立ちはわたしも詳しくは知らないから、いつかあなたが自分で彼に聞くといいけど、でも彼がどうしてこの学問を求めるのか、ということなら簡単なことよ」

「簡単？　いや絶対、あいつのことだからすごくひねくれた理由があるに決まっていると思うけど」

「それは偏見よ。彼はとても単純な行動原理に基づいて行動する、素直でまっすぐな人間ですよ」

「それはお母様が、あいつ以上の偏屈者だからそう思うだけで、世間的にはあんなにへそ曲がりな男は滅多にいないわ」

「いいえソーニャ。それは考えが逆よ。曲がっているのは彼の方ではなく、あなたのいうところの世間——世界の方なのよ」

「どういうこと？」

「世界には色々な決まり事があるわね。法律とか、常識とか、これに従わなければならないという制限が」

「うん、そりゃそうでしょ」

「でも、それって完全に間違いないのかしら。それに従っているだけで、何もかもうまくいくと思う？」

「うーん、どうだろ……いいえ、無理でしょ。だいたい法律とか決めてる偉い人たちってのが、絶対に間違いをしないとは言えないし」

「その通りね。ではどうなると思う？」

「いや、そう言われても——困るわ」

「うん、困るわね。そしてそれは、実は世界中の人間は皆、同じなのよ。誰しも困っているし、迷っている。その中で無理矢理に、これで正しいだろうと思われるものをゴリ押し続けている。するとどうなるかというと、ねじ曲がってしまう。みんなびくびくしながら進んでいるものだから、いつのまにか道から逸《そ》れていても、なかなか気がつかない」

「曲がっているの？」

「ええ。この世のありとあらゆるものが」

「そんなことはないんじゃないの。中にはまともなものもあるんじゃない？」

「いいえ、ないわ。そもそも、全部がねじ曲がっているのなら、まともなものはその中では、他のありとあらゆるものよりも歪《ゆが》んでいるように見えてしまうでしょうね」

「それがエドワースなの？　あいつだけまともで、私たちはみんな間違っている、って。でもあいつ、あまり自分だけが正しいとか言わないけど」

「それはそうよ。彼は色々なものを疑っているけど、一番信じていないものは、きっと彼自身の信念だろうから」

「なんであんな性格になったんだろ……お母様は気にならない？」

「ソーニャ、人には色々あるのよ。私たちと同じようにね」

「まあ、あんまり詮索《せんさく》しちゃいけないのはわかってるけどさあ……でも、あいつってほとんど迷わないのはなんでだろ。だって色々と信じていないんでしょ。だったら何も決められないいんじゃないの。自信を持って言えることなんて、なくなっちゃうんじゃないの」

「ソーニャ、あなたは自信満々になにかをするとき、そのことについてどれくらい知っているかしら？」

「え？　それは……」

「よく知らないまま、なんとなく自信だけがあるってことはない？　で、失敗しちゃって、どうしてこんなことに、って後から思わない？」

「うーん、確かにそういうことはあるけど」

「エドワースはその逆なのね。先に〝どうしてこうなんだろう〟ってことを考える。で、行動はその後からついてくる。彼は迷っていないんじゃなくて、何か言ったりやったりするとき、すでに迷い終わっている。先に済ませているのよ」

「どうすればそんなことができるのかしら？」

「そうね、それはきっと色々とやり方があるんでしょうけれど、その中で私たちとも関係があるのは、彼は〝異世界〟だったらどうなんだろう、という考え方を知っている、それも大きいと思うわ」

「界面干渉学が？」

「私たちの研究、この魔法文明とは異なる文明によって構築されている異世界があるのではないか、という発想は、この世界が必ずしも唯一無二のものではない、という視点をもたらしてくれるわ。エドワースは正直、研究者としてはさほど優秀ではないけれど、でも彼ほど界面干渉学が必要な人間は他にいないのかも知れないわね。それは彼に、この行き詰まった世界だけではない、別の可能性があるかも、という立ち位置を与えてくれるのよ」

「あー、そっか。あいつも私たちと同じで、故郷はあっても祖国がない人間だもんね」

「別に私たちみたいな立場でなくても、ふつうに暮らしていて、何不自由のない環境にいるはずなのに、それでも自分には〝居場所〟がない、って思っている人は多いわ。私はその理由として、彼らがこのねじ曲がった世界の、その歪みに気がついてしまっているから、だと思うの」

「どうかな、みんなそんなに自覚的かな？　お母様やエドワースみたいな人って、ほとんどいないと思うけど」

「そうね、私たちみたいな屁理屈《へりくつ》をどこまでも積み重ねる変わり者は少ないかもね。でもはっきりと自覚しなくても〝なんか変だな〟ぐらいのことは誰でも感じているはずよ。だからみんな、いつもどこか不満げな顔をしているじゃない」

「お母様はいつもニコニコしてるけど」

「まあ、私もエドワースも、その辺は仮面を付けているようなものだから」

「演技してるの？」

「みんなしてるのよ、演技。あなただって学校で、したくもない挨拶《あいさつ》とか友だち付き合いとかしてるでしょ。ただ私やエドワースは、その辺に関して、かなり割り切っているのよ。どうせここは舞台の上で、芝居をしているのと同じだって、ね。せっかくならそこでいい演技をしたいって、そう思っているのよ。どうせここは、別の世界の人たちからしたら、現実離れした魔法なんてものに支えられている、冗談みたいな絵空事の社会なんだから」

「うーん、どう思っているんだろう、あっちの世界の人たちって。私たちみたいなのがいることも全然知らないのかな。それとも多少は、なんかあるかも、ぐらいは思っているのかな。魔法を使わないで文明を維持しているなんて、どういう生活してるんだろう」

「そこで私たちと違うから、きっと劣っていると下に見るか、いやもっと優れた文化を築き上げているはずだ、と理想化するか、私たちの学会でも意見が割れているけれど、でも私は、そのどちらでもないような気がしているわ」

「というと？」

「同じよ、きっと。やっぱり向こうの世界でも、人間は間違いばかりを重ねてきて、ねじ曲がったままの社会を維持しようとして、そして矛盾に苦しんでいるのよ。なんとかしたいって思いながら、でもどうにもならないで日々を過ごしている――そして異世界のことを考えたりするのよ」

「私たちみたいに？」

「そう。〝ここではないどこか〟を夢見る。それは儚《はかな》い願望、無力な妄想にすぎないかも知れないけど、でもそうでないと考えられない領域がある。それは私たちの背中にずっしりと乗っている、過去の様々な歴史や慣習、どうしようもないしがらみ、そういったものから完全に自由になるには、そう――いったん世界から外に出なければならない。異世界というのは、そういうときの仮の居場所となってくれるところでもあるのよ。この世のどこにも居場所がない者でも、そこでなら生きていけるかも知れない、って――」

「それって逃げてるだけじゃないの？」

「でも、さっきあなたも言っていたじゃない。絶対に間違いのない社会なんてものはないのよ。じゃあ、じゃあどうすればその間違いを、少しずつでもいいから正していくことができるようになると思う？」

「え？　そんなこと言われても――でも、そっか、周りは全部、ねじ曲がってしまっているのね。だったら――」

「そう、自分たちが間違っているかも知れないと考えていない世界の中で、それでも違う道を探そうとするなら、答えはふつうの世界の中では見つからない。無理矢理にでも〝外側〟を探さないといけない。それがどうしても見つからないのなら、そう――世界まるごと異なるものを考えないと始まらない。それは妄想からしか始まらないかも知れないけど、でもそこにしか答えはない。今を全否定するというのなら、そのための足場は今までの世界にはないのだから」

「う―ん……難しい、っていうか、かなり強引な話なのね。界面干渉学にそういう面があるのは否定できないけど、でも私はやっぱり、もっと真面目に研究した方がいいと思う。あんまり自分たちに都合がいいような、妄想とか願望とかをゴリ押しするんじゃなくて」

「ああソーニャ、あなたはきっと立派な人になるわ」

「な、なによいきなり」

「あなたは魔法をどう思う？」

「いや、別にどうも思わないけど」

「そうね。でもわたしたちの世界ではありふれた魔法も、別の世界ではきっと、奇跡を起こす神秘の力みたいな感じで語られているかもね。わたしたちはそれが世界を救ってくれるようなものではないことを知っているけど、でも別の世界の人から見たらそうではないのかも知れない。私たちには思いもよらないような価値を、その中から見つけ出せる可能性があるのよ」

「ありふれたものでも、そこに価値を見つけるためにこそ、そこに〝異世界〟という視点が必要なのかな」

「少なくとも、エドワースはそう思っていると思うわ。まあ、だから彼は、研究者としては不純で、故にいつもいつも無駄金ばかり私たちに払っているだけで、学者としての実入りがないんだけどね」

「ま、お得意様だから、あんまりそのことを責められないけれど。でももうちょっと要領よくてもいいよね、あいつ。たまには料金を値引きしてやってもいいかな」

「あら、それは駄目よソーニャ。その辺は決まり事ですからね。たとえ少し強引でも、そこだけは変えてはいけないのよ」
「なんで中途半端にしっかりしてんのかしら、お母様は……」

BGM "MAGIC MIND" by EARTH, WIND & FIRE

本書は二〇〇〇年六月に講談社ノベルスとして刊行されたものです。
(「解説――魔法とはなにか」は書き下ろし)

〈著者紹介〉

上遠野浩平（かどの・こうへい）

1968年生まれ。『ブギーポップは笑わない』（電撃文庫）でデビュー。ライトノベルブームの礎を築き、以後、多くの作家に影響を与える。同シリーズはアニメ化や実写映画化など多くのメディアミックス展開を果たす。また2018年に再アニメ化が発表された。主な著書に「事件」シリーズ、「しずるさん」シリーズ、「ナイトウォッチ」シリーズなど。

殺《さつ》竜《りゅう》事《じ》件《けん》

a case of dragonslayer

2018年4月18日　第1刷発行　　定価はカバーに表示してあります

著者……………………上《か》遠《ど》野《の》浩《こう》平《へい》

発行者……………………渡瀬昌彦

発行所……………………株式会社 講談社

〒112-8001 東京都文京区音羽2-12-21

編集03-5395-3506

販売03-5395-5817

業務03-5395-3615

本文データ制作…………講談社デジタル製作

印刷……………………豊国印刷株式会社

製本……………………株式会社国宝社

カバー印刷………………慶昌堂印刷株式会社

装丁フォーマット………ムシカゴグラフィクス

本文フォーマット………next door design

ISBN978-4-06-294115-0　N.D.C.913　376p　15㎝

講談社
タイガ

大正箱娘シリーズ

紅玉いづき

大正箱娘
見習い記者と謎解き姫

イラスト
シライシユウコ

新米新聞記者の英田紺《あいだこん》のもとに届いた一通の手紙。それは旧家の蔵で見つかった呪いの箱を始末してほしい、という依頼だった。呪いの解明のため紺が訪れた、神楽坂《かぐらざか》にある箱屋敷と呼ばれる館で、うららという名の美しくも不思議な少女は、そっと囁《ささや》いた――。

「うちに開けぬ箱もありませんし、閉じれぬ箱も、ありませぬ」

謎と秘密と、語れぬ大切な思いが詰まった箱は、今、開かれる。

講談社タイガ

ジンカンシリーズ

三田 誠

ジンカン
宮内庁神祇鑑定人・九鬼隗一郎

イラスト
yoco

呪《のろ》いを招く特殊文化財を専門とする、神祇《じんぎ》鑑定人・九鬼隗一郎《くきかいいちろう》。就職活動に失敗した夏芽勇作《なつめゆうさく》の運命は、彼と出会ったことで、大きく変化してしまった。魔術に傾倒した詩人・イェイツの日本刀、キプロスの死の女神像、豊臣秀吉《とよとみひでよし》が愛した月の小面《こおもて》。実在する神祇に触れ、怪奇な謎を解くうち、勇作自身の秘密も引きずり出されてしまう。呪いと骨董《こっとう》と人の想い。相棒が導き出す結末は……!

講談社
タイガ

杉井 光

蓮見律子の推理交響楽
比翼のバルカローレ

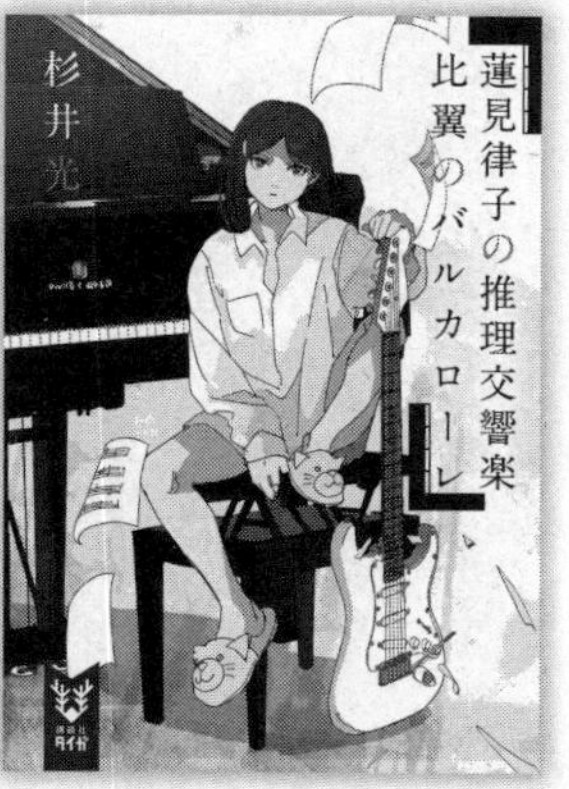

イラスト
ろこる

大学を留年し、ブログで小銭を稼ぎ引きこもり生活を送る葉山《はやま》理久央《りくお》。天才作曲家・蓮見律子《はすみりつこ》の前に引きずり出された葉山は作詞を依頼される。彼女に紡げない「詩情」を彼の文章から読み取ったという。迷いながら引き受けるもある日、若き演奏家の本城湊人《ほんじょうみなと》と知り合い、名門音楽一家を巡る奇妙な事件に遭遇する。謎《音楽》は聞こえるが真実《詩情》は見えないと豪語する律子の調査に巻き込まれるが。

講談社タイガ

バビロンシリーズ

野崎まど

バビロン　I
—女—

イラスト
ざいん

東京地検特捜部検事・正崎善《せいざきぜん》は、製薬会社と大学が関与した臨床研究不正事件を追っていた。その捜査の中で正崎は、麻酔科医・因幡信《いなばしん》が記した一枚の書面を発見する。そこに残されていたのは、毛や皮膚混じりの異様な血痕と、紙を埋め尽くした無数の文字、アルファベットの「F」だった。正崎は事件の謎を追ううちに、大型選挙の裏に潜む陰謀と、それを操る人物の存在に気がつき!?

講談社
タイガ

御影瑛路

殺人鬼探偵の捏造美学

イラスト
清原 紘

氷鉋《ヒガノ》清廉《セイレン》。天才精神科医にして、美学に満ちた殺人鬼・マスカレード。海岸沿いで発見された怪死体にはマスカレードに殺されたような痕跡が。新米刑事の百合《ゆり》は紹介された協力者と捜査を開始するが、その人物はあろうことか氷鉋だった！　父親、婚約者、恋人の証言が食い違う謎めいた被害者・麗奈《れいな》を、当の氷鉋と調べる百合。だが、死んだはずの麗奈の目撃証言まであらわれ……!?